Six fourmis blanches

DU MÊME AUTEUR
AUX ÉDITIONS DENOËL

Des nœuds d'acier, 2013
Un vent de cendres, 2014

SANDRINE COLLETTE

Six fourmis blanches

roman

LE GRAND LIVRE DU MOIS

À ma mère,

ce petit être évaporé,
sa présence, son amour, sa gaieté dans nos vies
— et cette propension inouïe à n'en faire qu'à sa tête

Mathias

Le mal suinte de ce pays comme l'eau des murs de nos maisons tout le long de l'hiver. Enraciné en nous, telle une sangsue fossilisée sur une pierre. C'est ce que disait mon grand-père, et avant lui son père, et le père de son père : depuis toujours ces montagnes sont maudites. Qui se souvient que quelque chose de beau y ait été conçu, s'y soit développé ? Que de contreparties à notre présence ici, que de compromis pour nous donner, parfois, le sentiment de bien vivre. Les vieux répètent à l'envi que les mauvais esprits ont choisi cet endroit pour venir mourir ; qu'ils y agonisent des années durant, crachant des imprécations sur nos roches et nos forêts malingres. Nous sommes de trop dans ces vallées ; nous en payons le prix fort. Nous aurions dû abandonner ces terres où nous n'avons jamais été les bienvenus. Si seulement nous étions raisonnables. Mais nous sommes faits de la même caillasse, refusant de céder une once de terrain, acharnés à faire pousser les tubercules qui nous permettent de tenir amaigris jusqu'au printemps suivant. Heureux d'un rien, aussi.

Nous observons stupéfaits les gens des villes étrangères investir notre région pendant les vacances. Ils sont rares encore ; mais leur nombre augmente chaque année, et nous avons cessé de les compter. D'eux, nous ne voyons que rires, artifices et argent. Ils s'approprient nos montagnes et se moquent haut et fort de nos superstitions. Nous nous taisons : nous qui naissons ici, qui y restons jusqu'à ce que la mort blanchisse nos os, nous savons de quoi les esprits sont capables.

Le malheur a tant frappé nos aïeuls ; personne ne croit qu'il ait arrêté de nous tourner autour. Et si certains d'entre nous le pensent, ils continuent à faire comme si, pour ne pas provoquer. Devant l'abîme des montagnes, quand le vent siffle aux oreilles son étrange mélopée, chacun peut sentir sa présence. Bien sûr qu'il est là.

Le mal. Le diable, disent les anciens.

Tous nos actes sont soupesés au regard de cette unique question : cela le fera-t-il resurgir ? Nos vies se rythment et s'épuisent à prendre garde. Même dans les grands moments de fête, nous désignons des veilleurs, postés aux coins des falaises, qui surveillent les chemins des villages. Comme si le mal ignorait les sentiers détournés qui finiront par le mener à l'un d'entre nous : superstition toujours. Mais c'est notre façon de lui montrer notre respect. D'espérer que cela l'éloigne.

Nous lui offrons prières et cadeaux, tels les païens d'une autre époque, presque sans réfléchir — par réflexe. Quand cela ne suffit pas, il nous prend un vieillard ; parfois un enfant.

Le mal est mon compagnon de chaque jour.

S'il disparaissait, je m'évaporerais du même coup.

Mais jamais il ne s'achèvera, je le sais : pour cela, il faudrait que le monde s'arrête.

*

Voilà à quoi je pense en gravissant la montagne, ce nouveau jour. J'en ai oublié la chèvre, et je me retourne pour vérifier — mais elle est là dans mon sillage, ombre silencieuse et docile, qui marche sur mes pas sans une hésitation. La corde enroulée autour du cou, dont je ne me suis pas servi — je l'ai laissée au cas où, pour les derniers mètres. Si elle flanchait.

Je jette un œil en bas. Personne ne nous voit, dans ce passage étroit qui nous sépare encore du petit sommet, et je m'arrête pour souffler. Le chemin me pèse. Quatre-vingt-dix kilos à monter, même tout en muscles, cela tire plus vers l'aval qu'autre chose. Certains soirs, je me dis que ce n'est plus de mon âge, mais est-ce que l'on arrête ce métier à quarante ans ? Avant moi, mon grand-père l'a fait jusqu'à sa mort et j'aurais l'impression de le tromper. C'est à moi qu'il a passé le don. Il disait que je l'avais aussi, qu'il fallait seulement m'aider à le trouver. Bien sûr je ne trahirai pas sa confiance, et je continuerai à exercer le don. D'ailleurs, même si je voulais, je n'ai personne à qui transmettre ce savoir incroyable et pesant à la fois.

La chèvre est arrêtée près de moi, je sens son odeur animale, étable, fumier et sueur mêlés. Elle ne mange pas. Elle aussi contemple la vue. En dessous de nous, la montagne s'étend, sans limites. Je vois les crêtes enneigées un peu plus loin, là où cela ne fond jamais, au bord des glaciers et de la frontière que je ne connais pas. Moi, la moyenne altitude me suffit. J'aime voir renaître la roche et les pauvres fleurs de dessous le blanc chaque printemps : il faut que ça vive. Il faut que cela sente le soleil, et pas seulement le froid ; les herbes sèches à cause de l'absence de terre, la pierre brûlée où je pose les pieds en me penchant pour repérer les premiers narcisses. J'attends les jours comme aujourd'hui, de saison trop précoce et trop chaude et qui me réchauffent le corps. Parfois pendant l'hiver, j'ai l'impression de geler os par os, et pourtant je la connais cette montagne, et l'humidité permanente dans laquelle j'ai grandi, et le froid qui ne nous lâche que quand nous sommes au bout de nos forces. Mais rien n'y fait, chaque année me retrouve glacé et persuadé que l'hiver est éternel ; convaincu que jamais rien ne ramènera un peu de chaleur dans mes bras et mes jambes. Chaque année je me trompe.

J'inspire à fond et je devine, du bout de l'air, une vague odeur de plante. Oui, c'est parti. Il y aura de la neige encore, car nous ne sommes qu'en mars, mais nous sommes du bon côté de l'année. Celui qui passe trop vite, et dont je hume les effluves instant après instant tout en surveillant du coin de l'œil la chèvre brune.

Je scrute la région d'en haut, le dos tourné au petit vent comme n'importe quelle bête. Je suis ici chez moi ; ce sentiment de plénitude et de possession me vient souvent en montant, peut-être une question d'oxygène, ou de solitude. Mon pays. J'en crève, de gravir ces montagnes la moitié de l'année, mais je ne donnerais ma place pour rien au monde. Il suffit que je m'asseye devant ces paysages irréels, que je regarde le soleil tomber derrière les sommets blancs, bleus, roses, et ma rancœur s'évanouit, je reste là les bras ballants, émerveillé par tant de beauté austère. Fini la colère, et le pincement au ventre quand je me dis que je suis seul, ni femme ni famille — le lot de ces races presque éteintes dont je suis, car qui nous attendrait des semaines et des mois sans protester, qui nous prendrait tels que nous sommes, nomades et brutaux, nous embrasserait à notre retour comme si nous avions toujours été là, et que nous n'allions pas repartir le lendemain heureux et chantants. Insoumis et ivres d'espace. J'ai appris à vivre avec pour compagnes ces chèvres blanches, brunes ou noires dont l'odeur sature jusqu'au tissu de mes vêtements, jusqu'aux poils de ma barbe quand j'oublie de la couper trois ou quatre jours. Parfois leurs bêlements sont les seules paroles que j'entende de toute une semaine. Quand elles sont timides et muettes comme celle que j'emmène aujourd'hui, le silence chante en dedans de ma tête.

Je tire sur la corde.

— Allez.

Nous nous remettons en route. Bientôt nous émergeons sur le sentier, et tout en bas, les gens qui nous guettaient font des gestes en nous apercevant. Des silhouettes agitées, grandes comme des insectes au fond de la vallée, que je ne regarde plus. Je connais leurs hurlements par cœur, qui ne me parviennent qu'en murmures. *Il est là ! Là ! Il arrive. Regardez !*

Maintenant je traîne presque ma bestiole, reculant le moment où, comme toutes les autres, je devrai la prendre dans les bras pour finir le chemin. Peut-être parce que nous allons trop haut ; ou que nous avançons trop près du bord. Un faux pas, une glissade, et c'est la mort. Sans doute le sentent-elles, elles dont le pied est si sûr que l'on peut les suivre aveuglément dans la montagne.

Finalement je me suis baissé pour soulever la chèvre et la porter sur la cinquantaine de mètres qui reste. Pendant quelques secondes elle se débat, jusqu'à ce que mon étreinte la contraigne et la calme. Son flanc bat vite. Je regarde en haut. *Eh bien voilà*, je chuchote. *On y arrive.* Je me remets en route, plus lentement encore avec ce poids supplémentaire. Le ventre de la chèvre est calé contre le mien et je me sens faire corps avec elle, partager nos essoufflements, notre chaleur. Peu à peu elle dodeline de la tête. Une sorte de sérénité, ou de résignation, que je lui envie furtivement. Depuis que je l'ai prise dans les bras, je lui parle à voix basse. Et comme je n'ai rien à lui dire, la litanie m'est revenue, des mots sans ordre, juste pour meubler, quelque chose de l'ordre du murmure. *Oui, voilà on y est, tu vois, là, regarde, c'est notre montagne, le soleil, dans la plaine toute cette herbe, attention où on met les pieds hein, on aurait l'air de quoi, dors, dors ce sera le mieux.*

Le sommet. Je cherche ma respiration. Tourne sur moi-même,

les points cardinaux, les vents, les dieux. Personne d'autre que moi n'entend ce que je dis à cet instant. Personne ne devine le pardon que je demande, immobile face au ciel.

Alors, d'un geste que rien ne prévient, je jette la chèvre du haut de la falaise.

*

Ce que je fais ensuite, ils le connaissent par cœur, en bas. Ils me croient en prière, ou en transe. Mais la vérité c'est que je m'effondre.

Mes bras serrés sur mes yeux, c'est pour échapper au sang qui m'aveugle. Mes mains sur les oreilles, pour ne pas entendre l'horrible cri de la bête tout le temps que dure la chute.

*

Je suis un sacrificateur.

N'importe où ailleurs, nous avons disparu. Il fallait ces montagnes lugubres, les croyances ancrées dans notre sang, pour que le métier survive à cette époque ; il faut être bon, aussi. Car je ne suis pas un sacrificateur parmi d'autres : je suis le meilleur. Le seul dorénavant dans cette vallée, depuis que le Roux s'est fait attraper la manche à la corne d'un bouc et qu'il est tombé avec lui dans le ravin. Je le disais depuis longtemps, que quelque chose clochait. Les boucs, on ne les tue pas, ça ne vaut rien. On n'offre pas de la vermine à la vermine : ça l'humilie. Le Roux choisissait mal ses bêtes, et voilà le résultat. Les gens le savaient, mais dans l'urgence il leur arrivait de passer outre — et puis ce pouilleux était moins cher, bien moins cher. Aujourd'hui, tous ceux qui l'ont fait travailler sont sur ma liste d'attente. Ils ont trop peur que le sort se retourne. Ma saison est déjà pleine jusqu'au jour des Morts, après lequel j'arrête tout jusqu'au printemps suivant, pour ne pas heurter les vieilles âmes.

Je suis un tueur de chèvres, et personne ne sait comme moi repérer une bête, l'isoler, l'emmener jusque-là où elle doit aller. Ceux qui se battent avec elles du début à la fin me haïssent pour cela : d'une certaine façon, elles me font confiance. Cherchent mes caresses jusqu'au moment où je les trahis, et où je les soulève pour les jeter dans l'abîme, comme le grand-père m'a appris, fermant mon cœur et mes oreilles. Alors je sais que cela valait la peine de mettre des heures, des jours à les choisir. Et qu'une fois encore je ne me suis pas trompé.

C'est pour cela que l'on accepte de m'attendre deux, trois, six mois : parce que j'éloigne le mal. Étranges certitudes qui ont perduré par-delà les siècles, jusqu'à cette époque de hautes technologies et de systèmes financiers aberrants : nous, les sacrificateurs, sommes parmi les hommes les plus respectés de ces vallées rudes et butées. Les seuls à pouvoir contenir les esprits de la montagne, auxquels on cache les nouveau-nés de peur qu'ils ne les tuent. C'est nous qui avons ordonné aux mères, il y a mille ans, de ne parler à leurs nourrissons que par murmures, jusqu'à ce qu'ils soient sevrés. Les villages sont remplis de leurs chuchotements peureux, et rien ne viendrait y mettre fin, car les enfants survivent. Ces superstitions sont enracinées, se transmettent, cohabitent sans heurt avec la télévision, Internet et le e-commerce. Elles nous donnent une identité aussi, dont nous sommes fiers, et la force de rester sur ces terres hostiles.

Parce que je suis là. Parce que, année après année, comme ma famille avant moi, je traite avec le mal et je le repousse. Je ne sacrifie jamais en vain. Je ne me replie pas sur les boucs ni sur de vulgaires moutons — je laisse cela aux petits peuples de l'autre côté de la mer. Tuer est un art qui se maîtrise, une communion avec la nature, l'animal et les dieux. Pas un acte barbare, non :

un présent pour consacrer un mariage, un anniversaire, un baptême, un départ. Une requête. Une prière. Avec la conscience que rien ne nous est dû, mais que, derrière l'offrande, nous attendons un retour. Pauvre équilibre dont nous sommes toujours les dupes. Du sang pour un peu de bonheur.

Lou

Il fait vachement beau ce matin. Au balcon de la chambre, après avoir posé une main méfiante sur la balustrade tordue, je m'étire en regardant la vue. Un jardin vert pâle, pelouse et bourgeons de printemps baignés de soleil. Je repère un noyer et un cerisier, comme chez moi, et la similitude me fait sourire. Une table dehors, deux bancs posés sur des rondins de chêne ; à gauche, une petite grange toute bardée de bois gris. Un coin à me faire regretter de partir aussi tôt, on aurait dû s'offrir une semaine de paresseux dans cette guest-house où nous avons été accueillis hier comme des rois. Derrière moi, la montagne. Parsemée d'arbres, puis pelée, puis blanche un peu plus haut. On est très tôt en saison ; l'idéal bien sûr, ça aurait été le mois de mai ou de juin, mais on n'a pas eu le choix. C'est déjà un coup de chance, cette histoire qui nous permet, à Elias et à moi, de voyager pour pas cher. On était partis l'an dernier avec le même organisme, une rando tranquille, ça avait été super. Et là, plouf, tirés au sort. Offert, le trekking. Une seule condition : parler l'italien pour pouvoir se débrouiller avec les gens, avec le guide aussi. Ici, l'anglais, on le pratique peu ; le français encore moins. Coup de chance, Elias et moi, on s'est connus à Bologne en première année de fac. Erreur d'aiguillage, tous les deux, à tenter un parcours Erasmus en biotechnologie. Nous sommes rentrés à la fin du semestre sans diplôme, mais ensemble. Et l'italien, nous le parlons encore quelquefois entre nous, pour rire, ou pour nous disputer. Nous avons changé d'orientation tous les deux et je dois dire qu'aujourd'hui nous ne roulons pas sur l'or — pas encore. Elias a commencé à travailler l'année dernière seulement, les études d'ostéo, c'est long. Moi, avec mon diplôme de paysagiste, cela fait trois ans que je trime et que je l'entretiens, comme j'aime le lui rappeler pour le faire râler. Donc voilà, pour nous c'est le paradis ici. Ça ressemble au sud de la France, en plus sauvage. La seule chose, c'est que ça caille. Seize degrés cette nuit dans la chambre, et pourtant le radiateur était à bloc. Quand on a visité hier en arrivant, on a vu que la piaule d'à côté avait un poêle à bois, on aurait dû insister pour la prendre. Ce matin, l'air est froid sur mes joues et mes bras, et je resserre mon col. Il est encore trop tôt pour sentir la chaleur du soleil, et pourtant la lumière me fait plisser les yeux. Je sors une cigarette, craque une allumette. À l'intérieur, Elias m'appelle.

— Mais tu ne peux pas profiter de ces vacances pour ralentir ?

Zut. J'aurais dû prendre le briquet. Mais même le petit claquement du briquet, il l'aurait entendu. Je hausse les épaules, souffle la fumée voluptueusement. Ralentir ? Non. La clope, j'aime ça. Question d'habitude sans doute — j'ai commencé à quatorze ans. C'est une compagnie, une manie, mon doudou à moi, comme d'autres vont croquer un carré de chocolat ou se ronger les ongles, enfin la comparaison n'est pas bonne, bien sûr. Je me retourne : Elias est là, près de moi. Il passe un bras autour de mes épaules et je recule un peu. Je le connais par cœur, il le sait, et il ne m'arrachera pas ma cigarette. Il rit.

— Mais jette donc cette saleté, dit-il.

— Que dalle. Tu sais combien ça coûte ?

— Justement. Tu ferais de sacrées économies.

Je m'accoude à nouveau à la rambarde, ignorant sa dernière remarque.

— C'est beau ce pays, hein.

— Oui. Et mal connu. Encore préservé, du coup.

L'Albanie. Dire que quand on nous a proposé le voyage, malgré tout, j'ai commencé par refuser. D'abord parce que je ne voyais pas du tout où c'était, sur une carte; je n'avais jamais réalisé qu'elle était juste en face de l'Italie. Je la croyais du côté de la Moldavie, aux frontières de l'Ukraine. Trop loin pour ma limite personnelle — trois heures d'avion, après, je bute. Et puis je pensais que c'était un pays de fous, guerrier et incontrôlable, dangereux, où des gens comme nous se feraient forcément voler, tabasser, violer, que sais-je. Tous ces préjugés dont Elias se moque : il dit que je retarde de vingt ans.

— On aurait dû rester ici au lieu d'aller crapahuter dans la montagne.

J'ai de la suite dans les idées. Mais Elias efface ma suggestion d'un geste.

— On est tous prêts. On prend un petit déjeuner et on se met en route pour Valbona dans une heure. Lou, regarde ce paysage, ce serait tellement dommage de ne pas en profiter.

Je suis d'accord, au fond : pure paresse de ma part, le réflexe d'une fille qui travaille dur et dont le corps demande grâce parfois, mais un coup d'œil sur la vallée me convainc qu'Elias a raison. Et puis je veux dormir à la belle étoile dans la neige, au moins une fois. Allez. C'est parti — dans ma tête, j'ajoute « mon kiki » et je ne le dis pas, cela fait partie des expressions qui me font rire mais qui exaspèrent Elias.

Nous bouclons nos sacs. Le temps de descendre, de traverser le séjour tapissé de lambris en bois clair, les autres sont assis dehors devant un pot de café et des choses qui ressemblent à des crêpes, en plus sec. Nous nous saluons avec entrain. Nos compagnons de voyage.

— La pêche ? demande Marc.

Elias lève le pouce en acquiesçant et je ne peux pas m'empêcher de le trouver craquant, avec ses cheveux blonds qui happent la lumière, ses yeux bleu de mer et sa longue silhouette athlétique. À côté de lui, je me sens parfois petite et trapue, et pourtant il n'en est rien : je suis solide, noueuse, c'est tout, métier oblige. Pas très grande. Brune avec des yeux moins bleus que ceux d'Elias, mais bleus quand même. Quand il fait beau, ils virent au jaune, je sais que c'est difficile à croire, il faut l'avoir vu une fois. Je croise le regard d'Arielle et lui souris.

— Ça va ?

Elle me répond elle aussi d'un sourire. La seule autre nana du groupe, une rousse étincelante, et je n'arrive pas à savoir si sa couleur est naturelle ou pas. À part nous deux, quatre gars : son mari à elle — Lucas —, le mien et deux célibataires, Marc et Étienne. Il y a un mois, nous ne nous connaissions pas ; mais comme nous avions tous signé pour ce voyage, nous avons eu envie de nous rencontrer un soir à Paris. On a opté pour un dîner près de la place d'Italie. Géographiquement, c'était le plus simple, une sorte de point de convergence entre nos lieux d'habitation car Marc, Arielle et Lucas n'étaient pas parisiens : le premier arrivait par la gare du Nord, les autres venaient de Lyon. Comme toujours quand on ne se connaît pas, ce soir-là, la conversation est partie sur nos boulots. Pas le plus intéressant, mais cela permet de se situer, même si on s'en fout qu'Arielle soit postière, et lutteuse le week-end, ou que Marc soit sans doute au chômage, vu qu'il ne l'a pas ouvert là-dessus. Moi, celui que je trouvais sympa, c'était Lucas. Pas trop son mot à dire avec une femme exubérante comme la sienne qui s'est mise à chanter *La Traviata* à la fin du dîner, mais un type discret, malin, banquier

toute l'année sauf les trois jours que nous projetions de
ensemble. En revanche je n'ai pas aimé Étienne, c'est ainsi,
sorte de distance immédiate, et je me suis dit : *Un con.* Prof, e
qui se targuait d'être un peu psychologue : évidemment, il savait tout sur tout. J'ai fait un effort, pour Elias qui me reproche souvent d'être un ours mal léché et de préférer la compagnie de mes arbres à celle des gens. Cela dit, il n'a pas tort : j'aime la solitude. Au fond, à nous deux, nous équilibrerions le monde. Lui passe ses journées à tripoter des corps — quelque chose que je serais bien incapable de faire, car le contact de la peau humaine me répugne, et chaque fois que je dois tendre la main à un client, je ne peux pas m'empêcher de m'essuyer en douce, par réflexe, d'un geste vif sur mon jean. Elias est à part, bien sûr, dans mon indigence sensuelle, et je mendie parfois ses services quand, avec les gars, nous en avons bavé sur un abattage ou une plantation gigantesque, quatre mille repiquages dans la journée, six mille sapins de Noël, tout ça.

Enfin, c'était plutôt sympa ce petit dîner sous les parasols chauffants d'un restaurant italien, même si on n'a pas eu chaud — mais il fallait faire avec les fumeurs. On a tous pris une pizza, sauf Elias et Lucas qui ont préféré des pâtes, et on a papoté pendant deux bonnes heures. Ce n'est pas facile de bavarder bille en tête avec des gens qu'on n'a jamais vus et ceux-là, je ne m'en ferais sans doute pas des amis pour la vie, mais le temps d'un grand week-end à la montagne, pourquoi pas. Et puis cela m'a rassurée de voir avec qui j'allais partir, parce que je suis plutôt casanière et que les changements me mettent mal à l'aise. Même les vacances. Je me dis parfois que, si je n'étais pas avec Elias, je ne quitterais jamais ma banlieue. La routine m'apaise. Tout le contraire d'Elias encore une fois, qui aime le contact, les découvertes, les nouveaux horizons. Nos différences nous amusent ; grâce à lui, je ne suis pas une vieille fille de vingt-cinq ans. Même si l'intérêt de ces rencontres de passage, de ces drôles d'amitiés furtives, me dépasse. Je ne comprends pas comment on peut se passionner pendant une semaine, un peu plus, un peu moins, pour des hommes et des femmes qu'on ne reverra jamais. Combien de gens ai-je déjà oubliés, qui ont compté quelques jours d'une époque gommée de ma mémoire, et que la vue d'une photo ou l'évocation d'un vieux souvenir me rappellent parfois avec étonnement. *Tiens, c'est vrai, cela a existé.* Il en sera cette fois comme des autres, et dans un an, ou cinq, les silhouettes de nos compagnons de montagne seront devenues floues, je ne mettrai plus de visage sur leurs noms.

— Tu ne manges rien ?

La question d'Elias me fait sursauter. Je prends une galette. *Si, bien sûr. Je pensais à autre chose.*

— Où est-ce qu'on a rendez-vous ? demande Marc.

Lucas fouille dans son sac, sort une feuille de route.

— J'ai l'adresse de l'hôtel où on doit retrouver le guide. On pourra boire encore quelque chose avant de partir. Et après, les enfants… parés pour l'aventure !

Arielle soupire d'aise, ouvre les bras vers le paysage. Nous sommes au fond de la vallée, le bruit de la rivière nous parvient quand le vent pousse vers nous. Ce soir, à midi même, nous pataugerons dans la neige, nos bardas de quinze ou vingt kilos sur le dos.

— À votre avis, on va où ? demande Marc en montrant les montagnes.

Elias s'esclaffe. *Aucune idée.* Étienne tend un doigt vers l'est.

— Valbona est ici, à un kilomètre… Puisqu'on part à, mmm… j'ai oublié le nom, enfin, ça devrait être par là.

— De toute façon, dit Arielle, on s'en fout, on a un guide. Et puis je vous rappelle qu'on est nuls. Soyons à la hauteur.

Nous applaudissons en riant. C'est vrai. Nous avons baptisé

notre groupe ainsi lors de notre rencontre, *La montagne pour les nuls*. Il y a une certaine jouissance à se parer des adjectifs les plus idiots en sachant que c'est faux, qu'on y arrivera, à vaincre les glaciers hostiles — et les ours, a ajouté Lucas ce soir-là. C'est l'objectif de cette randonnée de l'extrême, comme on nous l'a vendue : les hauts sommets pour les débutants. Enfin, hauts… qui culminent à deux mille cinq cents, deux mille sept cents mètres. Mais pas de remontées mécaniques ici : un peu de 4 × 4 pour nous faire grimper au maximum, et après, tout à pied. Trois jours d'un mois de mars radieux et gelé, pour découvrir la montagne comme nous ne l'avons jamais vue, pas sur les pistes à touristes de base, non, mais à travers les chemins abrupts et glacés qui mènent sur les crêtes et qui sont d'habitude réservés aux randonneurs chevronnés. Tout le défi de cette agence de voyages : nous faire faire ce que nous croyions impossible, ouvrir les sommets à des gens comme nous, qui ne connaissent pas ou peu la montagne. Et nous sommes les pionniers de ce circuit improbable qui a demandé plusieurs mois de préparation. Une session test pour ce drôle de challenge, voilà pourquoi on nous l'offre, et pourquoi cela nous plaît. Sortir enfin de l'ordinaire. Échapper aux vacances stéréotypées, aux embouteillages au télésiège ou au bord de la mer. Voir ce que les autres ne dénichent que sur les cartes postales. Au soir du deuxième jour, nous atteindrons un sommet avec l'un des plus beaux panoramas du monde. Cela se mérite, et avant, et après — le froid, l'air raréfié, la neige, mais nous sommes prêts. Tous les six.

*

Le guide avait levé devant lui une pancarte avec le nom de l'organisme de voyages inscrit dessus. C'est ainsi que nous l'avons reconnu au point de rendez-vous où se presse déjà du monde prêt à partir sur les chemins, avec ce panneau ridicule qu'il tenait en l'air, lui cachant le visage. Nous le cherchions dans la confusion des touristes présents — pas une marée mais j'étais étonnée, nous étions bien une cinquantaine éparpillés autour du café que proposait l'hôtel — et Arielle l'a vu en premier. *Là!* a-t-elle crié, et nous avons suivi. Notre guide de montagne nous a serré la main à tous en se présentant. Vigan. Drôle de nom, qui sonnait vieux comme un monde inconnu, qui nous a fait hausser les sourcils. Un peu de dépaysement, déjà : cela nous allait bien.

Ensuite nous nous sommes attablés et, en attendant d'être servis, il a fallu dire ce que nous avions mangé avant de venir. *Pas assez*, a marmonné notre guide en nous écoutant, et secouant la tête avec une moue. *Mauvais. Combien? Trop peu.* Pareil avec le contenu de nos sacs, et nous avons énuméré la nourriture, la pharmacie, les vêtements, tout. *OK*, il a dit. Il a souri pour la première fois. Et là, je me suis fait la réflexion : beau garçon. Une chouette gueule burinée de montagnard, et il porte joliment sa quarantaine solide, un brun ténébreux au regard un peu flottant, un côté brut qui m'accroche. Tout bon. Je sens l'attention d'Elias sur moi, qui me connaît si bien; me tournant vers lui, je lève discrètement un pouce en l'air, histoire de lui faire partager mon appréciation. Il me lance un geste de menace en retour, et nous échangeons un sourire complice. Je reviens à Vigan, ses yeux noirs, ses boucles brunes indisciplinées. Le pli amer au coin de sa bouche quand il nous regarde. Eh bien.

En quelques minutes il nous a observés, estimés, évalués. À première vue, nous ne valons pas bien lourd à la perspective d'une ascension, et son air un peu figé en dit long sur son embarras. Mais quoi, il le savait, que nous ne sommes que des amateurs. Est-ce qu'il espérait faire de la glisse sur les pentes glacées, battre des records de vitesse en course à pied? Cela se voit tant que ça, que nous sommes des profanes ? Qu'importe. Je décide de ne pas me laisser gâcher ma journée, d'ignorer ce regard déçu sur nous, sur les mains blanches et fragiles d'Étienne, sur Arielle qui pèse vingt kilos de trop. Sur moi, quand je sors une nouvelle cigarette. Et même, cela finit par me faire rire. Nous sommes un groupe si contraire à ceux qu'il doit avoir l'habitude d'emmener. Ignorants et dilettantes, et bruyants, et bavards. Marc lève sa tasse au-dessus de la table.

— À nous, et à cette belle balade qui nous attend.

Nous entrechoquons nos gobelets et je me dis que c'est la première fois que je trinque au café et au thé. Puis nous les tendons tous ensemble, vers Vigan.

— À toi, qui t'es fait embarquer dans cette aventure sans savoir à quoi tu t'attaquais. Nous voilà !

Notre montagnard sourit, nous lance un geste d'excuse.

— Ne le prenez pas mal si je vous regarde comme ça. Il faut bien que j'essaie de me faire une idée des difficultés que cette randonnée va nous poser, le circuit n'est pas toujours évident ; mais on va l'emmener, votre petit groupe, et bien. Le temps est avec nous, c'est rare à cette période de l'année. On a de la chance.

— On est de grands veinards, fanfaronne Marc.

Lucas approuve.

— Et notre chemin sera parsemé de fleurs et de diamants.

Vigan se met à rire.

— Et de neige, et d'embûches, et de dîners de pâtes froides. Mais vous avez raison : cela n'empêche pas d'être optimiste. En attendant, prenez des forces, nous allons avoir une grosse journée.

Il nous montre du doigt les énormes tartines de pain empilées au milieu de la table, le jambon et le fromage, la confiture, et nous faisons la grimace. Citadins habitués aux petits déjeuners manqués et aux cafés en guise de repas, et il n'est que huit heures. Mais sur ce point, Vigan est intraitable : c'est ça, ou il nous laisse sur place. La montagne, ça creuse.

*

Le 4 × 4 nous jette sur une petite plate-forme rocheuse et s'éloigne. Je le suis du regard un moment. Quand il disparaît, je me dis que ça y est : nous sommes seuls au monde dans ce paysage inouï. Pas fâchés d'être arrivés, tassés que nous étions dans une seule voiture. Elias et moi sommes montés dans le coffre, les autres se sont serrés à quatre à l'arrière, à moitié assis les uns sur les autres, les sacs entassés sous nos pieds. Devant, le conducteur et Vigan. Heureusement que la vue à couper le souffle nous récompense de ces heures douloureuses. Au fond de la vallée, la rivière dessine un long serpent bleu surréaliste, les prés sont d'un vert timide. Là où nous sommes, la pierre et la neige ont remplacé la flore, mais le soleil éclaire l'ensemble d'une lumière dorée magnifique. Je ne sais pas pourquoi ce paysage me donne l'impression d'assister à la naissance du monde, je ne l'explique pas à Elias, je n'y arriverais pas. Peut-être les couleurs tendres et fraîches, l'air pur, presque doux à présent, l'exaltation de l'altitude. Une sensation fusionnelle avec ce qui m'entoure, et j'observe les autres qui discutent, suis-je la seule à sentir cette communion puissante avec la nature, qui me donne la chair de poule ? Partout sous nos pieds, les rochers, quelques fleurs chétives poussées trop vite après l'hiver ; l'impression d'une terre au bord de la fusion, ne serait-ce la neige qui déjà l'étouffe et la noie. Je respire avec elle. Pose la main sur un conifère pour en sonder l'écorce, comme si cela pouvait être différent ici, primitif, préhistorique. À quelques pas, j'entends la voix d'Étienne.

— À combien on est, là ?

Vigan hausse les épaules. *Mille cinq cents mètres à peu près. Et on va aller…* — il montre un point bien au-delà de nous et nous nous retournons tous pour le voir, un point qui nous semble impossible — *… là.*

Ensuite il regarde nos yeux écarquillés et prend son sac à dos en souriant.

— Pas ce soir, bien sûr. C'est trop loin. Mais on ne va quand même pas traîner.

— Ah bon, s'exclame Arielle dans un soupir de soulagement, parce que là, j'ai cru que je pouvais rentrer directement à la maison, même pas la peine d'essayer !

Vigan vérifie nos sacs, règle quelques sangles. Nous tape dans le dos l'un après l'autre, comme à de bonnes bêtes. *C'est parti.* Et empoignant nos bâtons, nous nous mettons en route. Au début, avec Elias, on chahute un peu — l'excitation de la montagne, notre jeunesse, a dit Lucas avec un soupir, lui qui doit approcher les quarante ans.

Nous nous tenons par la main et Elias me dit : *Passe devant,* en file indienne comme les autres. Nous fermons la marche. Je lui chipe son bonnet en courant, d'une démarche pataude à cause de mes vêtements molletonnés, gros pantalon, gros anorak — il m'attrape d'un geste en se moquant de moi et de ma lenteur, ramasse un peu de neige qu'il me glisse dans le cou. Je crie. *Chut,* rit-il un doigt sur la bouche. *Allez, va.* Je sais qu'il me regarde, même si je n'ai plus rien de séduisant avec ma combinaison de randonneuse, on dirait un épouvantail trop habillé au milieu d'un pré. Mais il ne peut pas s'en empêcher. Il m'appelle pour que je me retourne. Mes taches de rousseur sur le nez, mes yeux bleus tachetés de jaune, il dit, comme des petits soleils. Il court quelques pas vers moi et je l'arrête en levant un bras et une jambe, je lui demande :

— Je te plais toujours ?

Il rit. *T'es bête.* La boule de neige qu'il lance du bout des doigts atterrit sur mon oreille. Et puis je me rends compte que Vigan nous regarde, nous hèle, une main en l'air.

— Hé, les jeunes, je vais essayer de ne pas vous perdre tout de suite. Vous suivez le mouvement, là ?

Nous accélérons le pas pour rejoindre le groupe. Je perds rapidement du terrain, Elias m'attend. Lorsque nous rejoignons les autres, Vigan a froncé les sourcils.

— Ça va ?

— Oui, je dis en reprenant mon souffle. C'est juste la mise en route. Cigarette. C'est pas malin, mais j'arrive pas à arrêter.

— Tu fais de la balade, le reste de l'année ?

— Euh, oui, de temps en temps. Mais ça va aller.

— Sûre ?

— À cent pour cent.

— Bien. C'est toi qui vois.

Je lui décoche un beau sourire. *Bon, je suis d'accord pour être la nulle du groupe…* Avec mes quarante-cinq kilos c'est un comble, et la vue de la grosse Arielle qui crapahute en tête m'écœure un peu. Vigan suit mon regard, me rassure.

— C'est moi qui vais donner le rythme, ne t'inquiète pas. On n'est jamais à la course en montagne.

— On va marcher combien de kilomètres aujourd'hui ?

— Oh, ça ne veut rien dire les kilomètres, ici. Ce sont les dénivelées qui comptent. Et cela dépendra de la neige.

Il se tourne vers Elias.

— Tu restes derrière ?

En ce début de journée du mois de mars 2013, nous ressemblons à une courte file de fourmis montant à l'assaut des montagnes, sages et ordonnés bien en ligne, et peut-être les autres se demandent-ils comme moi pourquoi ils ont plongé dans cette escapade, à quoi cela leur sert, et si le plaisir de raconter ce qu'ils auront vécu là-haut vaut la peine que nous avons à enchaîner un pas après l'autre, inlassablement, entre les pauses pour boire, respirer, boire encore. Vigan nous a prévenus : nous perdons un litre d'eau par tranches de cinq heures en altitude, et nous perdons aussi le sentiment de la soif, à cause du froid. Aussi nous oblige-t-il à nous arrêter au milieu de la matinée, sortant son réchaud et faisant frémir l'eau pour un thé obligatoire, il dit, une boisson chaude, rien de tel, et nous sommes trop heureux de nous asseoir au hasard des rochers et de nous reposer les jambes et le souffle. Marc se marre.

— Tu sais quoi, nous jette-t-il collectivement, c'est un peu comme le foot ou le tennis : vachement mieux à la télé.

Nous acquiesçons tous en hochant la tête, il n'a pas tort — n'eût été le sentiment progressif de nous surpasser, d'avancer à pas de nains mais d'avancer quand même, et de laisser derrière nous la trace de notre passage, une ligne de neige foulée, tassée, tel un sentier fendant une mer blanche. Ce qui m'étonne, c'est le sentiment presque immédiat de fatigue que j'ai ressenti. Dès cette première pause, je commence à projeter le deuxième arrêt, puis celui de midi, et ainsi de suite jusqu'au soir. Mes jambes sont lourdes et mon souffle resserré, marcher me demande un véritable effort. Il faut dire que nous ne faisons que grimper, bien sûr, que les cailloux roulent sous nos pieds puis, très vite, la neige, qui envahit la montagne. Je n'ai pas tout à fait dit la vérité à Vigan, je ne fais jamais de balade; celle de l'été dernier en Grèce, avec Elias, ça ne compte pas, c'était il y a longtemps. Et puis, cinq jours seulement. Depuis, rien. Je bosse dehors toute l'année et j'en ai ma claque, des forêts. Mais il y a loin du travail en force, statique, de mon quotidien, à l'impulsion constante d'une marche de cinq ou six heures qui plus est en montée. Je regrette mon obstination à refuser la plupart des promenades que propose Elias — trop tard. Une chape de plomb sur mes épaules. La seule chose qui me rassure, c'est que les autres ne vont pas plus vite. Au fond de moi, j'espère qu'ils en bavent eux aussi. Pause, pause. Pouce, comme on disait quand on était gamins. Les heures sont longues, et pourtant nous savons déjà qu'au moment où nos corps n'en pourront plus, Vigan va se retourner vers nous, rire en nous observant. Poser son sac à terre en disant : *Y a-t-il des volontaires pour une petite halte* — et ce ne sera pas une question.

Incroyable comme, l'après-midi même, j'ai l'impression d'être partie depuis des jours. L'air vif, la fatigue, les vertiges quelquefois, saoulés comme si nous respirions trop fort. Le rythme : toutes les heures, quinze minutes de repos. La journée se décompose en quatre, cinq morceaux qui donnent un drôle de sentiment d'éternité, en boucle, et tout recommence chaque fois, la marche, la pause, les raisins secs ou les biscuits, l'eau, le thé. Les sacs pèsent lourd sur nos épaules, mais n'est-ce pas ce que nous voulions, bivouaquer et nous sentir libres, avec le poids des tentes et de la nourriture nous sciant le dos tout en nous promettant un week-end hors du temps. Par moments cachés sous les forêts de sapins, nous nous sentons comme des petits êtres vivant dans des tunnels et nous regardons de loin en loin le soleil percer entre les branches, aveuglés, riant de nous retrouver déjà en pleine lumière quand les arbres se dispersent. Les failles, les plaques de glace, les chutes, nous n'y croyons pas : nous sommes au-delà. Peut-être une euphorie d'altitude, et nous voyons bien que le guide nous surveille. Assez vite d'ailleurs, nous retrouvons notre calme, car le souffle nous manque. Nous ouvrons les bras devant les paysages impensables qui se découvrent au sortir d'un bois de résineux, au coin d'une montagne. À perte de vue, des neiges entrecoupées de roches, dessinant les replis d'une crème fouettée magnifique, crayeuse et vierge — une fois Elias m'a pris la main et nous avons regardé sans rien dire et sans plus rien entendre autour de nous. Un jour d'exception. Je me dis que celui-là, je ne l'oublierai pas.

Mathias

La fête est toujours commencée le temps que je redescende la montagne. Si je le pouvais, je rentrerais chez moi oublier dans l'alcool le cri des bêtes que je jette dans l'abîme, et chaque fois je repense au regard de mon grand-père sur moi, il le disait déjà, j'étais bon mais trop sensible, malgré mon allure de combattant. Avec le temps cela aurait dû s'améliorer; je suppose que certaines trajectoires ne prennent pas la direction prévue, et qu'on s'arrange avec. Mais la suite du sacrifice reste douloureuse pour moi, et je me demande toujours si je ne vais pas m'enfuir en découvrant la chèvre écrasée, que mon client veille jusqu'à ce que je le rejoigne. Les femmes ont recouvert le corps brisé de pierres puis de fleurs. Le commanditaire, lui, n'a pas le droit de se mêler aux réjouissances avant mon retour. Il ne remarque pas ma lassitude, tout à sa joie de voir se dénouer le rituel. Il me sert à boire, il attend que j'aie fini la coupe de raki. Il la reprend et l'emmène lui-même à un endroit de la maison où plus personne ne s'en servira jamais, au risque de rouvrir la porte aux esprits. Je sais que certains, par précaution, enterrent ces verres à la fois bienfaisants et maudits au fond de leur jardin. Malheur à eux si un chien les fait resurgir un jour.

Et puis mon client rejoint ses semblables, et il m'oublie.

Je m'astreins à rester une heure, parfois deux. Je dis quelques mots à la mariée, à celui dont on célèbre le retour, je passe une main sur le front du bébé dont on fête la naissance. Les gens se ruent sur moi, mendiant un passe-droit ou intercédant pour un cousin qui ne peut attendre, trop malade, trop éloigné. Mon teint livide et la sueur sur mon front me donnent toutes les excuses quand je décide de partir.

Cet après-midi ne se distingue en rien des autres. Tout le temps de la descente, j'ai respiré profondément, apprivoisant des images de chèvres mortes, des odeurs de sang et d'entrailles broyées. Combien de sacrifices, depuis que j'ai commencé à suivre mon grand-père ? Une trentaine chaque année, même si nous en avons fait plus de cinquante en 1999, l'année des grandes migrations. Quelques mois avant qu'il ne s'effondre en descendant la montagne, et peut-être ce souvenir joue-t-il aussi dans le malaise qui me prend lorsqu'il me faut revenir, dans la précaution que je mets à assurer mes pas.

J'ai regagné la longue demeure au toit bas, j'ai été absorbé par la foule. Près de cinq cents personnes se sont pressées pour l'occasion, parcourant parfois des dizaines de kilomètres de mauvaises routes ou de chemins de terre : ce n'est pas si souvent qu'une de nos aïeules devient centenaire, et la vieille Serina trône dans un fauteuil installé sous l'auvent, accordant des sourires et hochant la tête quand on vient la féliciter. Sa fille se tient à côté d'elle, un peu en retrait. Déjà veuve elle-même — c'est son petit-fils qui m'a attendu près de la chèvre. Je la salue, puis je prends en m'inclinant les mains de Serina dans les miennes, geste de respect, d'amitié aussi, car nos familles étaient proches. Comme chaque fois, elle murmure : *Ton grand-père, Mathias, ton grand-père, c'était quelqu'un de bien. Et ta mère était si belle.*

Je m'incline encore, sourire figé ; je l'ai oubliée cette mère à laquelle je ressemble tant, depuis trente ans que mes parents ont choisi de couper les ponts, quand mon grand-père m'a pris chez lui. Ce don, ils n'en voulaient pas. Ils aspiraient plus que tout à une vie paisible. Ils ont refusé d'endosser avec moi le malheur du monde, persuadés qu'à force de côtoyer le sort, on finit par en être victime. De ce jour où ils m'ont accompagné devant la cabane du *vieux*, comme disait ma mère avec un crachat dans la voix, je ne les ai plus revus, ni eux, ni mes frères et sœurs. Serina rouvre, pour quelques instants, cette blessure que je crois cicatrisée. Moi non plus, je n'ai jamais cherché à les revoir. Quand ils me manquaient et que la mélancolie me mettait les larmes aux yeux, mon grand-père disait que j'étais au-dessus de cela.

Je prends congé de la vieille femme, de son regard brûlant ; je retourne aux tables garnies, aux brocs remplis d'alcool. Le raki détend peu à peu mon âme tétanisée. Je m'accorde le droit de boire jusqu'à en tomber, même s'il faut que je reprenne la route ce soir, pour le prochain sacrifice. Je connais bien mes limites. Lorsque les silhouettes deviennent floues autour de moi, je m'arrête. La tête dans un abreuvoir d'eau glacée, et puis deux heures à l'ombre d'un sapin. Je lève mon verre, appelant les femmes qui portent les pichets.

Le vieux Carche me salue de loin, un signe du menton appuyé mais discret. Je lui réponds de la même façon, le doigt au bord du chapeau. C'est tout. Je n'ai pas envie de parler. Pas envie de le rassurer encore une fois.

Je n'ai jamais manqué une cérémonie.

Quand j'ai été malade il y a deux ans, j'ai gravi la montagne avec presque quarante de fièvre et deux cachets d'aspirine dans le nez. Arrivé en haut en nage, j'ai failli ne pas pouvoir me relever avec la chèvre dans les bras. Quand elle a enfin basculé dans le vide, j'ai mis un genou à terre, le souffle en vrac et le cœur sautant dans la poitrine. Un truc incroyable, je n'avais jamais eu ça. À croire que j'allais claquer sur place. J'ai mis deux fois plus de temps que la normale à redescendre. Mais je l'ai fait.

Ce vieux-là le sait bien, que je ne l'oublierai pas. Et puis personne ne s'aviserait de faire faux bond à Carche. C'est la famille la plus riche et la plus influente du coin, bordée d'hommes de main comme s'il en pleuvait, y compris une petite milice chargée de faire comprendre les choses aux gens quand il y en a besoin. C'est comme ça qu'ils ont acheté la moitié de la vallée sud. Mais le vieux arrose au passage, et rares sont ceux qui y trouvent à redire, y compris ceux qu'il exproprie. Les mécontents finissent par partir précipitamment : on ne les revoit jamais, et personne ne cherche à savoir s'ils se sont vraiment sauvés ou si, en remuant un peu la terre aux confins du domaine, on en trouverait des morceaux. Le vieux Carche n'est pas un tendre, et ne tolère pas les refus. Il en a toujours été ainsi : avant lui, son père régnait déjà sur l'autre partie de la vallée. Je suppose qu'être né dans ce milieu l'a amené à considérer que le monde lui appartenait, et sans doute trouve-t-il normal de faire la pluie et le beau temps sur notre coin de pays. Cette famille est notre *Cosa nostra* locale, notre peste, notre histoire. Le Nord est si dépeuplé que personne ne songe à lui faire la guerre, et nous l'admettons comme une composante de notre vie, cherchant finalement à en tirer le meilleur.

Je regarde à nouveau le vieux Carche, les trois gardes du corps autour de lui, dont les armes se devinent sous les chemises ; il n'y a pas que du mauvais dans sa présence tyrannique, et il garantit un certain ordre sur notre territoire. Il suffit de ne pas s'opposer — et nous sommes si habitués à hausser les épaules en disant que c'est le destin, abandonnant un bout de terrain ou un jeune bouc musculeux, aux loups ou à Carche, au fond, quelle importance. Lui se souviendra. Aux soumis, aux dociles, aux arrangeants, il tend toujours la main quand le besoin s'en fait sentir. Que ce soit un travail ou de l'argent, une médiation, simplement la paix. Il dit : *On est de la même famille. Ne me remercie pas, c'est normal.* Ses débiteurs savent alors qu'ils lui seront redevables à vie.

Pour ma part, je n'ai jamais eu à me plaindre de lui. Ma situation particulière me donne des avantages : d'abord, le vieux Carche est superstitieux. Il craint les esprits. Et puis il croit que j'ai sauvé sa petite-fille. Je m'en souviens comme si c'était hier, parce que ses hommes avaient débarqué chez moi avant l'aube. En les entendant cogner et brailler à la porte, je m'étais dit : *C'est fini pour moi.* Il n'y avait aucune raison, je ne voyais pas d'explication à leur irruption, mais tout le monde le sait ici, si les hommes de Carche débarquent, c'est mauvais signe. Cette nuit où j'ai cru que j'allais mourir, je ne l'oublierai jamais. Et puis un des gars m'a raconté que la mouflette avait attrapé une mauvaise pneumonie et que le pronostic n'était pas bon, qu'il fallait que je vienne. Que je tente quelque chose. Je les ai suivis.

Le vieux Carche m'en a gardé de la reconnaissance, et un certain respect. Depuis maintenant une dizaine d'années que je croise régulièrement la petite, pour la célébration du solstice d'été. Ce n'est pas une fille solide comme celles de la famille mais je devine une bonne gamine, un peu poète, et cela me fait plaisir que tous ensemble nous l'ayons tenue par la peau du cul pour ne pas la laisser glisser du mauvais côté.

Ce soir je pars chez Carche, son signe de tête, c'est pour cela, pour me le rappeler. Dans trois jours, il marie sa cinquième fille, la dernière. Sa préférée. J'ai prévu des délais larges pour m'installer calmement, choisir la bête. Je souris au vieux. Un sourire en coin, distant. Pour ces affaires-là, c'est moi le maître, chef de clan ou pas, et je traite tout le monde à la même hauteur.

*

Deux heures de mauvaise route. Dans la soirée j'ai garé le Toyota près des dépendances et je suis descendu admirer la vue. Je ne m'en lasse pas, de ce coin, et Carche ne s'y est pas trompé, à prendre la plus belle ferme à flanc de coteau. Dans les pâtures, à perte de vue, moutons et chèvres parsèment le paysage de taches blanches et brunes. Déjà à cette altitude, les arbres se font plus rares. Des résineux, pins et sapins mêlés, quelques bosquets tordus de sorbiers et d'églantiers.

J'ai repéré l'enclos où ils ont parqué une trentaine de jeunes chèvres. Je n'ai pas le courage de jeter un œil ; on verra ça demain.

La cuisinière m'a servi à dîner. Carche s'endort tôt, devant la télévision le plus souvent et avant la fin des nouvelles. C'est aussi pour cela que je suis arrivé à cette heure-là, pour être au calme, ne pas subir sa présence tendue d'angoisse, imprégnée de croyances et de superstitions. Attentif à avoir le meilleur sort, qu'il achète telles les indulgences d'un autre temps. Il le sait pourtant, qu'on ne commande pas au destin. Que je suis un passeur, mais que je n'intercède pas, car personne ne le peut. La vie fait bien ce qu'elle veut. Chaque fois, je rends à Carche l'argent qu'il a mis en plus sur la table, en secouant la tête. Il insiste. *Pour la peine*, il dit. Mais je repousse les billets. *Y a pas de peine. Je ferai mon travail pareil. Ce n'est pas moi qui décide de ce qu'il y a dans l'avenir.* Et au fond de son regard, je vois la terreur.

Beaucoup de gens ici m'appellent le sorcier. Ils n'y croient pas, que je n'ai pas de pouvoir, un peu de complicité avec les dieux auxquels je sacrifie. Je suis modeste, pensent-ils, ou pire : je leur cache la vérité — une vérité effrayante. Ils ont fini par admettre qu'il vaut mieux peut-être ne pas savoir mais que, aussi sûr que deux et deux font quatre, je parle avec les autres mondes. Je les regarde, les écoute, et je me tais. Moi, je jette des bêtes du haut des montagnes. Le reste m'échappe. Bien sûr, il y a la façon de faire. Il y a le don. L'exemple du Roux est là pour montrer que ce n'est pas accordé à tout le monde, et qu'on ne peut pas impunément se moquer des esprits. Et puis ce que je sens autour de moi lors des cérémonies ne me laisse aucun doute : il y a bien *quelque chose.* Ces suintements, ces bruits minuscules, ces errements de l'air. Ces étranges incursions dans ma tête, les vertiges et l'impression d'avoir été investi, vidé, guidé parfois. Mais je n'ai pas d'illusions : bien que je mène le jeu, c'est lui qui me prend. Les messages, je les reçois sans avoir mon mot à dire. Si j'essayais d'influencer le sort, je suis certain qu'il me le ferait payer.

Voici ce que je redirai au vieux Carche demain quand il voudra mieux que les autres : nous avons peur du destin parce qu'il nous enlèvera ce que nous avons aujourd'hui, nos proches, nos biens, notre vie. Mais ce que nous devons craindre par-dessus tout, c'est d'exiger de lui — car alors nous aurons à affronter sa vengeance.

*

Une nuit courte comme souvent, mêlée d'alcool et de forces qui montent en moi peu à peu, puisant au fond de mes entrailles les ressources pour me dissoudre dans l'univers. Bien avant que la maison ne s'éveille, mon travail commence, presque à mon insu, distillant ma conscience sur les collines et par-dessus les troupeaux, les sens étrangement engourdis et pourtant si aigus. Je me suis levé avec le soleil, j'ai regardé le ciel bleu pur. Pas même un filet blanc au loin. Froid. En saluant les gars qui partent rassembler les bêtes, un peu de fumée sort de ma bouche. Il ne fait pas cinq degrés. Je déjeune rapidement.

L'excitation me gagne : entrer dans l'enclos, laisser mes mains filer sur le dos des chèvres, marcher au milieu d'elles. Sentir leur odeur familière. Comme si je me retrouvais chez moi et que je puisse m'apaiser. Alors je déambule, les yeux à demi fermés, guidé par les bêlements et les têtes qui viennent se frotter contre mes jambes, à sentir sous mes doigts les cornes, les poils drus, les nez curieux fouillant mes poches. Un sourire aux lèvres. Mon univers. Mes bêtes, toutes, enclos après enclos et d'une cérémonie à l'autre. Je ne sacrifie pas pour le plaisir ; il y a un sens à cela, une nécessité sans laquelle je les épargnerais parce qu'elles ont bien mieux à faire, élever leurs petits, nourrir nos villages. À chaque chèvre que je choisis, je suis reconnaissant de rentrer dans le jeu du destin. La puissance de cet acte symbolique me met en transe, mais je sais que le prix du sang est sur mes mains. Sacrifice après sacrifice : il n'y a qu'aux hommes forts que cela est possible.

Combien de temps a passé ? Une heure peut-être, et je m'immobilise d'un coup. Les yeux bien ouverts cette fois, je regarde le troupeau. Je ne veux pas me l'avouer mais le serrement dans ma gorge me prend de court : aucune de ces bêtes ne m'a appelé. Je tique en crachant au sol. En général, je m'arrête très vite sur trois ou quatre chèvres que je sors du groupe. Et puis je lance les osselets, pour conclure le choix. Mais ce matin, rien. Je cherche quand cela est arrivé pour la dernière fois. À moi, jamais : c'était du temps de mon grand-père, vingt-cinq ans en arrière. Impossible de me rappeler chez qui. D'accord. À mon tour donc, aujourd'hui. Quelques respirations profondes, et je serpente à nouveau entre les bêtes tranquilles. J'essaie de ne pas salir mon esprit — mais je sais que ce premier faux pas me parasite et me déconcentre. Déjà, la phrase dans ma tête : *Il faut que j'en trouve une*. Une heure plus tôt, je me demandais simplement laquelle. Lesquelles, même. Mauvaise pêche.

Je perds la matinée complète dans le troupeau. Le vieux Carche passe me voir deux fois. Il ne dit rien. Il hoche la tête. Sans doute pense-t-il que je prends mon temps pour choisir. Ça, pour le prendre ! J'ai bloqué mes mains dans mon dos pour qu'on ne les voie pas trop se serrer. De colère ou de perplexité.

La troisième fois qu'il s'approche, je gronde : *Elles viennent d'où ces bêtes-là ?*

— Elles ne conviennent pas ?

Je jette un regard froid sur son visage déjà défait. Incroyable comme ce petit homme sec aux yeux étrécis, à la moustache et aux cheveux blancs depuis longtemps, chancelle lorsqu'il s'agit des esprits. Nul ne pourrait imaginer qu'un tel vieillard, apeuré et obséquieux, règne sans pitié sur la vallée. Emmitouflé dans sa peau de mouton, il me fait penser à ces vagabonds que je croise parfois au bord des villages, et qui osent à peine quémander un morceau de pain. La crainte de l'au-delà le tétanise, et pourtant je vois sourdre, derrière cet effroi irrationnel, la dureté du bonhomme. Je répète seulement :

— D'où ?

— Ce sont les naissances de l'an dernier. C'est mon fils qui les a choisies. Elles ne te plaisent pas ?

— Je veux en voir d'autres.

— Bien sûr.

Il appelle dans un beuglement. Aussitôt, deux hommes accourent.

— Ramenez les chevrettes. Celles du pré Dormant.

Il se tourne vers moi.

— Tu les auras dans une demi-heure. Une centaine. Tu veux boire quelque chose en attendant, faut pas rester comme ça. Une bonne bière.

Je ne lui réponds pas. Je regarde les gars qui s'éloignent en ouvrant des couloirs dans les clôtures pour ramener les bêtes jusqu'à nous. Trois chiens les suivent en jappant. Des chiens noir et blanc avec de longs poils, des bergers. Faut qu'ils me ramènent la bonne. *Allez,* je leur lance en silence.

Lou

L'après-midi, un peu après quatre heures, au dos d'une forêt de sapins, Vigan s'arrête. Nous restons en suspens les uns derrière les autres, piétinant sur place, nous interrogeant déjà. Marc demande :

— On fait quoi, là ?

— On monte le camp. On va se poser ici.

— Déjà ? interroge Lucas.

— Dans une heure la nuit sera tombée, ça va vite. Regardez, ça grise à l'horizon. On n'a rien de trop pour monter le camp, ramasser du bois pour le feu. Et se préparer un bon gueuleton.

Nous sortons nos tentes et, bien entendu, nous ne pouvons nous empêcher de crier *Abracadabra* en les lançant par terre, pour qu'elles se déplient toutes seules, comme dans la publicité ; cela ne fonctionne pas avec celles-là. Simple jeu. Histoire de nous faire rire, sans doute aussi le soulagement de se reposer. Elias et moi nous emmêlons avec le tissu et les montants, et pourtant nous nous étions entraînés dans l'appartement — une catastrophe, et j'avais cassé un vase en secouant la tente pour la défaire. Impossible de se rappeler ce qui va où et ce qui s'emboîte dans quoi malgré l'inscription sur l'étiquette, *montage facile*, mon œil. Marc finit par nous aider, goguenard mais gentil : il concède que c'est compliqué quand on n'a pas l'habitude. En quelques minutes, il monte notre magnifique tente rouge, plaisante, on dirait une balise. Je ricane.

— Jaloux !

Nous regardons la sienne, kaki comme il se doit. Je lui propose de peindre des fleurs dessus à notre retour. Comme ça, c'est trop triste.

Nous avons le temps de tous nous asseoir sur les rochers pour regarder le coucher du soleil. Une lumière bleu et rose, presque pastel, qui va muer en une peinture ocre et grise aux dessins terribles. Des filets de nuages, partout. Des reflets qu'aucun de nous n'attendait — sauf Vigan, qui les connaît par cœur, je suppose.

— Putain, souffle Étienne en regardant les déchirures du ciel.

Lucas râle.

— T'as pas mieux ?

Elias et moi, nous nous taisons mais nous sommes d'accord, devant ce paysage et ces couleurs, nous préférerions quelque chose de plus poétique. La montagne nous impressionne, moins par sa beauté que par la puissance qu'elle dégage jusqu'aux lumières de ses couchers de soleil, et nous espérons que cela va mettre des heures à disparaître, pour nous en repaître à jamais. Nous sommes là au bout du plateau, devant un spectacle qui nous laisse bouche bée. Seul l'air froid qui se sent davantage et nous fait resserrer les bras sur nos joues et nos ventres nous rappelle à la réalité.

— Il y a du vent, se plaint Arielle.

Vigan lui touche l'épaule, met un doigt sur son oreille.

— Oui, mais écoute. Cela, il n'y a qu'avec du vent qu'on peut l'entendre.

— Quoi ?

— Chut, écoute. Écoutez tous.

Nous faisons comme il dit, silencieux et attentifs. Au début nous croyons que c'est juste un souffle dans les montagnes, un bruit continu comme un courant d'air, et nous nous observons de biais sans oser dire ce que nous pensons — rien d'extraordinaire là-dedans, et je croise le regard interloqué d'Arielle qui me fait une grimace, je me retiens de rire. Et puis. D'un coup, cela se met à courir le long des crêtes, plus aigu ou plus grave, des notes, oui, vraiment des notes comme un refrain — nous levons des yeux stupéfaits sur Vigan. Très loin, très bas, une mélodie. Des bribes. Arielle étouffe un petit rire, moi je me concentre pour mieux l'entendre. La reconnaître. Elle s'évapore. Revient. Me rappelle une musique sur laquelle je ne peux pas mettre de nom, mais qu'il me semble avoir toujours connue. C'est faux bien sûr, et le son m'échappe, me rattrape, enivrant et fuyant à la fois. Les yeux rivés au ciel, je ne vois rien, tendue vers la mélodie presque inaudible qui joue avec nous. Vigan essaie peut-être de suivre le fil de nos pensées — nous sommes tous dressés dans un geste suspendu, ébahis, effrayés que cela puisse s'arrêter. Le murmure du guide se superpose à ces sons obsédants ; nous nous taisons toujours.

— La première fois que j'ai entendu ça il y a des années, j'ai cru que j'avais découvert le chant des sirènes. Qu'il se trouvait dans les montagnes, pas dans la mer. Une mélodie que l'on devine à peine mais qui vous happe, et vous obnubile. Des notes dont on sait qu'elles sont en train de composer quelque chose de magique, mais qui restent hors de portée, presque, il suffirait d'un pas dans l'abîme. Vous l'entendez cette mélodie, vous sentez comme elle est toujours un peu plus loin, toujours de l'autre côté ? La tentation, c'est de vouloir la rejoindre. Lever une jambe comme si on allait traverser le grand vide, seul là-haut, le pied en l'air jusqu'à ce que notre cerveau lance un signal d'alerte. Stop.

Ou pas. Cette saleté de musique, toujours ailleurs. Le même principe que le pied des arcs-en-ciel qui abritent prétendument un chaudron plein d'or : mais personne ne l'atteint jamais.

Je ferme les yeux, dessinant dans ma tête un immense arc-en-ciel. Vigan a raison, on ne trouve jamais le pied. Quand j'étais môme, j'ai essayé des dizaines de fois ; ce chaudron d'or, je le voulais. Quelle frustration de revenir toujours bredouille alors que j'avais déjà prévu d'aller m'acheter un panier entier de bonbons, des peluches et un petit chat… Encore une mauvaise blague, ça. Au moins cette musique, je l'entends, elle est là, même si elle va disparaître. Portée par une sorte d'élan sacré, un sentiment merveilleux s'il n'était aussi fugace, je demande :

— C'est quoi, en fait ?

Vigan hausse les épaules, ouvre les bras. *Le vent, l'air sur les particules de neige, Dieu, que sais-je.*

— Oui, mais en vrai, c'est quoi ?

— Tout cela à la fois. Tout ce qui fait que la montagne chante.

— C'est ce que l'on dit ?

— Oui.

Nous nous penchons pour écouter à nouveau, avides de réentendre une note, un son, deux peut-être. Nous guettons la mélodie qui serpente au loin, s'approche, nous exaspère tant elle ne veut pas se donner. *Peut-être est-ce nous qui l'inventons*, dit Vigan. *Et pourtant. Tu l'entends, toi aussi. Nous l'entendons tous.*

Je hoche la tête en signe d'ignorance et il m'imite à son tour.

— Les vieux disent que si on l'écoute trop longtemps, on devient fou.

— Ah ! je m'exclame, là aussi, comme le chant des sirènes.

Vigan sourit. *Oui, mais les sirènes, ça n'existe pas.* Je préfère l'ignorer. À côté de moi, Elias pose une main apaisante sur mon bras, il sait que tout ce qui est magique me fascine, que la réponse terre à terre de Vigan me déçoit.

— On fera comme si, dit-il dans un murmure, sa main caressant mes cheveux. Les sirènes, les déesses, les elfes. Tout ce que tu veux, on les trouvera dans la montagne, va.

C'est ce que j'aime chez lui : sa capacité à faire vivre ce qui me fait rêver. Son absence totale de brutalité. Elias est un romantique, un vrai, jusque dans ses airs enfantins et ses boucles blondes, son corps si mince qui lui donne des allures de félin. Un être éthéré perdu dans un monde trop lourd. Je pose ma tête sur son épaule et il m'entoure de cette présence silencieuse et profonde, son cœur contre moi, son sourire que je devine sans le voir, juste à son souffle sur mon front. Je dis :

— Et des fées.

— Et des fées, confirme-t-il. Bien sûr.

Vigan allume le feu juste avant la tombée de la nuit. Pouvoir d'attraction des flammes : en quelques instants, nous sommes tous assis autour. La chaleur nous fait du bien et, par réflexe, nous tendons les mains. Je contemple les reflets orangés et dansants sur les visages, le sourire fatigué de Marc, l'éclat de l'alliance de Lucas devant les braises. Vigan surtout, et son beau regard, à présent qu'il a enlevé ses lunettes de soleil ; la force que je devine dans ce corps viril. Arielle l'épie aussi, je m'en rends compte. Nous sommes silencieux. Je me sens légère, portée, flottante. Les autres ont à moitié fermé les yeux, bercés par le craquement du bois, le jaune des étincelles. Ça monte haut dans la nuit, un fil d'étoiles éphémères. La même sensation me vient que quand j'étais enfant, lorsqu'une fois par an, l'été, nous allions au cinéma en plein air. Enveloppées dans des couvertures pour nous réchauffer, ma sœur et moi, nous attendions l'obscurité. Alors le film commençait sur l'écran monumental, et nous le regardions en grelottant, fascinées. Assises sur l'herbe déjà humide. Dieu que nous étions bien, et que nous avions froid.

À côté de moi, Arielle s'extasie. *J'ai l'impression d'être au ciel.*

— Au ciel, se moque Marc. Vraiment. C'est bien une remarque de bonne femme, ça.

— Quoi, une remarque de bonne femme ? Parce que je parle du ciel ? Que je trouve ça beau et que je le dis ?

— Tu veux pas qu'on fasse une petite prière, pour rendre grâce ?

Étienne laisse échapper un rire et je coule un regard noir vers lui :

— C'est bon, pas la peine d'en rajouter.

— T'inquiète, Lou, gronde Arielle, c'est des bourrins, c'est tout. Ça leur passe carrément au-dessus de la tête.

Et comme Étienne s'apprête à protester, Vigan s'interpose. *Ça va. Vous n'allez pas vous disputer pour des conneries devant une vue comme ça ?* Je me recroqueville contre Elias, vexée de m'être laissé prendre dans cette dispute idiote, gênée par la virulence d'Arielle et de Marc — moi qui essaie toujours d'atténuer les conflits, de les tourner en plaisanterie. Alors nous boudons autour du feu, muets, ressassant quelques pensées peu amènes. Premier jour — bravo. Et ce n'est même pas moi qui ai commencé ; je souris à Elias et il hoche la tête d'un air entendu. *D'accord, pour une fois ce n'est pas toi*, c'est devenu un jeu entre nous, ces coups d'œil pour marquer des points. Même s'il gagne plus souvent que moi.

— Hein, qu'on pourrait être au ciel ?

La voix d'Arielle a coupé le silence, claire, insistante. Vigan sourit : en fait oui, c'est elle qui a raison. Le ciel, nous y sommes. Quand nous tendons les bras, que nous ouvrons les doigts, que touchons-nous sinon le ciel ? Pourquoi est-ce que ce serait toujours loin par-dessus nous ? Nous avons les pieds sur terre, mais tout ce qui est au-dessus baigne dans le ciel. Il est là, tout près, qui nous entoure et nous enveloppe. Nous avons les mains dedans. Nous le respirons chaque seconde.

Je regarde Vigan, bouche bée comme les autres. C'est curieux ces *a priori* que nous avons sur les gens : un guide, c'est un type solide, basique, pratique. Pas un poète. Là, il nous a mouchés, et je vois bien que personne ne trouve rien à redire, même cette grande gueule de Marc. Je me laisse porter par ses paroles, et ce qu'elles font résonner en moi, ces choses d'une simplicité telle que nous les oublions, que nous les croyons impossibles. À moi, l'air paraît plus doux soudain. Je suis au ciel. Une joie immense me fait frissonner. *Je suis au ciel.*

*

La température descend bas la nuit en montagne. Nous restons un long moment autour du feu, à bavarder, à regarder la neige sous la lune. À écouter les bruits. Arielle sursaute chaque fois qu'elle croit entendre quelque chose, renâcle quand Lucas la chahute.

— Arrête de te moquer de moi. Il y a forcément plein d'animaux autour de nous, on ne sait pas.

Vigan confirme la présence de loups et d'ours dans ces coins-là, nous rassure cependant : le gibier est abondant et les accidents, ici, il n'en a jamais entendu parler. Arielle n'abandonne pas : et l'exception qui confirme la règle ? Et un truc fou que personne n'imaginerait, surnaturel, incontrôlable — elle a lu que les Albanais croyaient dur comme fer aux *vroko-laks*, des esprits indestructibles et buveurs de sang ? Le monde est plein de catastrophes inattendues.

— Trouillarde, se moque gentiment Lucas.

Trouillarde, je répète en moi-même en lui en voulant de plus en plus, parce que je commence à surveiller l'obscurité moi aussi, que je sens ma gorge se serrer et mes sens se mettre en alerte. Un oiseau de nuit qui s'envole. Un peu de vent dans les arbres, une branche qui craque sans raison. Au bout d'un moment, je n'ose même plus essayer de scruter les ténèbres : si quelque chose doit nous tomber dessus, je préfère ne pas voir, ne pas savoir. Je me concentre sur le feu, sur les conversations pour m'empêcher de tendre l'oreille vers la forêt. Et quand Vigan propose que nous allions dormir, je regagne la tente en regardant le sol, trop inquiète de deviner la silhouette d'une bête juste derrière le halo des flammes. Je referme soigneusement l'ouverture sur nous. Vérifie d'un coup d'œil que les autres rentrent bien sous leurs toiles eux aussi. Je m'allonge contre Elias.

— Elle a réussi à me flanquer la frousse avec ses histoires, cette conne.

Un soupir amusé près de moi dans le noir.

— Lou. Tu as quel âge ?

— Ça n'a rien à voir. On est en plein milieu des bois, la nuit, là-dessus elle a raison, il peut nous arriver n'importe quoi.

— Mais il ne nous arrivera rien.

— Oui. Sans doute. J'espère.

— Viens là.

Il me prend dans ses bras et nous chuchotons encore un moment ; je le sens m'échapper, couler dans un sommeil lourd, paisible. Il finit par me lâcher et se pelotonner dans son coin. Trop froid pour envisager une nuit d'amoureux, pour s'endormir enlacés hors des duvets — et je remonte moi aussi la fermeture au maximum. Sur mon visage, je sens le froid, combien ? Cinq degrés ? Mais tout le reste est chaud, et je m'endors peu à peu, entre des rêves incohérents et les images de la journée. Des mots me traversent la tête sans que je les retienne, joueurs. Une mélodie que je ne reconnais pas. Le soleil sur la montagne, la lumière de la poudreuse. Depuis ma semi-conscience, j'entends la respiration d'Elias, calme et régulière — cela me rassure.

Le sourire de Vigan assis près du feu, et sa main tendue vers nous.

Il raconte que les loups, quand ils croisent des randonneurs égarés, les égorgent jusqu'au dernier avant de se déchirer entre eux pour se disputer le festin. Le vainqueur reste seul sur la montagne couverte de sang et de cris rauques, enterre les cadavres, pour faire des réserves. Je vois un loup couronné, le front brillant d'émeraudes et de turquoises. Une petite voix dans mon demi-sommeil : seul ? C'est un animal qui vit en horde. Vigan rit — sa voix vibre au fond de moi comme un écho infini. *Oublie ce que tu crois savoir. La montagne est effroyable*, siffle-t-il. Et dans mon demi-sommeil, je sais que nous allons vers elle, et que quelque chose nous attend. Quelque chose que nous aurions tout fait pour éviter, si nous avions su. Mais personne ne nous a prévenus. Personne n'aurait pu imaginer. Et nous sommes tous partie prenante de cette aventure qui va virer à l'enfer.

Au réveil, j'aurai oublié ce rêve dérangeant, cette peur qui n'a pas de raison d'être. Mais le malaise restera, sans que je sache d'où il vient, de ce que nous avons mangé, de l'altitude, de la légère tension qui perdure entre Arielle et Marc.

Et même si j'avais trouvé, aurais-je pu nous sauver ?

Mathias

J'ai sorti deux chèvres du lot, juste deux, et j'ai mis presque trois jours. Jamais vu ça. Quand les gars ont ramené les jeunes bêtes avant-hier, je me suis réjoui d'être chez Carche : avec son cheptel de plusieurs milliers de têtes, j'allais forcément trouver mon bonheur. Seulement ça ne s'est pas si bien passé, et j'ai tourné tout l'après-midi et le jour suivant en désespérant de mettre la main sur une bestiole chargée. Quand je dis chargée, je parle de magnétisme, d'énergie, de quelque chose qui me dépasse; une chèvre lumineuse, capable de prendre sur elle le malheur du monde et d'aller l'écraser pour un temps au bas d'une falaise. Bien sûr, j'ai pensé en choisir une ordinaire, pour que cette quête, cette recherche insupportable cesse. Oui, je pouvais tricher, faire au mieux : une chèvre sur laquelle je m'arrêterais au hasard; dans ma situation, je me contenterais d'un très discret frisson, je saurais que je m'en remettrais à un piètre compromis, mais cela suffirait — en principe. Parce qu'on commençait à me regarder de travers, ici. La famille du vieux, les saisonniers, tous venaient en silence et l'air de rien, jetaient un œil sur l'enclos où j'errais toujours, mes doigts courant sur les échines. Ils ne disaient pas un mot, mais je sentais qu'ils trouvaient cela long. L'inquiétude montait par vagues, et je ne sais quelles rumeurs avaient déjà dû enfler au sortir des tablées, dans les pâtures en surveillant les troupeaux, au fond des cuisines. Que, peut-être, le sort était défavorable ; qu'il fallait annuler le mariage. Que les Carche allaient payer pour tout ce qu'ils avaient fait — nul besoin de rappeler ce que recouvrait ce « tout », nul doute non plus que cela en réjouissait plus d'un. Que les bêtes étaient maudites, et guettées par le fléau. Que j'étais moins bon que mon grand-père. En un mot, quatre heures avant la fête, j'étais bredouille. Cette tension flottante me déconcentrait, et j'ai longtemps pesé le pour et le contre : pouvais-je prendre une chèvre au hasard ? Est-ce que j'y croyais moi-même suffisamment peu pour accepter le subterfuge ? Faisant cela, j'ouvrais la porte à tant de choses. Peut-être me faudrait-il arrêter, après.

Le mariage attendait. Le vieux Carche s'est résolu à venir me parler, seul, à voix basse. Comme s'il pouvait effacer la honte.

— Est-ce qu'il faut retarder la cérémonie ?

J'ai dit oui, parce que je ne voulais pas encore céder au sort. J'ai vu ses épaules s'affaisser, ses sourcils se froncer. Il a repris contenance très vite, avec un sourire qui ne sourit pas. Un petit geste de la main, comme un doigt qui claque, comme on appelle un chien. Son homme de main a couru vers nous.

— Va dire que le mariage est repoussé d'une heure. Fais servir à manger et à boire en attendant.

Il sait ce que cela va entraîner de racontars, de suppositions, de mensonges plus ou moins cohérents. Ébranlé par mon hésitation, il n'en dit rien cependant. Dans son regard, quand il passe près de moi, je lis une supplication. J'enrage. *Je fais ce que je peux, bonhomme. À moi aussi la situation pèse.*

Je navigue à petits pas dans une mer de chèvres, seul être dépassant de ce tapis de dos bruns et rouges, noirs ou blancs, qui ondule et bêle et s'impatiente dans un enclos trop petit pour lui. Je déambule, rongé par le doute, à la fois concentré et ailleurs. L'odeur que j'aime tant me sature les sinus à présent, aigre, entêtante. Sans doute je commence à me résigner, sans pouvoir me défaire de ce petit espoir : la solution arrive parfois quand on désespère de la trouver. Alors j'essaie de repousser la tension. Je ne cherche plus de chèvre, je marche juste parmi elles. Leurs corps me freinent, me bousculent, me heurtent les jambes. Mes mains toujours, sur elles. Un peu de vertige — elles sont là si serrées qu'elles me retiennent.

Et puis elles. Je les remarque parce qu'elles se battent. Une noire et une blanche. Une noire avec une patte blanche, une blanche avec un cercle noir autour de l'œil. En une fraction de seconde, je vois le bien et le mal, chacun portant en lui un fragment de l'autre, et mon cœur fait un bond dans ma poitrine. Je traverse le troupeau énervé, ne les quittant pas des yeux, écartant les chèvres de mon chemin avec de grands gestes. Quand j'attrape les deux bêtes par les cornes, une dizaine de personnes se sont déjà collées aux barrières. Enfin je peux rire de les voir me guetter de la sorte, un rire sonore, montant du fond de la terre — les larmes sous mes paupières, le soulagement. Autour de moi, la clameur sourde, et les jeunes qui détalent pour annoncer la nouvelle. Deux bergers viennent m'aider à sortir les chèvres de l'enclos. Je lève un bras, déjà fatigué mais heureux, et je crie : *À boire !* Dans ma voix la puissance et la gloire. Je suis celui qui parle aux esprits et qui entend leurs messages. Celui qui les oblige à se manifester pour que la vie continue, entre eux et nous. Maintenant la cérémonie peut commencer, et j'entends le chahut des tables que l'on installe, parce qu'on n'avait pas osé les dresser avant que je finisse.

Je prends le verre que l'on m'apporte.

De toutes mes forces, je chasse l'image de cet homme qui a cru faillir pour la première fois, passant au bord du gouffre, joyeux tel celui qui a pensé mourir et qui, au dernier moment, a trouvé une corde pour se retenir.

*

La noire ou la blanche ? Devant moi, la position des osselets me laisse perplexe et je me dis que, décidément, ce mariage m'aura posé bien des problèmes. Alors je fais un nouveau lancer, concentré sur une question différente. La blanche ? Deux osselets sur le creux, un sur le dos, un sur le S. Comme je déteste ces réponses paradoxales ! Je regarde la chèvre, qui me regarde de son œil noir. Jolie petite bête. Alors l'autre. Cette fois, je souffle sur mes mains pour me donner une chance. La noire.

Deux osselets sur le creux, un sur le I, un sur le dos. Pouah. Et cela fait plusieurs fois que je les jette, m'acharnant sur un sort qui ne cède pas, exaspéré par ses messages incompréhensibles. Sur le dos, réussite. Sur le I, impossible. Les deux à la fois ?? Et merde, à la fin. Aucun de mes lancers ne m'a donné de piste claire.

Derrière moi, dans la chapelle familiale, la messe de mariage est déjà bien entamée et j'entends bavarder la foule de ceux qui n'ont pas pu entrer. Jamais je n'ai été aussi pressé par le temps, aussi flou dans mes choix. Les mains dans mes cheveux. Frotter fort.

— C'est laquelle alors ?

Je me retourne vers l'enfant qui vient de parler. Malgré l'énervement, un sourire.

— C'est toi, gamine. Tu vas bien ?

La petite-fille de Carche acquiesce. J'aime bien cette môme, menue et timide ; d'une certaine façon j'y suis pour quelque chose, si elle est toujours là. Elle montre à nouveau les deux chèvres.

— C'est laquelle ?

— Je ne sais pas encore.

— Moi je dis que c'est la blanche.

Elle accourt, vient s'asseoir près de moi. Nous observons les bêtes en silence un long moment. Une idée. Je dis :

— Tiens. C'est toi qui vas lancer.

D'un geste brusque, elle noue ses mains dans son dos pour échapper aux osselets que je lui tends.

— Je peux pas.

— Tu as le droit. Si le sacrificateur te le demande — et je te le demande.

— Je peux pas. J'ai le malheur.

— Toi ? Tu es passée pas loin toute petite, mais regarde-toi. C'était il y a des années. Tu as dix ans maintenant.

— Grand-père dit que je l'ai toujours. Ma mère le dit aussi.

— Et toi tu les crois.

Je pose une main au-dessus de sa tête sans rien percevoir. Nous attendons. Je ferme les yeux. Quelque chose de moi se détache, part aux chemins des montagnes en flottant dans l'air. Peut-être la fatigue joue-t-elle dans cette vision légère, et je soupire en sentant l'odeur des silènes. Trop tôt évidemment.

— Bien.

Son regard fasciné sur moi. Je voudrais lui dire que je ne suis ni un dieu ni même un sorcier. Que, contre toute attente, je cherche son aide. Mais un gamin ne tient jamais sa langue, et je ne peux rien avouer, condamné à la perfection et à l'inébranlable foi en ce que je suis, ce que je fais. J'ouvre sa paume et je dépose les osselets. Mes yeux dans les siens, dans ses iris d'un bleu limpide. J'ordonne :

— Une seule fois.

Et elle les lance.

Mon sourire.

D'abord elle ne comprend pas, et je lui montre la position, les signes. Sans ambiguïté.

— Tu vois, je dis. Finalement ce sera la noire.

*

Assis en marge de la fête, le cerveau embrumé par l'eau-de-vie que l'on m'a servie en abondance, et que je n'ai pas refusée. Je suis toujours en chemise bien que la température ait baissé dès que le soleil a plongé derrière les sommets. Imbibé d'alcool, et rien ne me touche. Foutues journées. Derrière moi, à présent, et je pousse un long soupir. Les osselets sont rangés dans la pochette à ma ceinture, la chèvre doit commencer à puer là-bas au pied de la montagne. Ici, ce ne sont que rires et cris de joie. La mariée est venue m'embrasser. Une très jolie mariée.

Tout le long des bâtiments, des lampions ont été allumés, faisant surgir une ville de lumières. La propriété du vieux Carche est un empilement de maisons ajoutées les unes aux autres, ici à étage, là de plain-pied, formant un serpent de pierres infini. Peut-être deux cents mètres de long, peut-être plus — les habitations du maître sont séparées des communs par un simple patio. Les guirlandes courent sur les façades, tracent des chemins au sol et nous empêchent de nous égarer, reflétant les silhouettes des vieux chênes, jouant avec l'ombre des ramures. Les tables dévastées par les convives ont été regarnies de plats et de boissons : nous n'en viendrons pas à bout bien sûr, Carche y a veillé. Agneau, bœuf, volailles et légumes cuisinés, baignant dans l'huile d'olive et les épices, répandent cette odeur exaltante de viande grillée, de poivrons cuits et d'aubergines. Je les roule dans des feuilles de pain, les engouffre comme si je n'avais rien mangé depuis des jours. Je bois. Bâfre à nouveau, ivre de cette nourriture grasse et parfumée autant que d'alcool, dédaignant les brocs de lait tant que je tiens encore debout. Je parle aussi, fort à cause des musiciens, assailli par les voisins et les familles, et je ne sais pas ce que je dis — mais ces conversations futiles et mécaniques me sont familières, et il est rare que l'on me rapporte le lendemain des propos insensés que j'aurais tenus. Sourires, éclats de rire, parfois sans avoir entendu à quoi j'applaudis. Des bribes de discussions, les mêmes depuis toujours, avec mes mêmes réponses et peut-être des plaisanteries que j'ai racontées vingt fois déjà. Aucune importance. Les autres font pareil. Il fait froid depuis longtemps mais nous ne sentons rien, ivres et brûlants, assis autour des tables salies par nos gestes maladroits, le reflet des bougies et des lampes jouant sur nos visages fatigués. Le vieux Carche est venu me serrer la main ou l'épaule plusieurs fois, affichant sa satisfaction et sa puissance ; lui comme moi, nous savons cependant que les gens se souviendront des heures d'angoisse qui ont précédé le mariage, autant que de la fête. Le premier accident ici sera perçu comme l'explication de ce sacrifice laborieux, et les hommes diront à voix basse : *C'est donc cela.* Mais pour le moment nous ne voulons pas y penser, et le vieux Carche arbore un sourire vainqueur, encourage à fêter les noces jusqu'au petit matin. L'alcool aidant, l'ambiance se détend encore, ronronnante et rieuse, et les musiciens jouent plus lentement, des airs plus calmes. Au milieu des convives aussi avinés que moi, je ne trouve plus grand-chose à dire. Je frappe la table pour saluer les histoires que l'on raconte, je rattrape mon voisin qui s'effondre à moitié sur moi. La promiscuité ne me gêne pas ce soir ; j'ai besoin d'oublier mes sacrifices, de me fondre parmi mes semblables, de sentir la chaleur des corps. Toucher le bras des femmes. Avant de regagner mon coin de montagne, ma maison vide et étriquée, et de me convaincre que je préfère être si absolument seul.

Parfois on me demande ce qui se passera, après. Après ma

mort. Quand il n'y aura plus de sacrificateur. Je dis que d'autres émergeront, même étrangers. On rechigne, ce ne sera pas pareil. Ils ne seront pas d'ici. Et puis ?

Prendre femme et avoir un enfant, pour lui passer le don. J'ai renoncé depuis longtemps, même si l'idée vient bourdonner à mes oreilles les soirs de peine, m'agacer comme une mouche piqueuse. Au début, je pensais que c'était le métier qui voulait ça. La solitude. Mais avant moi, mon grand-père et les autres avaient une famille ; alors il a bien fallu se résoudre à l'admettre, le problème vient de moi sans doute. Pourtant il y en a des femmes qui sont venues me sourire lors des cérémonies, brunes et bien plantées, comme il m'aurait fallu. Bien sûr j'en ai renversé quelques-unes les soirs d'enivrement, parfois sans poésie, juste l'envie féroce elle et moi, et nous avons roulé dans le foin des granges. Mais chaque fois je suis reparti alors qu'elles dormaient encore. La rupture avec mes parents a cassé quelque chose en moi il y a longtemps, qui n'a jamais voulu se réparer. Je ne sais pas m'attacher. Je ne sais pas aimer, juste bon à écraser des chèvres.

Alors, rompre la lignée. Voilà ce que je suis en train de faire.

À boire. Je veux oublier. Derrière moi, un type vomit. Oui, nous avons passé les limites, comme toujours, incapables de nous raisonner lorsqu'il s'agit de manger et s'enivrer, de prendre des réserves de bonheur illusoire pour porter le fardeau de nos dures journées. Je ris sans raison. Je m'endors à moitié sur mes bras croisés par-dessus la table, le menton mouillé par des traînées de nourriture renversée. Les conversations qui perdurent me parviennent et me bercent, me rassurent, je ne suis pas seul, je fais partie du monde. Par mes yeux entrouverts, je vois l'éclat dansant des lampions.

Dans mon demi-sommeil, je devine Carche qui s'avance vers moi. Il est heureux, le vieux tyran, et sa femme lui court après en vain pour qu'il aille se coucher, il ne supporte pas les changements de rythme. Il a gagné dix ans ce soir. Il s'assied à côté de moi. Pas bon, dans l'état où je suis. Je perds pied, je n'entends plus, ne comprends plus. On verra demain. Qu'il s'en aille.

Il dit :

— Mathias. Faut que je te parle.

Lou

Je suis fière de moi et c'est peu de le dire : je tiens la route, bon sang, comme je ne l'aurais jamais cru. Un peu comme si mon organisme s'était habitué en une journée, et qu'il ait pris ce rythme lent et constant de la marche, gérant les cinq ou six heures à faire et se calant sur le pas pesant de Vigan. Pourtant ce matin, ça n'était pas gagné. Au réveil, je claquais des dents et j'ai hésité un quart d'heure avant de m'habiller, roulant mes vêtements en boule au fond de mon duvet pour les réchauffer. Elias m'appelait. *J'arrive !* je lui ai dit cinq ou six fois. Et puis au moment de sortir des couvertures, je craquais. C'est marrant comme le lever a été l'instant le plus pénible de ces premières vingt-quatre heures. Pas les montées, les glissades, le vent : mais le fait de quitter la chaleur de mon duvet. Une fois en route, je m'en suis plutôt bien sortie. J'arrive à suivre le rythme d'Elias — ou plutôt, il n'est plus obligé de s'arrêter pour m'attendre de temps en temps. Cela aussi me surprend : Elias qui travaille toute la journée dans un bureau, et qui cavale ici comme si nous étions sur un chemin plat de halage. J'ai même l'impression que plus ça monte, plus il aime. Hier cela m'a agacée, mais son attention constante envers moi, son réflexe de venir à mes côtés pour m'encourager, de me tendre la main quand j'ai du mal, ont eu raison de mon mauvais caractère. Et puis voilà, moi aussi je fais mieux, ce matin. L'air glacé qui me paralysait la veille me vivifie aujourd'hui. Pourtant, nom de nom, qu'est-ce qu'on caille. Je vérifie sans cesse que mon bonnet est toujours sur ma tête, persuadée qu'il a glissé, mais non, c'est le froid, mordant, usant, qui passe sous les laines et les tissus. *Tu as les lèvres bleues*, a dit Elias tout à l'heure.

— Super. Ça va bien avec mes yeux.

Ça l'a fait rire. À part cela, j'assure ou presque. Maintenant, ce sont Étienne et Lucas qui ferment la marche. Ça ne veut rien dire et c'est idiot, mais être remontée dans la file me met en joie. Elias m'a laissée passer devant lui et je dispute à Arielle la place juste derrière Vigan. Par un accord tacite, nous alternons elle et moi, d'un vallon à l'autre, sans jamais nous lâcher des yeux. Aucune compétition de randonneuses entre nous ; simplement de filles. Stupides. Pour être près de Vigan, qui représente la force et l'autorité. Qui nous rassure, ou que nous avons plaisir à regarder tout simplement. Le seul à garder une silhouette athlétique dans sa tenue de montagnard, quand les autres ressemblent à des ours pataudset ridicules. Parfois j'aimerais accrocher son regard ; mais celui-ci vogue au loin, loin devant moi, au-delà des montagnes. Se réajuste avec peine lorsqu'il se tourne vers nous, et je me demande où il est parti, perdu dans des pensées où nous ne sommes pas, c'est sûr, avide d'espace et de solitude, jouant un rôle pour quelques jours avant de regagner les sommets enneigés où personne ne pourra le suivre. Enivré par les hauteurs, et j'ai remarqué que son pas s'accélère. Le rythme qu'il nous impose augmente imperceptiblement. Dans la matinée, Marc a levé le pouce, rompu. Alors Vigan a baissé la cadence d'un cran, et j'ai cru voir son ombre se détacher de son corps pour aller plus vite, toujours. C'est comme si la puissance de la montagne l'investissait. À nous, elle prend des forces ; à lui, elle les donne. Nous voyons toute la différence. La métamorphose de notre guide nous fascine. En même temps, la peur nous est étrangère, car nous savons qu'il ne nous sèmera jamais, appliqué qu'il est à se retourner toutes les trois ou quatre minutes pour vérifier que nous sommes là. C'est Étienne qui l'a dit le premier, pour plaisanter. *Et s'il nous laissait ? Lequel d'entre nous pourrait le rattraper ?*

Mais la question est inutile, et Vigan nous attend, fait chauffer l'eau du thé, parsème notre chemin d'anecdotes et de contes. Le vent qui nous accompagne depuis ce matin nous glace les joues et les cils, fait courir sur la montagne une plainte infinie. Arielle claque des dents, cherche le soleil quand nous nous arrêtons pour boire et manger quelques biscuits.

— Je préférais hier quand on entendait cette sorte de musique. Là c'est lugubre, je trouve.

— On dirait des pleurs, approuve Étienne.

Vigan hausse les épaules. *Le vent, toujours le vent… Ou alors les larmes de la mère.* Il nous raconte la légende de ces trois frères qui construisaient un château dont les fondations édifiées le jour s'écroulaient chaque nuit. Un vieil homme finit par leur donner la solution : qu'on enferme la femme de l'un d'eux dans la pierre, et le château ne tomberait plus. Celle qui fut sacrifiée demanda seulement qu'on ne l'emmure qu'à moitié, pour pouvoir continuer à s'occuper de son jeune fils. C'est depuis ce temps que les pierres calcaires suintent parfois, d'un liquide blanchâtre qui rappelle le lait maternel, et que le vent emmène avec lui le gémissement et les pleurs de Rozafa à travers les montagnes.

Je frissonne. Je n'aime pas cette histoire. Je préférerais un conte flippant avec des dragons, un truc bien raide, bien lourd, plutôt que cet enfant arraché à sa mère, et ce souffle éploré autour de nous, qui me met mal à l'aise. Les autres se taisent aussi et Vigan nous secoue.

— C'est un peu comme vos loups-garous ou Merlin l'enchanteur. Rien de tout cela n'est vrai, mais ça fait partie du folklore.

— Merlin, ça n'a pas existé ? hasarde Arielle.

Lucas et Elias se regardent, perplexes. Étienne se gratte le menton.

— Euh, non, c'est une légende, Merlin, la fée Viviane et les autres.

Je lève un doigt.

— Mais la forêt de Brocéliande existe, elle, non ?

— Oui… — Étienne hésite. — Enfin, tout l'enjeu a justement été de la situer, de lui donner une attache réelle, mais je crois bien qu'à l'origine c'est une forêt mythique.

Elias plaisante en me prenant la main. *Une désillusion de plus, ma pauvre Lou. Sales vacances, hein.* Vigan me sourit avec un geste d'excuse.

— Je suis désolé. Je ne voulais pas te blesser, princesse.

Je rosis d'un coup sous l'appellation, me frotte la joue pour que cela ne se remarque pas. Elias se penche vers moi. Il chuchote à mon oreille :

— Il te plaît bien, ce guide. Heureusement que je ne suis pas jaloux. Mais je te rappelle que c'est non, je ne te partage pas.

Je me glisse entre ses bras avec un murmure. *Idiot. Il nous plaît à tous* — et c'est vrai : nous nous attachons à lui comme des disciples à un maître. Nous voyons la façon dont il nous parle, dont il met en valeur nos maigres exploits, et nous ne l'en admirons que plus. Pour sa générosité. Sa manière de nous encourager, de nous faire repartir de plus belle — pas plus vite, mais plus fort.

Autour de nous, la montagne nous enchante. Il y a moins d'arbres sur notre chemin à cause de l'altitude, et rien ne coupe la vue, que les crêtes et les pics. Nous en pleurerions, de cette beauté austère, immaculée, brute comme les rochers qui affleurent parfois sous la neige. À midi, nous nous arrêtons sur une plate-forme encaissée, noyée de soleil. En bonne paysagiste, bien sûr, je préfère être entourée de fleurs, de pelouses et d'arbres : mais ici, l'immensité envoûte. Les bruits feutrés de la poudreuse, les montagnes à perte de vue. Le bleu incroyable au-dessus de nous, d'une pureté irréelle. Et le réconfort d'une halte qui se prolonge, oscillant entre bavardages et sieste, le sentiment d'avoir fait un festin de roi avec notre fromage et nos saucisses — l'odeur fumée reste sur mes mains et je les hume de temps en temps avec délices.

Le silence. Plein, rond, paisible. Vigan contemple le paysage comme toujours, une carte sur les genoux.

— Qu'est-ce que c'est, là ? lui demande Lucas en mettant le doigt sur un point.

— La frontière.

— On va y aller ?

— Elle est trop loin, on s'arrête avant. Ça n'a pas beaucoup d'intérêt, d'ailleurs.

— On va où, nous ?

Vigan relève la tête, tend le bras.

— Tu vois le petit pic à droite ? Eh bien, encore plus haut. En fait tu as raison : on sera tout près de la frontière.

— Et on redescend de l'autre côté.

— Oui. On ne fait pas demi-tour. On passe par le versant est, c'est un peu plus court parce qu'on retrouve un village pas trop loin, et un taxi qui nous ramènera à l'hôtel. Mais demain on arrivera tard, c'est sûr.

— Le plaisir de dormir dans un vrai lit, de prendre un bain chaud…, murmure Arielle en joignant les mains.

Étienne la chahute. *Trois jours hors de toute civilisation, quelle horreur.* N'empêche : nous avons beau être ravis, nous sommes fourbus. Pour ma part, je rêve d'une douche brûlante. Depuis notre départ, j'ai froid. La sensation est épuisante et je tremble souvent, faisant empirer la fatigue. J'aurais dû m'en douter : déjà en France, dès que le plus chaud de l'été est passé, je grelotte. La seule à enfiler un pull pour dîner dehors par vingt-cinq degrés, c'est moi. Mais je ne savais pas quels vêtements supplémentaires prendre pour cette randonnée, et j'ai eu peur de transpirer, d'avoir encore plus froid ou d'attraper la crève — l'enfer. Hier soir, j'ai mis des heures à m'endormir à cause de mes pieds gelés. Elias se moque de moi quand je lui dis ça, mais quand on a les pieds froids, on ne peut pas dormir. Je souris intérieurement : quelle râleuse je fais. Je suis fatiguée, je caille, j'en ai marre. Heureusement que je n'en dis rien, que je m'en amuse même, à part moi. Mais ce trekking, c'est quelque chose. Le pire, ce sont les jambes, dures comme du bois, et les épaules usées par les sacs. On nous avait dit qu'ils s'allégeraient à mesure que nous les viderions de notre nourriture, mais tiens : au bout de trente-six heures, on ne sent pas la différence. Et puis la bouffe, ça n'est pas lourd à côté des duvets, des tentes et de tout le matériel que nous trimballons comme des ânes. Et encore, quand je vois le sac de Vigan avec le réchaud, la pelle et j'en passe, je suis soulagée de ne pas être à sa place. Même nos appareils photo, nous les détestons. Nous aurions dû nous contenter de nos téléphones portables qui n'ont aucun réseau mais auraient pris d'excellentes images. Je me souviens soudain que nous en avions parlé avec Elias avant de partir. Sa réplique moqueuse à mes oreilles — *Oui, et dans vingt-quatre heures quand la batterie sera déchargée, ça te fera une belle jambe d'avoir ton super smartphone avec toi.* Mais nous les avons pris malgré tout. Moi, je vis avec, je mange, je dors avec. Impossible de m'en priver, même si hier soir, quand j'ai vu la réception nulle, j'ai un peu regretté. Si c'est pour risquer de l'écraser en glissant dans la neige…

Les yeux me piquent. Petite lassitude. Dommage qu'il fasse aussi froid, je rêverais de prendre le temps d'une sieste. Mais, même au soleil, nous avons remis nos gants après le déjeuner. Je ferme les yeux quelques secondes. Peut-être Vigan force-t-il trop le rythme, qui nous fatigue. Je le comprends : il faut bien que nous arrivions ce soir au point de vue pour rentrer demain. Peut-être le circuit a-t-il été conçu trop long, peut-être au retour l'organisateur le raccourcira-t-il sur les conseils de son guide. Enfin nous voilà dans ce curieux paradoxe. Heureux de faire cette randonnée sublime, heureux qu'elle s'achève. Tiraillés entre le grandiose qui s'offre à nous et le gémissement d'Arielle quand elle reprend son sac. *J'en peux plus!*

Alors nous cheminons lentement, le pic à l'horizon tel un objectif ultime, qui s'éloigne lorsque la montagne descend, et que nous approchons pourtant à petits pas. L'espoir nous porte, une heure, une heure et demie peut-être.

Nous n'avons rien vu venir.

C'est Vigan qui s'arrête. Je m'étonne de sa façon de contempler le ciel, et puis cela me revient : il l'a déjà fait quatre ou cinq fois depuis que nous sommes repartis de notre halte déjeuner. Nous nous mettons en cercle autour de lui, immédiatement en alerte.

— Qu'est-ce qu'il y a? dit Marc.

Vigan fait une moue.

— Le ciel est blanc là-bas.

— Et alors? C'est embêtant? demande Lucas.

Mais Vigan ne répond pas. Il se remet en marche, et nous ne pouvons que lui emboîter le pas en épiant cette couverture laiteuse à l'horizon, que nous regardons avec la suspicion de ceux qui ne connaissent pas mais ont senti que c'était mauvais. Nous murmurons entre nous, et nous surveillons le soleil. Vigan a dit quelques mots à Elias en passant et je lui tire la manche pour savoir.

— Il a dit quoi ?

— Rien. Qu'il faut y aller.

— Tu crois qu'il y a un problème ?

— Je sais pas, Lou. Il n'a pas l'air inquiet, je trouve.

J'acquiesce d'un hochement de tête. C'est vrai : Vigan a repris la marche comme si de rien n'était, et le temps semble toujours magnifique. Nous transpirons sous la chaleur et l'effort, et aucun de nous ne pourrait enlever ses lunettes, à cause de la lumière éclatante. Cela me rassure. Après quelques minutes et une ou deux plaisanteries minables de Marc — cette fois nous lui sommes reconnaissants de nous changer les idées —, nous nous détendons à nouveau. Certes, cette vague appréhension s'est logée dans nos têtes et nous aussi, nous observons le ciel. Mais nous n'y voyons rien. De toute façon, la météo annonçait beau, tout à fait beau. Quand Vigan laisse tomber son sac un peu plus tard pour nous ménager une pause, nous faisons corps autour de lui.

— Allez, nous ordonne-t-il. À table.

Nous grignotons en chœur. Notre bonne volonté doit l'émouvoir, tant nous nous en remettons à lui. Il dit à voix basse :

— Bon.

Nous relevons la tête aussitôt. Nous attendons. Suivons son regard figé sur les nuages accumulés au bout de notre champ de vision.

— Bon, répète-t-il.

C'est à ce moment que je m'en rends compte : le vent s'est levé.

— Qu'est-ce qui se passe ? interroge Arielle en resserrant le col de sa doudoune autour de son cou.

Vigan se gratte la tête. Nous aimerions voir ses yeux pour comprendre ; mais l'écran des lunettes noires est infranchissable.

— Le temps vire. Un peu vite à mon goût.

— Il ne devait pas faire beau ? demande Arielle.

Vigan ne prend pas la peine de répondre. Bien sûr que si — sans quoi nous ne serions pas partis. Mais c'est la montagne, ici, pas un décor de cinéma. Ça bouge, ça vit. Ça nous regarde et nous surveille. Et en retour, il faut l'observer. Quelques filets blancs au bout du ciel, pas de quoi en faire un plat. Mais le tout petit vent ; la cotonnade autour du soleil ; et le bleu plus vraiment bleu. Ça le titille, c'est sûr, ça se voit au coin de sa bouche. S'il était seul, il n'y prêterait peut-être pas plus attention que ça. Mais avec nous… Évidemment, il ne dit rien de ces pensées-là, c'est moi qui les invente. Pourtant je suis sûre que c'est ce qui lui traverse la tête tandis qu'il nous sourit avec sa bouche blanche de crème comme les nôtres. Son hésitation est trop visible. Ou alors il y a autre chose, que nous ne devinons pas.

— Ça va aller, lance-t-il d'un coup. Si ça se gâte, on changera de stratégie.

— Non mais attends, intervient Lucas, qu'est-ce qui peut se passer, là ?

— On peut être pris dans une tempête ? renchérit Étienne.

Nous le dévisageons tous, avides d'une réponse rassurante. Est-ce sa faute si la météo s'en mêle, bien sûr que non ; mais c'est à lui de nous ramener à bon port. Il ne nous entend pas sans doute, le regard à nouveau perdu dans les montagnes et nous tournant le dos. Nous percevons son murmure :

— De toute façon on n'a pas le choix, il faut avancer.

Je jette un coup d'œil vers Elias. Nous n'avons pas besoin de parler pour nous comprendre. Si c'était nous, nous rebrousserions chemin aussitôt, sans savoir pourquoi, pour redescendre tout simplement, retrouver le camp d'hier. Savoir où nous sommes. À une journée de marche de la station, moins sans doute, puisque nous serions en descente. Trouver des repères. Au lieu de quoi Vigan nous emmène plus haut, sûr de lui maintenant, et sa voix nous enveloppe lorsqu'il nous dit de ne pas céder à la peur. Au fond, nous n'y connaissons rien. Peut-être le chemin sera-t-il plus court de ce côté-là. Nous ne pouvons pas imaginer que ce soit par bravade, ou par folie, que notre guide refuse de faire marche arrière. Nous ne pouvons pas croire que cette montagne soit réellement maudite, comme nous l'avons lu sur Internet — c'était il y a longtemps, les temps d'avant, ceux des vieux crédules ; quand nous en avions parlé lors de notre dîner de rencontre, cela nous avait fait rire.

Le soleil brille toujours.

Mathias

Un matin pâteux. Adossé au mur de la maison du vieux Carche, je surveille entre mes yeux presque fermés le garçon renfrogné assis en face de moi. De dehors, je ne suis qu'un corps avachi, endormi dirait-on. À l'intérieur, je bous de rage. Comment j'ai pu me laisser entraîner là-dedans, je me le demande. C'est contraire à tout ce que j'aime, tout ce vers quoi je tends. Et cette sale gueule juste à côté, avec son regard inquisiteur, pas franc du collier. Dire qu'hier, passé le mariage, j'ai cru souffler enfin. Jusqu'à ce que Carche vienne me causer. Saloperie de vieux. Une nuit de cauchemar.

Les poings serrés, je me remémore ses mots. *Il a le don. Faut que tu le prennes avec toi pour lui apprendre. Demain tu l'emmènes, hein. Tu verras, c'est un bon petit gars.*

M'imposer ça à moi, le sacrificateur; exiger que je forme ce gamin que je n'ai pas choisi, passer outre à toutes les délicatesses de la transmission — qui est-il, ce pauvre type, pour me dire que son petit-fils a le don? En vertu de quoi s'est-il proclamé découvreur de ce talent-là? C'est à moi, et à moi seul d'en juger. Et surtout d'accepter de prendre le gosse avec moi, ce gosse et l'air sournois que lui donnent deux yeux trop petits, les paupières à demi closes sur un visage ingrat, c'est l'âge bien sûr, quoi, quinze, seize ans, presque un homme, un nid à ennuis j'en suis certain, putain de môme à traîner dans mon sillage. Bien sûr que j'ai refusé. J'ai élevé la voix, plus haut, plus fort que n'importe qui, le seul à oser me heurter au vieux, le seul qu'il ne ferait pas mettre à mort aussitôt par ses larbins pour lui avoir manqué de respect. Et puis j'ai essayé de négocier. Je voulais bien prendre la petite : elle me semblait plus réceptive que son cousin revêche. C'est à elle que j'avais demandé, la veille, de lancer les osselets. Le vieux Carche m'a regardé avec stupeur.

— Mais Mathias, tu n'y penses pas.

J'ai haussé les épaules.

— Elle a quelque chose en elle, depuis sa maladie, une sensibilité à part, je suis sûr.

Le vieux a esquivé comme une anguille, horriblement embarrassé ; il cherchait une issue. Cette solution, il n'en voulait pas.

— Je ne peux pas laisser partir une petite de dix ans avec toi. Les gens parleraient.

— Qu'ils parlent ! Si elle a le don.

— Elle n'a pas le don.

Je me suis penché vers lui, les yeux fendus.

— Mais qu'est-ce que tu en sais ?

Alors il a donné la raison, la seule, imparable, parce que je le savais aussi, que ça ne passerait pas.

— Mathias… c'est une fille… !

Une fille. Oui, les sacrificateurs sont toujours des hommes. Personne dans notre culture n'admettrait que les femmes, avec leurs impuretés fondamentales, puissent communier avec les dieux. Des sorcières, des magiciennes, des devineresses peut-être ; mais pas de sacrificatrices. Je me suis pris la tête entre les mains et j'ai laissé parler ma colère, sur ce pays arriéré, ses habitants incultes, ses préjugés sans fondement. Carche s'est recroquevillé : pour rien au monde il ne voudrait se mettre à dos les esprits que j'invoque.

Mais il ne lâcherait pas, et c'est là que je me suis fait piéger. Il demandait beaucoup et je pouvais dire non ; alors il a demandé peu, et j'ai perdu mes arguments. *Prends-le, Mathias, essaie seulement. Cela, tu peux le faire. Tu ne t'engages à rien, qu'à l'emmener. Ramène-le-moi si ça ne va pas. Demain, après-demain. C'est toi qui verras. Je ne m'opposerai pas.*

Et j'ai compris qu'il m'avait eu, parce que je pouvais lui refuser une fois, mais pas deux ; les gens du coin abonderaient dans son sens, une question d'honneur, devant des témoins même ivres morts, l'éconduire oui, mais pas l'humilier. C'était à moi de faire un geste à présent, et il le savait. Cela irait forcément dans son sens, et il me donnait toute latitude — devant témoins encore, car en réalité cela ne serait pas si simple. Alors j'ai ravalé mon envie de lui arracher les yeux et j'ai hoché la tête, et puis je suis allé dormir sans un mot de plus. Cette nuit, je l'ai passée à échafauder des plans pour dégoûter le gosse, puisqu'il est dit que je partirai avec lui tout à l'heure. À défaut de prendre Carche de front, je foutrai en l'air son plan de l'intérieur. Je pourrirai la racine.

Artur. L'un des quatorze petits-fils du vieux. Je connais un peu le père pour l'avoir croisé dans plusieurs cérémonies : une tête de raclure. Bon sang ne saurait mentir, et si je ne connais pas ce gamin, son ascendance ne joue pas pour lui. Cela s'appelle un préjugé. J'assume. Entre nous, ça commence mal. J'ouvre les yeux et je tombe droit sur son regard. Un môme qui a quitté l'école bien tôt. Une force de la nature lui aussi — mais je me refuse à nous trouver le moindre point commun et je ne retiens que la distorsion désagréable entre son visage d'enfant et cette carcasse d'homme grandi trop vite et trop fort. Un brun sombre avec des dents trop grandes qui lui allongent le visage, quelques vilains grains de beauté sur les joues. Un qui pense que je vais l'adopter comme un fils. Je crache par terre, il sursaute. Ah oui, la vie d'héritier, il faudra l'oublier. Carche est prévenu : ce sera à la dure. Je cogne du poing le banc sur lequel je suis assis.

— Viens là.

Il se précipite. Dressé tels les chiens qu'il emmène aux pâtures.

— On part dans une heure. Fais ton sac et prends des affaires chaudes. Chez moi tu dormiras dans la remise. C'est pas un château, où on va.

*

Dire que la vie s'installe tranquillement entre nous les jours suivants serait un mensonge. Je ne veux pas faire d'efforts, ni que Carche s'imagine qu'il vient de gagner une nouvelle famille. Carche : finalement j'ai décidé d'appeler le gamin par son nom. Artur c'est trop con, un prénom ridicule que l'on ne donne qu'aux clebs, et d'ailleurs, je préfère garder la distance. Carche, ça lui va bien. Il déteste. Dit que cela pourrait être n'importe lequel d'entre eux. *Cela tombe bien*, je réponds, ça pourrait *en effet* être n'importe lequel.

Ces premiers jours, nous nous jaugeons. Je pose le cadre, aussi. Le gamin a tendance à trop parler et il me fatigue. J'allume la radio en soupirant. *Ta gueule, Carche, j'écoute.* Il dit :

— Tu ne m'aimes pas.

— Je ne suis pas là pour ça.

— Ça pourrait bien se passer, toi et moi.

— Ça se passe, c'est tout. Si ça ne te va pas, tu peux rentrer chez toi.

Il baisse la tête et parfois je regrette. Mais je pense au temps qu'il faudra que je me le traîne, si je le garde tout son apprentissage, et cela suffit à me conforter dans ma mauvaise humeur.

Deux ans au bas mot. Impossible. Déjà la solitude me manque, dans la maison que j'ai héritée de mon grand-père et dans laquelle j'enfouis mes doutes et mes incertitudes, qui a abrité le bonheur de mon enfance. Mon refuge à moi. Le partager m'est pénible, j'ai l'impression de le salir avec un être qui ne le mérite pas. Encore une fois je n'arrive pas à cerner ce môme. Je ne suis pas un mauvais gars : si le petit Carche avait quelque chose d'extraordinaire, ou s'il était simplement attachant, je me laisserais fléchir sans doute, quitte à le regretter. Mais lui. Ce regard de fouine qui balaye l'espace pour tout enregistrer, tout noter, comme s'il allait revenir plus tard chaparder une chose ou une autre. Je ne m'y fais pas. J'essaie de ne pas penser à la petite, qui aurait été une bien meilleure élève, de ne pas comparer. D'arrêter de penser : *Elle, elle aurait fait cela comme ça; elle aurait compris; elle aurait trouvé.* Cela ne sert à rien de se morfondre. Ce gamin que je dois endurer, c'est bête à dire : je ne le sens pas. Mais je ne peux pas le ramener sans explication au bout de huit jours.

— Va te coucher.

Il ouvre la bouche pour protester, crier qu'il n'est pas un enfant. Il n'est que neuf heures. Et puis je le vois ravaler sa colère pour ne pas entendre de ma bouche que si, bien sûr, il n'est qu'un putain de gosse. Il prend son pull, regagne la remise. Je n'ai pas cédé sur ce point. J'aurais pu lui installer un lit dans le séjour, mais je l'aurais trouvé chaque matin en me levant et cette idée m'est insupportable. Chez moi, il n'y a que deux pièces : le salon, qui sert aussi de cuisine et de salle à manger, et ma chambre. Je n'ai pas d'amis. Personne ne vient jamais dormir chez moi. Dans le bûcher, nous avons serré le bois pour dégager la place d'un couchage et je suis allé acheter une deuxième couverture. Le gamin est resté dehors, et qu'importe ce que le vieux en dira s'il le sait un jour. Moi aussi, au début, j'ai passé des nuits dans la remise, mon grand-père disait que c'était pour écouter le monde. Bonne nuit, Carche.

Très vite, après l'avoir observé, je lui ai demandé d'où lui venait le don. Comment il pouvait être sûr qu'il l'avait, avec sa famille de culs-terreux tout juste bons à jouer les mafieux — mais ceci, je l'ai gardé pour moi. Il n'arrive pas à expliquer.

— Tu verras quand on y sera, avec les mots je sais pas dire.

— Tu connais les osselets ?

— Un peu.

Autant dire rien : quand j'ai lancé les dés et que je lui ai demandé la signification de la combinaison, il s'est tu.

— Je peux pas inventer, s'est-il défendu devant mon regard noir. Il faut m'apprendre.

— Je n'apprends pas à n'importe qui. Je veux être sûr que tu ne sois pas n'importe qui. Cela m'étonne que tu n'aies pas une meilleure… sensibilité.

— Tu verras.

Alors j'attends quatre jours, que la cérémonie suivante arrive. Festive, légère : cinquante ans de mariage. Un sacrifice presque anecdotique, pour avoir la paix. Sans la présence de Carche à côté de moi dans le pick-up, je serais moi aussi détendu. Peu d'enjeu. Une famille agréable — j'ai fait les baptêmes de tous leurs petits-enfants. Pas de pression. Une petite chèvre et puis s'en va.

Comme toujours, les bêtes sont parquées dans un enclos non loin de la maison, et nous les repérons tout de suite. Mais la première étape, ce sont les mondanités. On salue, on boit un verre en échangeant quelques souvenirs. Je n'ai pas eu besoin de présenter Carche : tout le monde sait que le vieux m'a flanqué l'un de ses gosses. À table, il trépigne, le regard happé par les chèvres. J'ai l'impression de découvrir un nouveau gamin, jamais encore il n'a eu cette lueur au fond des yeux, le discret tremblement de ses mains, qu'il cache sous la nappe. À cet instant, je regrette un peu moins les soirées que j'ai passées à lui parler du sacrifice. Peut-être tout cela n'est-il pas vain. Peut-être n'est-il pas seulement, comme je le pensais jusqu'ici, un imposteur. Cela ne me déplairait pas de m'être trompé même si, il a raison, je ne l'aime pas. Il pourrait porter les chèvres, arrivé là-haut. Me soulager du travail le plus pénible — au moins un temps.

Au moment où je me lève, il bondit. Me suit jusqu'au paddock où une quinzaine de jeunes bêtes mâchonnent de l'herbe jaune, entre derrière moi. Je sens sa fébrilité.

— Ça va, Carche ?

Il hoche la tête sans répondre.

— D'accord, je dis — et l'ignorant, je tends les mains vers les chèvres en continuant à voix basse, pour qu'il entende, qu'il assimile.

— Laquelle, Carche, laquelle ? Il faut sentir ce qu'il y a en elles. Laisser…

— Celle-là, m'interrompt-il.

Je sursaute. Mâchoires serrées, à m'en briser les dents. Non seulement je ne supporte pas qu'on intervienne dans le rituel, mais qu'on me donne une consigne… Respire à fond, calme, une main sur le visage. Je rouvre les yeux. Carche tend toujours la main vers une bête brune dont l'une des cornes est ébréchée. Il croise mon regard et pâlit. Le bras retombe le long de son corps, il recule.

— Écoute-moi bien, je dis. Je te tolère, parce qu'on ne m'a pas laissé le choix. Tu veux apprendre le sacrifice, et je vais te l'apprendre — ou pas. Mais tu n'interfères pas dans mon activité. Tu n'existes pas. Tu es transparent. Tu la fermes, et tu restes loin de moi. Est-ce que je suis clair ?

Un clignement d'yeux. Il comprend.

Quelques longues respirations pour retrouver ma concentration. En moins d'une heure, je sors cinq chèvres : la brune à la corne brisée fait partie du lot. Nous les attachons à la barrière et je prends les osselets. Carche s'approche pour les observer, comme aimanté.

— Il faudra que tu en aies. On demandera aux cuisines, ils ont sûrement tué des moutons pour le banquet. Avec un peu de chance, les pattes y seront toujours.

— J'y vais.

Je ne le retiens pas, trop heureux de lancer dans le calme. Au premier jet, je ne garde que deux chèvres. Les positions sont fluides, et cela me soulage de constater que le mariage chez le vieux Carche n'a sans doute été qu'une étrange parenthèse dans ma pratique. Là, pas d'hésitation, pas de tergiversation, et les signes ne trompent pas. Il me faut trois lancers de plus pour départager les chèvres. À vrai dire, deux auraient suffi : mais je veux être sûr. Quelque chose me dérange. Fait exceptionnel, les deux derniers jets tombent os par os sur les mêmes faces, dans des configurations identiques. Recommencer, ce serait douter du sort — impensable. Alors, le visage fermé, j'accepte. Je range les osselets et je passe une corde autour du cou de la bête désignée. La brune, dont la corne gauche est abîmée.

*

La nuit qui suit le sacrifice, je réfléchis longuement à ce qui s'est passé. Quand j'essaie de poser le problème en termes rationnels, Carche a eu de la chance. Peut-être comme le joueur débutant au casino, à qui tout semble réussir. Le bon choix sur quinze bêtes. Côté statistiques, il y a plus ardu, bien sûr. Mais je m'en moque : même sur quinze pauvres chèvres, a-t-il eu de la chance, ou a-t-il eu du nez ? Car le sacrifice n'est pas qu'une question mathématique. Il laisse une place essentielle à l'irrationnel, à l'instinct, à une forme d'absurdité, si l'on veut. Des interstices pour le hasard et les mondes parallèles, des voies d'expression que nous leur offrons. Carche est-il capable de les percevoir d'emblée, et de les traduire dans ses choix ? Je n'arrive pas à décider. Une fois n'est pas suffisante pour en juger, et je reste avec ma question en suspens. Et avec elle, la suivante : et s'il avait vraiment le don ? *Et s'il était meilleur que moi ?*

Je repense à notre ascension dans la montagne. C'est lui qui a porté la chèvre les derniers mètres — je le lui ai demandé. Elle s'est tant débattue qu'il l'a presque étouffée pour la contenir. Il avait failli la lâcher un peu avant et je l'avais mis en garde sévèrement : si une bête arrive à s'enfuir, c'est la catastrophe. La fête s'arrête, les pires présages planent sur la famille. Et tout cela, ce serait la faute du sacrificateur. En vingt-quatre heures, la vallée entière saurait. *Calme-la, Carche, et assure ta prise. C'est ton avenir que tu joues. Si tu échoues à cela, tu ne seras plus digne de rien.*

En même temps, je me tenais prêt à saisir la corde si jamais la chèvre s'arrachait à son étreinte.

Mais elle ne l'a pas fait. Parce qu'il l'a tuée. Je suis certain qu'au moment où je lui ai dit de la jeter dans le vide, elle était déjà morte.

Lou

L'enfer.

Aucun de nous n'y croirait, si nous n'étions dedans. La métamorphose. Nos arbres, nos herbes, nos fleurs timides : tout a disparu sous un tourbillon de neige glacée. Envolés, nos rêves d'espace et nos sommets dorés. En moins de deux heures, la montagne est devenue un pays lugubre où l'horizon nous échappe cinq mètres devant. Murés par la tempête, de tous les côtés. Je n'ai jamais vu ça. Une fois il y a longtemps, dans les Alpes, le mauvais temps était arrivé aussi vite qu'ici, me fouettant les joues et les yeux, et j'avais regagné le chalet en descendant les pentes sans visibilité ; mais rien de comparable avec cet épouvantable manteau qui nous entoure et nous fige sur place, qui efface nos repères et nous rend aveugles. Vigan nous a ordonné de nous attacher les uns aux autres tous les trois mètres avec des cordes, pour ne pas nous perdre. Personne ne voulait être en dernier et il a dû élever la voix pour désigner l'un d'entre nous : c'est Étienne qui s'y colle. Il parle fort, pour se rassurer, mais nous ne l'entendons pas. Le vent qui nous gèle le corps avale les cris et les mots. Malgré les lunettes, nous ne voyons rien non plus, le visage grêlé par la neige furieuse qui s'infiltre derrière les verres, et dans nos oreilles et notre nez, nous empêche de respirer. Elias est derrière moi. Il pourrait s'évanouir dans la tempête, je ne le saurais pas. Moi-même je me demande ce qu'il devine de moi, qui trébuche quelques pas en avant : une forme grise, un fantôme ? Rien ? J'ai arrêté de me retourner en vain, car il ne répond pas à mes gestes. Sans doute ne les voit-il pas, et cette sensation d'être seule me terrifie. Alors je fronce les sourcils pour suivre la corde du regard devant moi, repérer la silhouette de Marc, me dire que cela s'arrêtera bientôt. La voix autoritaire de Vigan me rassure un peu, régulière et calme dans le tourment. Nous avançons les yeux quasi fermés, nous en remettant à notre guide qui va d'un pas lourd en tête, écrasant la poudreuse sous son poids. Toutes les deux minutes il appelle derrière lui : *Arielle ?* Et Arielle répond : *Oui*, et à son tour demande : *Lucas ?* Et ainsi de suite jusqu'à Étienne — puis nous recommençons dans l'autre sens, remontant du dernier au premier avant de replonger dans une période de silence pesant. Enfin, de silence : le vent hurle à nos oreilles sous les bonnets, siffle sous nos pieds, emmenant la neige en tourbillons glacés. Je me rappelle hier, quand Vigan nous a fait écouter la montagne qui chantait ; cela paraît si loin. Aujourd'hui elle crie de colère, brisant toutes les mélodies et tous les poèmes, avide de nous engloutir ou de nous rejeter à l'autre bout du monde. Et nous n'allons pas assez vite, et sa rage croît, des crachats de flocons durs pour nous dire de nous hâter — sinon quoi ? La tempête sur les sommets, nous en avons tous vu des images à la télévision, nous avons tous entendu dire que le temps ne change jamais aussi vite que dans ces pays-là. Mais se trouver pris dans les tourments de la météo est une tout autre chose, palpable, bien trop réelle. Expérimenter le vent et la neige, un champ de vision qui ne permet même pas de voir le premier de la file et qui donne en permanence le sentiment d'être perdu, je n'imaginais pas que cela arriverait. Pour moi jusque-là, ça n'existait que dans les documentaires, ceux que je n'ai jamais vraiment écoutés et dont j'essaie désespérément de retrouver les conseils d'urgence en marchant à pas de fourmi.

C'est idiot mais à un moment, les yeux levés vers la montagne blanche, je me suis dit que j'allais mourir ici. Là, en une heure ou deux, je me suis écroulée, anéantissant vingt-cinq ans de joie de vivre, de projets et de force. Tellement bête que cela m'a fait sourire, et j'ai murmuré pour moi-même : *Patate*. Je me suis aussi rappelé qu'en venant, j'étais certaine que mon avion s'écraserait — et cela n'est pas arrivé, et je sortirai de la montagne. Incroyable, les idées que donne la trouille. On ne vaut pas grand-chose face à la nature, ses déchaînements incompréhensibles, et notre réflexe stupide de chercher une explication. L'instant d'après, j'ai enfoncé mes pas dans ceux de Marc en comptant dans ma tête, un, deux, trois..., pour arrêter de ruminer ces trucs débiles. Il y a deux heures, il faisait beau : je décide que dans deux heures, cela reviendra. Mais dès que je laisse aller mes pensées, l'angoisse me gagne à nouveau, et je suis sûre que les autres, derrière le blizzard et l'écran de leurs lunettes, ont le même regard traqué et les mêmes phobies incontrôlables. Nous n'avançons pas, courbés sous le gel. Mais nous n'avancerions pas plus si Vigan augmentait la cadence, car la peur nous affole, nous essouffle, nous fait trébucher. Et là encore je me demande, si je tombais par terre, d'un coup, est-ce que les autres passeraient à côté de moi sans me voir, continuant le chemin en me laissant sur place, malgré la corde qui fait que cela n'arrivera pas, mais je ne raisonne plus très bien. Quand Marc a glissé dans la neige, nous avons attendu qu'il se relève. Il en sera de même. Je ne veux pas tomber. Je ne veux pas mourir dans ce pays de merde, loin de ma terre parisienne, de mes roses et de mes agapanthes. *Ta gueule*, me dis-je à moi-même. Qu'elle est loin notre insouciance, et notre grâce. Je ne sais pas comment décrire ce que nous endurons en ce début d'après-midi qui pourrait tout aussi bien être le milieu de la nuit. Elias m'a rattrapée dans la cordée, a posé son gant sur mon épaule pour m'encourager. Son murmure juste pour moi.

— Ça va ?

Je lève sur lui un regard qu'il ne peut heureusement pas voir derrière les lunettes, un regard peureux, les larmes aux yeux ; mais il devine le tremblement de mon menton et me sourit.

— Ne t'inquiète pas *Lou-Lou*, ça va passer. C'est normal qu'à cette époque il y ait du gros temps en montagne. On fait le dos rond et on attend.

— Je suis glacée. J'ai l'impression d'avoir le visage qui gèle, de ne plus pouvoir avancer.

Et de fait, je claque des dents, sans savoir si c'est de froid ou de peur, mais c'est pareil, ça ne va pas, ça ne va pas bien du tout. Le froid. Quelque chose que nous oublions chez nous. Je veux dire, pas un petit coup de froid, les frissons qui nous font rentrer et mettre devant le radiateur ou sous une douche brûlante et puis voilà. Non. Le vrai temps glacial qui fait mal jusqu'au bout des doigts, jusqu'à l'intérieur de la gorge. Il doit faire moins cinquante, moins cent. Au moins. C'est pas réel, c'est un cauchemar. Je respire avec difficulté, les sinus brûlants avec ce drôle de parfum ferreux, comme si je saignais du nez ; quand j'ouvre la bouche pour aspirer un peu d'air, les flocons s'engouffrent, me font tousser. Je regarde Elias, entre colère et suffocation.

— Mais c'est quoi ce temps ??

Comme nous nous sommes arrêtés, les autres ont senti la corde se tendre et reviennent vers nous, s'inquiètent.

— Il y a un problème ? demande Marc.

Arielle me passe un bras autour du cou.

— Ça va, Lou ?

Je ne veux pas répondre, je ne veux pas flinguer leur moral à tous. C'est Elias qui dit pour moi : *Ça va aller. Un petit coup de pompe.*

— Elle a raison, reprend Arielle. Vigan, on peut se poser cinq minutes ? On n'en peut plus, là.

Il hoche la tête et nous fait mettre en cercle, bonnet contre bonnet, pour boire et manger quelques biscuits. Mais même cette promiscuité ne nous donne pas de chaleur, suffisant à peine à nous protéger du vent et de la neige, et nos bouches ne dégagent pas de fumée quand nous lui demandons ce que nous allons faire — des bouches déjà glacées, arrête d'y penser, arrête, *arrête !* Qu'allons-nous faire ? Où allons-nous ? Et Vigan nous dit : *C'est vraiment moche. On va bifurquer par là-bas. Tant pis, on quitte le parcours pour rejoindre un vieux refuge. Une fois à l'abri, on avisera.*

Un refuge. Dieu. Le mot sonne étrangement doux, inattendu — alors il y en a donc, aussi loin et aussi haut. Cela me fait un élan chaud dans le corps, j'ai presque envie de rire, pour la première fois depuis le déjeuner, et les autres aussi, dont les lèvres s'arrondissent et que je regarde, nous nous regardons, et nous nous disons que dans deux heures, ou même trois, tout sera fini. Ces quelques mots de Vigan nous ramènent à la réalité, raisonneuse, distanciée ; nous sortent de cet état larvé où nous étions déjà enfermés, persuadés sans y avoir réfléchi, par une sorte d'automatisme morbide, qu'il n'y avait pas de solution. Étions-nous prêts à marcher dans une tempête de neige pour l'éternité ? Avions-nous sombré dans un curieux fatalisme, aussi vite que nous retrouvons le sourire ? Pendant quelques instants, nous sommes lumineux au milieu de la tempête. Des feux follets dans l'obscurité. Jusqu'à ce que nous repartions sous les avertissements sévères de Vigan.

— C'est quand on croit qu'on est sauvé qu'on fait des erreurs.

Surveillez autant que possible où vous mettez les pieds. Gérez vos efforts. On n'y est pas. Arielle ?

— Oui ! Lucas ?

*

Le temps n'en finit pas, refusant de s'écouler. On a dû la louper, cette putain de cabane, cela fait des siècles que nous marchons et je n'ose pas remonter ma manche pour vérifier l'heure. Si j'ai raison, c'est que nous sommes perdus ; si je me trompe, je m'écroule. Dans les deux cas, la nouvelle est mauvaise et autant ne pas savoir. Alors je continue à fixer le cul de Marc juste devant moi, pour me donner un but, ne pas le lâcher, avancer tant qu'il avance. Notre intermède plein d'espoir me semble terriblement loin et le froid nous a cueillis à nouveau, écrasant notre bonne volonté, rendant insensé le *Haut les cœurs !* presque joyeux qu'Arielle a lancé quand nous sommes repartis tout à l'heure. J'ai l'impression d'être nue dans la tempête, tant le vent transperce mes vêtements pourtant achetés avec soin — mais pour une randonnée normale, de la pluie normale et de la neige normale ; pas cela. Pas le pôle Nord version catastrophe. Mes gants sont mouillés, mes doigts gelés à l'intérieur. Elias me dit de les bouger sans cesse, fait la même chose derrière moi, et je n'ose pas lui montrer mes larmes de douleur et de fatigue. Par moments, je me laisse tirer par la corde, incapable d'avancer seule. Lorsque Marc se retourne, je fais un geste de la main pour m'excuser. Un effort pour repartir, qui m'arrache une plainte. Et cette pensée dévastée qui ne mène à rien : qu'est-ce qu'on est venus faire là, bon sang ? Quel besoin avions-nous d'aller faire les cons dans la montagne ? J'en veux un peu à Elias, à son enthousiasme idiot pour ce voyage dont je n'avais pas envie. Sa faute ! Avance. C'est trop tard maintenant, et j'attendrai qu'on ait regagné notre hôtel bien chaud pour lui dire ce que j'en pense. Ce ciel. Un déluge de neige. Ça ne s'arrêtera donc pas ? Et quand on aura trouvé le refuge, on fera quoi ? On sera à l'abri. C'est déjà énorme. Ne plus sentir le vent glacial s'infiltrer sur chaque centimètre de peau. Sous la peau. Dans le sang, jusqu'à ronger nos os. Tais-toi, Lou, tu délires.

Elias tire sur la corde derrière moi et je réponds d'un à-coup rageur, épuisé : *Quoi, merde ??* Je me retourne mais lui aussi regarde en aval : c'est Étienne. Du coup la file s'immobilise, la corde venant bloquer progressivement chacun de nous.

— Mais qu'est-ce qui se passe, putain ?

Le cri d'Arielle fait écho en moi, le même, la colère et la peur, qu'on enquille nos heures et que personne ne moufte, est-ce que je ne m'efforce pas de prendre sur moi, moi ? Ce n'est plus l'heure de s'écouter, de faire les petites natures. On joue avec notre vie, sur ce coup-là. Je renchéris.

— On y va ! On avance !

Mais Vigan s'encadre soudain dans le blizzard, descendant le long de notre cordée et nous intimant à chacun l'ordre de ne pas bouger. Nous nous taisons tout net. Comme nous ne voyons rien, c'est le téléphone arabe qui nous renseigne ensuite. *— Étienne est à terre. — Maintenant Vigan lui demande ce qu'il y a. — Apparemment, les doigts gelés. Et plus de force. — Merde, qu'est-ce qu'il dit, Vigan ? — Qu'on s'arrête cinq minutes. — Faut pas s'arrêter ! — Il dit de ne pas s'asseoir, de ne pas enlever les sacs. Rester debout. Taper dans les mains.*

Et pleurer, on peut ? Mes yeux me brûlent et je recule jusqu'à Elias. Il passe ses bras autour de moi et nous restons là comme deux bonshommes de neige idiots, à nous balancer juste pour sentir que nous sommes ensemble, que nous ne nous abandonnerons pas. Deux fétus de paille dans le tourment. Lui aussi a l'air engourdi par le froid. Ses sourcils au-dessus des lunettes, les boucles qui dépassent de son bonnet, tout est blanc et givré, et sa peau est plus pâle encore que d'habitude. Quand il appuie sa joue contre la mienne, je ne sens que la glace de son visage, qui s'ajoute à la mienne. Le col rigide et cassant de son anorak. Mais je ne veux pas qu'il me lâche, je serre fort, longtemps, et tant pis pour la morsure supplémentaire du froid. Je laisse échapper un sanglot et Elias me presse davantage contre lui. *Pleure pas*, murmure-t-il, *tu vas avoir des gelures, pleure pas, ma petite princesse, on va s'en sortir, on y est presque.*

La poigne de Vigan sur nos épaules d'un coup, qui nous fait chanceler.

— On y va. Dans moins d'une heure on y sera.

Il remonte la ligne, tirant derrière lui Étienne, qu'il va garder dans son sillage. Il secoue tout le monde à tour de rôle et nous nous remettons en place, hébétés. Elias se retrouve dernier de la cordée. Cette perspective me terrifie sans que je sache vraiment pourquoi. Le dernier, c'est celui qui glisse et qui disparaît sans que personne ne l'entende, celui qui se fait attaquer par les bêtes, celui qu'on perd. Je me retourne, la gorge serrée. Elias me sourit. Je devine qu'il lève un pouce vers moi pour me rassurer — même si cela ne suffit pas et que je me surprends à adresser une prière muette. *Faites qu'il ne lui arrive rien, faites que tout aille bien.* Mon amour.

Devant, Vigan arrime Étienne à sa ceinture, lui enjoint de s'accrocher à son sac pour continuer. Alors nous faisons nous aussi le premier pas, renouant avec cet éternel recommencement, et le cauchemar nous reprend de plein fouet. Je ne sais pas combien de neige est tombée depuis midi, mais nous sommes obligés de lever haut les pieds, crevant de fatigue, malgré le sillon tracé par Vigan. Personne ne dit plus rien : nous gardons nos forces. Dès que le vent est coupé par un rocher ou un repli de la montagne, je lève les yeux au ciel, priant pour que ce soit une accalmie. En vain. On dirait la fin du monde. La neige, les nuages et nous : tout est blanc, comme figé par la poussière d'un étrange volcan — si seulement il pouvait faire chaud. Le jour baisse déjà. Au fond de mon ventre, l'épuisement. Le grand vide. Je commence à trembler, le souffle court. Et puis la voix de Vigan, qui me ramène à la conscience.

— Là.

Nous regardons tous, un coup de sang. Une forme un peu plus loin, oui. Le refuge. Des cris. *On y est, on l'a eu !* Où allons-nous chercher cette pauvre réserve d'énergie qui nous fait hâter le pas, obnubilés par la masse grise devant nous, notre salut, notre arche de Noé — ou peut-être avons-nous seulement l'impression de courir, tel un curieux rêve. Pas un instant, la pensée que cette cabane soit dénuée de tout confort ne nous effleure. Que nous puissions y trouver quatre murs et un toit nous suffit. Et une cheminée. Nous acceptons tout. Le reste n'est qu'artifice. Pas un instant, nous ne nous rendons compte que quelque chose cloche.

Vigan s'en est aperçu, lui, et il a ralenti. Nous nous cognons derrière lui, impatients, prêts à la mutinerie. Alors nous fronçons les yeux pour mieux regarder. Arielle pousse un cri — mais pas uniquement elle, et je ne reconnais pas les voix, peut-être tous, et moi aussi. Les mains devant nos bouches. Impossible.

Ce que nous voyons depuis quelques instants est un pan de mur brisé. Celui de l'ancien refuge.

Car il n'y a plus de refuge.

Mathias

Les semaines suivantes, nous sommes gênés par des chutes de neige. J'ai dû mettre les chaînes au Toyota : même les pneus Baja ne passaient plus. Pour faire la moindre chose, nous mettons un temps fou. Sortir de la maison le matin. Rouler. Marcher. Gravir les montagnes, puisque rien n'arrête ni les fêtes, ni les sacrifices lorsque la saison est commencée — un peu comme ces chasseurs qui ne manqueraient pour rien au monde un jour de traque, tant que la braconne est ouverte. Impossible de prendre du retard ou de repousser les cérémonies, car tout le cycle en serait décalé. Aussi plions-nous l'échine sous nos journées exténuantes et trop longues, et je laisse parfois le petit Carche traîner devant la cheminée jusque tard dans la soirée.

Certains jours, le brouillard ne se lève pas, et du matin jusqu'au soir nous errons avec une visibilité à trois ou quatre mètres, perdant tous nos repères. Le mauvais temps nous épuise, car la moindre erreur peut nous être fatale. La nuit tombe trop tôt : nous mettons trois heures à rentrer d'un trajet qui en demande une d'ordinaire. Hier nous avons longé le versant nord du domaine Carche, et le gamin ne l'a pas reconnu.

Moroses chaque matin en découvrant le ciel plombé, nous parlons peu. Échangeons quelques mots lors des cérémonies.

À la météo, ils annoncent depuis plusieurs jours que le beau temps revient, et avec lui la douceur. Nous attendons. Je guette Carche.

Je me demande qui, de lui ou du vieux, a voulu se débarrasser de l'autre. Un gamin mutique et un dictateur local. Nul doute que le gosse a voulu fuir quelque chose, et même la vie sévère que je lui impose ne semble pas lui faire regretter son départ. À mes questions, il tourne la tête, répond à demi-mot. La seule chose qu'il ait consenti à dire, c'est qu'il déteste son grand-père. Guerre d'opposition, où le chef historique chasse les jeunes rebelles dans lesquels il est incapable de se reconnaître ? D'après le petit Carche, son don effraie le vieux, qui le lui a fait payer depuis l'enfance. Quand il en parle parfois, il ne peut s'empêcher d'avoir les yeux qui brillent, de colère et d'orgueil, et de siffler : *Je suis plus fort que lui avec ça, il supporte pas, il a peur.* Je le fais taire. Le don, ça ne sert pas à cela.

Quand je passe près de lui, il se tend imperceptiblement, et je comprends qu'il a pris des coups plus souvent qu'à son tour. Étrange attitude d'un gamin déjà aussi grand que moi et fort comme un bœuf — avant-hier, je lui ai fait pousser le Toyota pour sortir d'une ornière de neige où nous étions englués, prêt à rire de lui quand il baisserait les bras ; mais il a réussi, soulevant presque le 4 × 4 pour le dégager du chemin, et j'ai senti ce drôle de frisson dans mon cou en reprenant la route.

*

Il n'a plus jamais désigné de bête en me prenant de court. Je ne sais pas s'il se l'interdit pour éviter ma colère, ou si ce n'était qu'un formidable coup de bluff. Parfois je lui demande : *Et toi, laquelle aurais-tu pris ?* Invariablement, il montre du doigt la chèvre que je tiens. *Celle-là.* Pas la moindre ironie dans sa voix ni dans son regard, pas d'indifférence non plus : soit il est très fort, soit il n'est décidément capable de rien, mais je n'arrive pas à savoir quelle est la bonne réponse.

Il possède dorénavant ses propres osselets. En public, jamais il ne s'en sert ; mais à la maison, nous nous entraînons souvent. Je lui apprends à bien poser les questions, à soigner leur formulation, sans ambiguïté. Puis à interpréter la position des osselets les uns par rapport aux autres, ceux qui se tournent le dos, ceux dont les trajectoires se croisent. Qui joue avec qui, et comment ; en se renforçant, en se complétant, en s'annihilant. Les faces qui sortent. Celles qui l'emportent sur les autres, seules ou combinées. Le dessin que font les quatre osselets une fois jetés, aussi important sans doute que les dés eux-mêmes. Les situations dans lesquelles il est plus sage de relancer.

Carche progresse, c'est indéniable. S'il n'y avait que les osselets et le choix des chèvres, je penserais qu'il a le don. Et peut-être l'a-t-il réellement, bien que je me demande d'où il le tirerait ; mais hélas, il n'a pas que cela. Et de sortie en sortie, quand il s'agit de manipuler les bêtes dans la montagne, quelque chose d'autre prend forme, qui me déplaît, et qui m'inquiète. Quelque chose de glaçant, de terrifiant.

Les chèvres.

Après l'accident de la première cérémonie, j'ai expliqué à Carche comment les tenir pour les calmer sans les étrangler. Je lui ai montré, empruntant à un lointain voisin des bêtes dociles, la façon de murmurer à leur oreille, de les endormir contre son ventre. Je les lui ai mises entre les mains et j'ai calé ses bras de part et d'autre, pour qu'il le fasse à son tour, pour qu'il comprenne. Alors chaque chèvre, l'une après l'autre, s'est mise à bêler comme si je l'avais offerte aux loups, les yeux effarés, tentant de se dégager avec une énergie saisissante. Carche a aussitôt resserré son emprise, oubliant mes consignes, obnubilé par l'idée de ne pas les laisser s'enfuir. Serré, serré les bras. Les bêtes braillaient. Moi, je ne savais pas pourquoi je n'aimais pas ce gosse et je me reprochais mes préjugés : mais elles, c'était l'instinct. Sa cruauté, elles la sentaient. Bon sang, ce type avait une aura dégueulasse. J'aurais pu intervenir tout de suite. Je l'ai laissé faire. Pour être sûr. Quand les os ont craqué, j'ai abattu ma main sur lui.

Une fois. Et une autre. Et j'ai su que j'avais raison.

Pendant un moment, j'avais cru que Carche se révélait à travers les sacrifices, je l'avais espéré sans doute, par lâcheté ou par indifférence. Mais ce jour-là, quand j'ai dû l'attraper à la gorge pour l'obliger à lâcher cette chèvre qu'il étranglait à petits coups — *Non*, me soutenait-il, *je veux juste la porter, je veux juste qu'elle reste tranquille, je fais comme tu m'as dit, je ne la laisserai pas* —, j'ai compris qu'il y avait autre chose. Dès qu'il touche les chèvres, son regard se brouille, il m'échappe. Je prends conscience peu à peu qu'il n'a pas tué par erreur la première fois. Ce n'est pas par maladresse — ce qu'il a essayé de me faire croire — qu'il étouffe les bêtes ou qu'il leur brise les cervicales. Non. C'est par goût.

Car il recommence. Chaque seconde hors de ma vigilance peut devenir le théâtre d'un massacre. Peu à peu, pendant les sacrifices, je passe plus de temps à le surveiller qu'à dérouler le rituel. Moi aussi, l'obsession finit par me prendre : je sursaute dès qu'il pose la main sur une chèvre, je trouve son empoignade trop ferme, et trop près de la gorge. Parce que j'ai cru qu'il se méfierait de moi, de mes avertissements furieux, je n'ai pas assez fait attention et il a tué une jeune bête l'autre jour chez Arben ; une seconde trois jours plus tard, à la fête de la naissance du fils de Leo. Alors je l'ai pisté en permanence. C'est moi qui porte à nouveau les chèvres jusqu'au sommet. Moi qui les emmène, moi qui les soulève. Qui les jette des montagnes. Carche se contente de regarder, ne dit rien. Je vois le tremblement de ses mains, la sueur sur son front. Son air perdu, mélange d'excitation et de frustration, posé sur ma nuque ou ma poitrine. Quand nous redescendons les chemins, je lui dis : *Tu sais pourquoi je fais ça, hein?* Il ne répond pas. Au regard qu'il porte sur les bêtes que nous croisons dans les pâturages, je vois bien que ce n'est que partie remise, et je me sens solidaire de ces troupeaux que nous rencontrerons à l'avenir, conscient d'amener moi-même le loup dans la bergerie, de traîner derrière moi le mal que je combats depuis toujours. Et de ne pas être certain de pouvoir l'arrêter chaque fois.

Carche est fou, j'en suis sûr à présent. Dingue de sang et de mort. Ce que j'ai pris pour une concentration extrême, pour une sorte d'extase, relève en fait du meurtre appliqué. Ce gamin irradie la violence et la haine, et les sacrifices lui apportent sur un plateau de quoi assouvir ses pulsions. Depuis qu'il m'accompagne, il a pris de l'ampleur, de la taille, son torse s'est ouvert — une révélation qui aurait pu être magnifique, car il trouve sa vraie nature, celle que son grand-père a opprimée jusque-là à force de coups et d'interdits, qui couve en lui comme un feu étouffé que rien n'éteindra jamais complètement.

Mais cette nouvelle naissance est celle d'un monstre.

Et je vois se lever dans ses entrailles les brûlures du mal, qui donne à son visage épais des reflets dangereux, des rictus incontrôlables. Cette force qui gronde en lui, c'est celle du diable, qui grandit, qui pousse les parois, et le déforme et le dévore. Sa silhouette trop grande et tordue, musculeuse, ses gestes hachés, son regard de possédé; tout souligne la métamorphose hideuse de ce gamin qui se croit investi du don de Dieu, et qui vomit à chaque mot les démons qui l'habitent. Je l'épie souvent en coin, à houspiller les chèvres, à les piquer de la pointe de son couteau quand il pense que je ne le vois pas. À serrer ses mains énormes sur leur cou. Je sais qu'il faut que je l'arrête, car le sens de ce que nous faisons lui échappe totalement. Aux profanes, il pourrait faire illusion et passer pour un sacrificateur un peu illuminé. Mais pour quiconque connaît nos rites, il est évident que ce gamin est raide cinglé. Ce qui le fait courir, c'est de tuer. Son don, c'est la mort. Les sacrifices ont ouvert la boîte de Pandore, libérant ses instincts meurtriers, transfigurant sa folie en actes magiques par lesquels il se tient au-dessus du monde et des lois. Je ne suis même pas certain qu'il comprenne ce qu'il fait, lorsqu'il s'approche d'une bête et que ses yeux se voilent. Est-ce qu'il cherche, même mal, une façon de monter en puissance ou de se mettre en transe ? Je me suis posé la question au début et je n'y crois plus. Il est taré, point final. À présent je sais que le grand-père en était parfaitement conscient en me le confiant.

Je me suis mis à me méfier de lui sans même y penser, par réflexe, à cause de cette démence qui m'est étrangère et à laquelle je me heurte chaque jour — qui sait ce qui pourrait la délier d'un coup, et que ferai-je si cette énergie destructrice explose et déferle devant moi ? Je suis profondément convaincu que Carche et moi sommes les deux faces du monde : lui les ténèbres, et moi qui lutte. Le voilà enfin, mon destin. Cette rencontre avec le mal me galvanise et m'affole en même temps, car la puissance que je devine est effrayante, immense et fuyante. Je ne sais pas comment l'aborder ; comment la combattre. Au fond, je ne sais même pas ce que je dois en faire. Certains soirs, j'essaie de me dire que Carche n'est rien de plus qu'un gamin bestial et malsain, et que la colère ou les esprits mauvais m'égarent. Mais cette pauvre vision ne suffit pas à tout expliquer. De cela je suis sûr.

Plusieurs fois, je l'ai surpris à contempler la montagne, me tournant le dos. Il regarde les sommets, comme arrêté par un mur invisible, bras écartés et paumes ouvertes devant lui — à croire qu'il pousse sur cette paroi que je ne vois pas, et son corps bascule vers l'avant, une ou deux fois j'ai pensé qu'il allait tomber. Il reste là dans cette position anormale, et je l'appelle. Il ne répond pas. Je crie, je siffle, mais il est trop loin, dans des songes que je préfère ne pas connaître, et il faut que je lui pose une main sur l'épaule pour qu'enfin il revienne en sursautant, et qu'il braque sur moi ce regard qui devrait me faire fuir, ce regard blanc et vide des aveugles et des fous. Alors je le surveille comme une ombre indocile, un compagnon qui pourrait basculer d'un coup, pour un caprice, pour rien. Juste parce qu'il a un truc qui cloche dans la tête. Je ne le quitte jamais des yeux.

Hier nous sommes allés chez Florjan, de l'autre côté de la vallée. Une préparation : je vais rarement dans ce coin-là, et je voulais reconnaître le terrain. Les chèvres mangeaient en liberté autour de nous tandis que nous grimpions les monts à demi enneigés, nous suivant un moment, bifurquant pour retrouver leur petit ou grignoter une herbe. Nous n'avions pas besoin d'elles : seul le chemin m'intéressait, et je faisais une encoche sur le tronc d'un arbre quand une fourche se présentait. Mémoriser le trajet. Le temps qu'il faudrait. Trouver une plate-forme, un bout de falaise, un petit sommet. Et puis je me suis aperçu que le gamin n'était plus derrière moi.

— Carche, j'ai dit.

Silence.

J'ai repris plus fort :

— Carche !

Il est apparu en contrebas et j'ai remarqué tout de suite l'air étrange sur son visage.

— Qu'est-ce que tu fous ?

— J'arrive.

— Qu'est-ce que tu fous, bon Dieu ?

Il a crapahuté jusqu'à moi avec cette drôle de mine. Les mains au fond des poches.

— Sors tes mains, je lui ai dit.

Il a haussé les épaules.

— T'entends.

Je l'ai vu déglutir. Mais je savais qu'il les sortirait, ces foutues paluches, et j'ai simplement attendu. Il suffisait qu'il se souvienne qu'il n'était qu'un apprenti, et moi un type avec lequel on ne plaisante pas. Je lui donnais une minute, pas plus. Quand il a tendu les mains vers moi en tremblant, je n'ai même pas été surpris. Au fond, je le savais. Mais c'est là que j'ai pris ma décision : ce n'était pas la peine d'attendre davantage, j'irais le rendre à son grand-père.

J'ai de quoi expliquer. De quoi ne pas céder. Putain de môme.

Je lui ai jeté la bouteille d'eau.

— Lave-les. Je ne veux plus voir une trace de sang dessus.

*

La journée d'aujourd'hui a un délicieux goût de liberté. Une nouvelle reconnaissance en montagne, puis j'ai planifié de raccompagner Carche chez lui. Il ne le sait pas. Il n'y a pas eu de bon moment pour le lui dire — ce sera en voiture, juste avant, un peu brutal. Il fera avec. Imaginer sa déconvenue, sa terreur, me fait du bien. Une toute petite vengeance à côté des trois semaines de contrainte qu'il m'a fait endurer. Mais je suis beau joueur : quand on s'expliquera, je lui demanderai la raison qu'il préfère donner à son grand-père. Les phrases fusent dans ma tête. *Tu veux qu'on lui dise que tu es un serial killer ? Un serial killer de chèvres, ça en impose, non ? À ton avis, il en pensera quoi ?* Malgré moi, cela me fait rire. Carche le remarque, sourit dans son coin : il est rare que je sois de bonne humeur. Cela augure d'une bonne journée, c'est forcément ce qu'il se dit. Et puis! Qu'il en profite. Ce soir il sera à nouveau en cage. Je lui mets une claque sur l'épaule — bien fort, exprès, et tout épais qu'il est, qui le fait trébucher.

— Allez.

*

Nous avons dû passer les deux mille mètres d'altitude et soudain, après avoir monté une heure dans le brouillard, le soleil éclate et nous aveugle. Enfin nous sommes au-dessus, et le temps vire au beau là-haut avant de descendre dans la vallée. J'ouvre les bras devant le paysage. Presque à nos pieds, les nuages font un tapis blanc qui nous cache les tristes pâtures grises de neige et de boue, ne laissant émerger que la pointe des montagnes, le ciel bleu inespéré, le soleil toujours, frais, ardent. Il y a des choses dont je ne me lasse pas ; une joie intense me prend la gorge et le ventre. Oui, je respire. L'impression que ma cage thoracique se soulève et s'emplit d'un air qui n'existe qu'ici. J'en oublie Carche, qui tousse à côté de moi pour attirer mon attention.

En une fraction de seconde, les pieds sur terre : fasciné et distrait par la lumière surnaturelle, je l'ai laissé passer derrière moi. C'est étrange cette idée qui me traverse à ce moment-là, fulgurante : il suffit qu'il fasse un pas et qu'il me pousse. Je suis à une enjambée du vide, sur un sol de neige. Rien pour me retenir. Tellement facile.

Pour prendre ma place peut-être, ou par vengeance, parce que je lui mène la vie dure. Pour effacer du monde celui qui a compris ses véritables motivations. Peut-être simplement parce qu'il est fou, et que cela le toque à cet instant précis. Je sais que sur mon visage rien ne transparaît de l'adrénaline qui me secoue, et pourtant : j'ai senti mon cœur s'emballer. J'ai fléchi sur mes appuis, de manière imperceptible, pour m'ancrer au sol. D'un regard je le jauge, sa taille, sa force. Bon sang, quel bestiau. Et sans doute se dit-il la même chose de son côté. Je gronde :

— Quoi, Carche.

— Je ne veux pas rentrer chez moi.

Cette fois la surprise me fait ouvrir la bouche. Silence entre nous, de longues secondes. Comment le sait-il, ce bougre de salaud. Qu'est-ce qui, dans mon attitude, lui a fait comprendre que j'allais me débarrasser de lui, qu'ai-je fait, autre qu'être plus joyeux que d'habitude — mais cela suffit sans doute.

— Faut qu'on cause, Carche. Ça tombe bien que t'en parles.

Mais pas un instant je n'avais prévu d'avoir cette conversation au bord d'une falaise, serré entre ce gamin et le vide. Qu'il ait choisi ce moment-là et cet endroit-là attise mon inquiétude. Je fais un pas sur le côté, qu'il vient contenir en se déplaçant parallèlement à moi, me fermant le chemin. Je suis fixé : tout cela n'est pas un hasard, et il est sciemment venu me tasser à un mètre de l'abîme. Surtout ne pas lui donner prise sur mon angoisse — je mets une main dans ma poche en regardant derrière moi. Oui, je lui tourne le dos. Qu'il voie que, contre toute attente, c'est moi qui garde le contrôle, et que je n'ai pas besoin de lui faire face pour être le plus fort. En réalité, je parcours du regard le bord de la montagne, repérant une aspérité où je pourrais m'accrocher si jamais. Mais je ne pense pas que. Enfin voilà. Je murmure :

— Qu'est-ce qui ne va pas chez toi, Carche ?

Du coin de l'œil, je le vois baisser la tête.

— Faut me laisser une chance.

— La chance je te l'ai donnée, une fois, dix fois.

— Depuis le premier jour, tu cherches à me dégager. J'appelle pas ça donner une chance.

— Je t'ai appris beaucoup, le choix des chèvres, les osselets, le sens de la montagne. Tu comprends vite et tu as sûrement quelque chose en toi. Mais tu as une autre chose aussi, qui me pose problème, tu vois bien de quoi je parle. Tu sais bien que je t'ai vu.

— Ça passera. Je ferai plus attention.

— T'aimes ça, Carche, que veux-tu que je te dise : tu y reviendras toujours.

Je me retourne d'un coup, les yeux plantés dans les siens.

— Faut que t'oublies ce métier. T'es pas fait pour.

— Tu sais comment le vieux va m'accueillir.

Sa voix a tremblé. Je hausse les épaules. Les histoires de famille, ce n'est pas mon problème.

— On va pas tergiverser, Carche. Je te ramène. C'est décidé. Y a pas à y revenir.

Il fait un pas vers moi. Je ne bouge pas. J'ai trop conscience du peu de distance qui me sépare de l'abîme, de ce jour qui pourrait être la fin. Agir, et je n'ai pas beaucoup de solutions. À quoi s'attend-il ? À ce que je pousse vers lui pour forcer le passage sans doute, car il est campé sur ses jambes, prêt à m'arrêter. Ou à me jeter dans le vide, comme une chèvre. Impossible de deviner ce qui se trame dans le cerveau de cette brute, et les hypothèses qu'il échafaude en ce moment. Je me mets à rire. Son regard interloqué, ses sourcils levés en point d'interrogation. Avant qu'il ait eu le temps de formuler sa question, je lui balance mon genou dans les couilles, de toutes mes forces.

*

Il y a des films dans lesquels des types se font cribler de balles sans fléchir. Cinq fois, dix fois, ils sursautent sous les impacts : on se dit qu'ils vont tomber, qu'ils vont crever là, mais ils continuent à avancer, immortels et monstrueux. Au bout de leur vacillement, ils sauvent la veuve ou tuent l'ennemi, bon ou mauvais. Carche est de ceux-là. Sauf qu'il est réel.

Au moment où il s'affaisse, je bondis par-dessus sa carcasse avec une seule idée : m'écarter de la falaise, et surtout, lui mettre une trempe dont il se souviendra toute sa vie. Pour la trouille qu'il m'a flanquée. Seulement, je ne peux pas imaginer qu'il va m'attraper la cheville et me faire tomber d'un bloc. Avec le coup que je viens de lui donner, il devrait être au tapis pour de bon, les mains recroquevillées sur l'entrejambe et pleurant de douleur. Or, sur son visage dévasté, c'est la haine que je lis en m'affalant à côté de lui. Ce môme est à peine humain, voilà ce que je me dis durant une seconde de terreur, avant qu'il ne referme sa main énorme sur ma gorge. Est-ce qu'il voit dans mes yeux l'image des bêtes sacrifiées en vain, je ne sais pas ; la seule chose dont je sois sûr, c'est qu'il lui faudra moins de dix secondes pour m'écraser les cartilages — je les entends craquer sous son étreinte effarante. La situation m'apparaît insensée, et pourtant si logique : cela fait des semaines que je sais que Carche est bon pour l'hôpital psychiatrique, et j'ai attendu, attendu — quoi ? Un déclencheur qui venait trop tard ? De me tromper, alors que tous mes sens clignotaient au rouge ? Me prouver que j'étais invincible ? Pauvre con. À quelques centimètres de l'abîme, du saut de l'ange. À quelques secondes des rochers, tout en bas. Alors foutu pour foutu, dans un sursaut tordu et désespéré, je viens briser mon front contre sa mâchoire.

Lou

Nous restons plusieurs minutes devant la carcasse du refuge, agenouillés dans la neige, sonnés. Seul Vigan se tient debout, son regard évaluant les dégâts — irréversibles — et essayant de comprendre. La cabane ne donne pas seulement l'impression d'être tombée, ou abîmée : elle est fracassée. Les planches qui formaient ses murs sont arrachées, les pierres du toit effondrées à l'intérieur. Si on nous disait qu'un monstre est passé et l'a écrasée, nous le croirions ; si on nous annonçait qu'un animal préhistorique se cachait là et s'est acharné à la détruire, nous hocherions la tête de toute évidence. Il ne manque que les traces de pas.

Je voudrais être plus forte. Ne pas décourager Elias qui me tient la main sans pouvoir détacher son regard du refuge broyé, la bouche ouverte sur des mots qui ne viennent pas. Le premier à parler, c'est Étienne. Un seul mot, qui résume toute la perplexité et l'horreur que nous ressentons à ce moment-là.

— Mais…

Il s'approche de Vigan :

— Mais c'est quoi ?

Celui-ci répond avec humeur : *Quoi ?*

— Ça. Cette cabane. Enfin, ça fait des heures qu'on marche pour l'atteindre et quand on arrive, c'est une ruine !

— Elle a dû tomber cet hiver. Pendant une tempête.

— Mais tu ne le savais pas ?

— Bon sang, si je l'avais su, je ne vous aurais pas amenés ici !

À son ton violent, inhabituel, je comprends que Vigan est dérouté. Ce coup du sort, il ne s'y attendait pas, ne sait pas comment y faire face dans l'instant. Je frissonne. Sens venir la peur et la tension, chez moi, chez chacun de nous, toujours figés devant le refuge cassé. Marc intervient alors, les yeux rougis. Sa voix est hachée, ses gestes fébriles.

— Ce que veut dire Étienne, je pense, c'est que tu es censé connaître cette putain de montagne comme ta poche. Tu aurais dû faire le parcours avant pour le préparer, si tu étais sérieux, et tu aurais vu que le refuge n'existait plus !

— Ce refuge n'est pas sur notre route. J'ai bifurqué à cause de la tempête et non, je ne pouvais pas savoir. Tout n'est pas prévisible en montagne.

— Merde, s'exclame Étienne, mais on va faire quoi maintenant ? Tu proposes quoi, alors, Superman ?

Elias lâche ma main. Je le vois avancer vers eux, faire un geste d'apaisement. Avec Arielle, nous entendons sa voix troublée dans le vent.

— Ça ne sert à rien de gueuler comme ça.

— Merde, merde ! répète Étienne en se prenant le visage dans les mains. On fait quoi ?

Elias se tourne vers Vigan, demande :

— On est loin de notre parcours initial ?

— Trois heures à peu près.

— Donc on ne peut pas revenir en arrière.

— Non. Impossible par ce temps. On risque de se perdre.

Elias se gratte la tête. Je connais bien ce geste de perplexité chez lui. Vigan lui tapote l'épaule comme à un complice, ignorant Marc et Étienne mais parlant assez fort pour que nous entendions tous.

— On va monter le camp ici. Je suis désolé pour la mauvaise surprise, mais personne n'y peut rien. Au moins avec les planches, on a de quoi allumer un sacré feu. On va s'abriter le mieux possible et rester là jusqu'à ce que la tempête passe. OK ?

Nous ne répondons pas. Rester là. Sans toit au-dessus de nous, que nos tentes. Avons-nous vraiment un avis, avons-nous le choix ? Des flocons continuent à tomber par millions, et peu à peu nous ressemblons à des petits tas blancs. Je n'ai pas la force de me lever. À côté de moi, Arielle a baissé la tête et fredonne tout bas, quelque chose sans mélodie et sans gaieté. Elias revient près de moi, m'enlace, ne dit rien — Elias étrangement silencieux et abattu, et je lui prends la main en murmurant : *Ça va ?* Il me sourit, secoue la tête. *Tout ça pour rien.* Je lui mets un coup de coude. *Hé. On n'est pas fichus, hein.*

— Je sais, Lou. Mais là. J'encaisse pas. C'est mon tour, tu vois.

Je m'appuie contre lui.

— Les autres aussi ont du mal. Et moi. Mais ça va passer. Tu es le plus fort.

J'entends son rire inquiet. *Je voudrais qu'on rentre.*

— Moi aussi, je chuchote.

— Ou m'endormir, et oublier.

— Arrête. Dis pas ça.

Nous serions-nous relevés, tous, si Vigan ne nous avait pas soudain obligés à le faire en gueulant ? Pas sûr. Et même alors, hagards, nous le dévisageons comme si nous ne comprenions pas ce qu'il veut. *Debout, debout !* crie-t-il. Je finis par m'exécuter, parce que je reconnais le mot, parce que j'obéis à l'ordre, mécaniquement, sans réfléchir. Je dois aider Elias à se lever, qui n'a pas bougé. Faussement enjouée. *Allez, tu vas pas rester là quand même ?* En le tirant par le bras, je me cogne contre Arielle qui soutient Lucas. Nos regards se croisent. Que faisons-nous ?

*

Un paysage lunaire — la neige en plus. De la glace, des rochers qu'on ne voit même plus. Le brouillard. Pas la moindre chose vivante pour me réchauffer le cœur, ni arbre, ni touffe d'herbe égarée, rien. La montagne est immense et nous enveloppe de cette étrange chape grise et froide. J'entends les voix flotter autour de nous, les lointaines stridulations du vent nous chanter ses menaces. *Partir, partir.* L'horizon est si bouché que nous avons l'impression d'avoir du plomb sur les paupières, et que nous ne pouvons plus les ouvrir. Ou est-ce le gel qui nous paralyse, ou l'épuisement. Lucas s'est assis à même le sol. Ses mains traînent dans la neige. Je voudrais en faire autant, et que tout s'arrête.

Où est Dieu, à cet instant ? Quelle tâche le retient, pour qu'il nous oublie ainsi ?

*

Vigan me jette la tente sans ménagement. *Là*, il dit. Même chose avec Marc et Arielle. Nous allons chercher au fond de nous une volonté terrible pour bouger nos bras engourdis, nous faire violence, arracher nos pieds à la terre. Mais l'idée qu'Elias attende toujours, terrassé par le froid et la déception, me galvanise. Je lui jette un regard éperdu, qui voudrait lui dire de tenir, lui promettre que nous allons dresser le camp très vite, faire un feu très chaud, pour que Lucas, Étienne et lui sortent de cet état effrayant dans lequel ils sont plongés depuis quoi, une demi-heure, c'est trop, comme si je sentais moi aussi la glace cheminer dans mon corps et m'étreindre. Saisis par le froid, par la déception aussi ; ils n'y croient plus. Vigan a eu beau les secouer, ils sont restés là. Des pantins assis dans la neige. J'ai crié, et Vigan nous a désigné les tentes, à nous, qui sommes encore capables de réagir. Lui a couru ramasser des planches cassées. L'ordre qu'il a craché résonne dans ma tête. *Vite. On n'a pas beaucoup de temps. Vite, vous entendez ?*

En une dizaine de minutes nous avons monté les toiles, adossées au mur qui reste et qui permet de nous couper du vent. En arc de cercle le long des pierres de soubassement. Vigan a pris les planches éparses de la cabane et s'acharne à allumer un feu ; si improbable que cela paraisse, je suis persuadée que les flammes vont prendre, que nous allons bientôt nous tenir tous devant la chaleur. Aux premiers craquements du bois, Arielle arrache Lucas à sa torpeur, l'assied près du feu ; je fais lever Elias pour le rapprocher aussi. Son regard vide m'affole. *Vigan*, je dis. Il nous évalue tous les deux d'un bref coup d'œil.

— Au plus près, commande-t-il. Tous. Parlez-vous.

Tandis que nous rampons vers le foyer et que nous nous frictionnons les uns les autres, il met la casserole pleine de neige sur le feu, borde les braises avec des pierres. Nous pourrions presque être dans les tentes, et que les flammes nous lèchent les pieds. La chaleur qui monte doucement me semble inespérée. Je tends mes mains vers elle, les pose sur les joues bleutées d'Elias. Sa bouche glacée. Incapable d'articuler son nom. Alors comme a dit Vigan, je reprends : *Comment tu t'appelles ?* À son regard je vois bien qu'il m'entend mais ses muscles ne répondent pas, et je continue, le feu, mes mains, le pousser près, plus près. Dès que l'eau tiède permet de faire un premier mauvais thé, Vigan passe les gobelets pour Étienne, Lucas et Elias. Sous le choc. Mon pauvre ange. En portant la tasse à ses lèvres, les larmes me viennent soudain. Et s'il mourait. S'il tombait là, et que mon avenir soit une vie sans lui. Terrifiante perspective, et je me mets à trembler, le visage défait.

— Lou, dit Vigan en face de moi.

Je lève des yeux mouillés. Il gronde :

— Faut tenir. J'ai pas besoin de ça en plus. Fais-le boire, bon sang.

Le thé coule sur les lèvres d'Elias, glisse sur ses mâchoires. Je l'essuie à la va-vite sans cesser de lui parler, comptant les gorgées qu'il avale en s'étranglant. Les yeux rivés aux siens, je guette la vie qui revient, une étincelle dans sa pupille. Le cri furieux d'Arielle à côté de moi, *Allez bon sang!*, le bruit de la claque sur la joue de Lucas. Je reprends moi aussi, *Allez!* Penché sur Étienne, Vigan se redresse, nous fait un geste. *Du calme. Ils reviennent.* Elias me regarde, esquisse un sourire barré par le froid; ce sourire, je ne fais que le deviner dans ses yeux mais je me jette sur lui pour l'embrasser. À nos pieds, Marc déverse une brassée de bois sur le feu, puis une autre. Une fumée noire et épaisse se dégage à grand-peine. Un moment, je crains le pire : qu'il l'ait étouffé. Mais les flammes se faufilent, le feu crache et crépite, et la lueur des braises revient. D'un coup, cela monte. Un mètre de haut, un mètre cinquante. Un spectacle féerique, surréaliste — malgré ma détresse, malgré notre situation effrayante, je ne peux pas m'empêcher de trouver cela beau. Croire que nous avons construit un abri de fortune, trouvé des réserves de bois, et que le reste n'est qu'attente. Sauvés — presque. Abrités du vent, nous échappons à la neige, comme si un immense parapluie nous protégeait des flocons. Au-dessus de nous, le ciel est noir et opaque. Notre feu est la seule lumière, une boule orangée qui monte dans le blizzard et à laquelle nous sommes agrippés comme à notre dernier salut, notre unique chance de ne pas nous endormir sous le froid, et ne jamais nous réveiller. Je ne regarde que lui. Je capte sa chaleur. En dehors de notre cercle de tentes, le paysage n'est que glace et ténèbres.

— Qu'est-ce qu'on va faire ? gémit enfin Étienne.

Vigan hausse le ton, presque méchant.

— Déjà, on va arrêter de se dire qu'on est foutus, ça sera pas mal. Une tempête, ça se gagne au moral. On a un feu, des tentes, à manger et à boire, tout ce qu'il faut pour tenir. Alors je ne veux plus voir vos airs misérables ! Je veux vous entendre raconter des histoires, chanter, éloigner le mauvais temps. Chantez ! Je ne vous entends pas. Chantez, nom de nom !

Sa mauvaise humeur, son ton sans concession, d'abord tout cela me fait recroqueviller sur moi-même. Je lui en veux de nous parler comme ça, comme à des enfants que l'on gronde ; incapable de comprendre ce que nous endurons, nous qui venons du soleil et des villes — incapable, ou indifférent. Au fond de moi, pourtant, je sais qu'il a raison. Sans lui, nous serions déjà morts. C'est sans doute pourquoi la voix timide d'Arielle s'élève. *Ben je sais pas, moi, euh... les autres, vous m'accompagnez, hein ? Il était un petit navire...*

— Non ! s'exclame Marc avec de grands gestes. Pas une histoire de naufrage, tu veux nous achever ou quoi ?

Elle se met à rire.

— Oui mais au moins, tout le monde la connaît ! Laisse-moi réfléchir. D'accord, je change. *Elle descend de la montagne à cheval, elle descend de...*

Je l'adorais celle-là, quand j'étais môme, je me rappelle que c'est la seule chanson qui me faisait dormir, peut-être est-ce resté quelque part dans un coin de ma tête, je ne résiste pas. Au refrain, j'entonne à pleins poumons :

— S'il y a, y a, youpi youpi y a...

Étienne et Marc s'y mettent à leur tour et nous faisons un bruit infernal, reprenons le refrain quatre, cinq fois, jusqu'à éclater de rire en nous claquant dans les mains, et Arielle piaille : *Attendez, on va le faire en canon maintenant!* Nous démarrons un couplet chacun notre tour, distraits par les autres, mélangeant nos phrases et les leurs bien que nous nous bouchions les oreilles pour nous concentrer, et si nous pouvions nous enregistrer et réécouter cette cacophonie, nous reconnaîtrions davantage les rires et les cris — *Je me suis planté! Je recommence! Non mais tais-toi, je recommence, là!* — qu'une mélodie que nous n'avons que dans la tête.

Mais elle est loin la tempête, je pense d'un coup en levant le nez, et ce ne sont plus des larmes qui brillent dans nos yeux en regardant passer les flocons grisâtres mais une lueur joueuse, insolente et drôle.

Contre moi, Elias lève une main. Articule avec difficulté : *Tu chantes toujours aussi faux.* Je le serre dans mes bras en riant. *Oui, mais c'est pas grave, on va s'en sortir. On va attendre que ça passe, et les secours viendront nous chercher.*

Et soudain nos regards se tournent vers Vigan qui, profitant de la diversion, s'acharne à arrimer une bâche entre deux tentes.

— Les secours, balbutie Marc. On les a pas prévenus.

— Personne ne peut venir nous chercher par ce temps. D'abord on gère nous-mêmes. Ensuite on les appelle.

— Oui, mais quand la tempête sera tombée... il faudra bien qu'ils nous trouvent? On ne va pas rentrer à pied?

— Et pourquoi pas? À moins que cela ne dure, personne n'est blessé, que je sache. Et puis l'organisateur sait dans quel coin on est.

— Tu peux quand même appeler? Il y a bien un canal d'urgence, non?

Vigan soupire.

— Évidemment. Aide-moi à caler cette bâche, merde. On va

déjà parer au plus pressé : si le vent s'engouffre en tourbillons ici, on s'envole !

Au milieu de la conversation, je lève un doigt, terrifiée à l'idée de rester sur place plusieurs jours.

— Je sais que je t'ai déjà demandé mais… tu crois que ça va être long ?

— Ça ?

Mécaniquement, nous regardons le ciel. Sous les reflets du feu, la neige passe en pluie jaune, presque à l'horizontale. Au-delà de la lumière, l'obscurité. Une visibilité à trois ou quatre mètres. L'angoisse. Ce que je ne dis pas, c'est cette idée qui me suit : ça ne s'arrêtera jamais. C'est faux, bien sûr. Mais ma bonne humeur fugace de voir Elias reprendre ses esprits est retombée.

— Impossible de savoir, maugrée Vigan. Peut-être que ce sera terminé demain. Ou que ça va durer une semaine.

— Mais… si ça dure une semaine…

Je me tais. Cette phrase, je ne peux pas la finir.

— On bouffera des vers de terre, comme à la télé, dit Marc avec une fausse légèreté.

Étienne s'agite en face.

— T'en as déjà vu des vers de terre à cette altitude ?

— Des racines alors.

— Putain y a trois arbres qui se battent en duel ici, et peut-être de la mousse enfouie à un mètre ! Non, rien que de la neige et des rochers. Tu vas faire quoi, suçoter des glaçons ?

Vigan s'interpose. *Oh ! les gars, on se calme. D'abord on va rationner ce qu'on a. Ce soir, pâtes et saucisson pour tout le monde. Demain on verra le temps qu'il fait. Avec un peu de chance, on pourra redescendre. Il y aura bien un moment d'accalmie, on se mettra en route, on a la journée pour ça. Et sous le soleil.*

Sous le soleil, vraiment. Personne n'y croit. Cela fait rire Arielle. C'est nerveux mais cela nous réconforte quand même.

— À nous les cocotiers, la plage et le ciel bleu, chantonne-t-elle.

Des images dans nos têtes. J'ai l'impression qu'on a gagné cinq degrés d'un coup. Je lance :

— Moi je crois que je ne remettrai jamais les pieds à la montagne. Rien que le souvenir d'avoir failli geler...

— Les tropiques, opine Étienne. Y a que ça de vrai.

— Et les tsunamis, raille Marc.

— Vos gueules !

Nous sursautons. Lucas s'est à moitié redressé et tend un doigt menaçant vers nous.

— Vous allez nous porter malchance, avec vos plaisanteries à la con.

— Oh, ronchonne Marc, voilà un bel optimisme comme on en a besoin. T'as vu, continue-t-il en s'adressant à Arielle, tes cocotiers et ta canicule : piou ! Envolés !

Elle hausse les épaules, embarrassée, se rapproche du feu.

— C'est pas grave. C'est vrai que c'est pas drôle, notre situation.

Un regard vers Lucas. *Tu as raison, mon trésor. On va essayer de ne pas s'attirer encore plus la poisse.*

— C'était pour rire, maugrée Marc. Bravo l'humour.

Arielle râle.

— Tu peux comprendre qu'on soit à cran, non ?

Ils se tournent à moitié le dos ; ceux-là, on n'aurait pas pu en faire des copains, quoi qu'il arrive. Chaque fois qu'un des deux l'ouvre, l'autre est là pour le mordre. Elias me prend la main et l'embrasse.

— Malgré tout, tu paries qu'on s'en tire ?

Les autres nous regardent en faisant de gros yeux et j'essaie de ne pas rire.

— Arrête, je dis. C'est pas malin.

Elias se redresse, fait un geste, nous interpelle.

— Hé ho, tous, là. Ça n'existe pas, le sort. On ne craint rien à dire des choses comme ça. On est au vingt et unième siècle, vous vous souvenez ?

N'empêche. Dans notre état, les petites bravades comme ça, ça ne prend pas, et Arielle soupire en rejoignant Lucas, Marc ricane. Forcément, on pense davantage à des catastrophes qu'à des plages sous les tropiques, ce soir. Des expéditions perdues, des gens qui se sont bouffés entre eux. Je regarde notre groupe et je me demande quel serait celui qu'on sacrifierait en premier. Peut-être Arielle, parce qu'il y a pas mal à becqueter là-dessus. Je souris toute seule. Idiote. Va pour les pâtes.

*

Nous aurions pu mal dormir ; mais les émotions ont eu raison de nous, et si les autres se sont écroulés comme Elias et moi, ils ont ronflé d'une traite jusqu'à l'aube. Je me réveille, il fait encore presque nuit. Elias pisse dans une bouteille et je râle — ça va me donner envie aussi et moi, il faut que je sorte. Pense à autre chose. Des fleurs, le petit déjeuner, que sais-je. Un petit déjeuner de biscuits mouillés dans du thé sans sucre. La fête. On a dormi habillés à cause du froid, et rien que l'idée de baisser mon pantalon me hérisse. Des lys, des dipladenia, des géraniums corses. Pense à autre chose, je te dis. Un érable japonais, un hêtre pourpre. La neige. Aïe.

Et puis le grondement.

Je me redresse d'un coup. Elias a entendu lui aussi. Ses sourcils froncés.

— C'est quoi, je murmure.

Il secoue la tête sans répondre. Évidemment qu'il ne le sait pas non plus. Nous écoutons, tendus sous la tente. Le silence. Et à nouveau un bruit. Comme un feulement. Sourd. Un truc qui vient de derrière nous, derrière les tentes. Qui monte des profondeurs — ou est-ce un étrange écho, les fourmillements dans mes bras, la panique soudain, l'adrénaline. Elias ouvre la fermeture de la tente, je crie en chuchotant :

— Non !

Derrière lui j'aperçois, dans la grisaille de l'aube, les restes du feu et quelques braises rassemblées qui craquent, des silhouettes qui sortent elles aussi des tentes en parlant fort, qui se cherchent.

— Vous êtes là ?

— Vous êtes où ?

— Qu'est-ce que c'était ?

— Il est où, Vigan ?

La tempête a repris de plus belle, nous désoriente, jetant sur nous des rafales de vent qui sifflent à nous faire exploser les tympans. Même pour ouvrir les yeux, nous nous faisons violence. J'entends l'exclamation inquiète d'Étienne :

— Il manque du monde ! Où sont les autres ?

Nous nous rapprochons, tout près, pour mieux nous voir. Je sens la tension monter d'un coup, ma gorge serrée sur la question que je ne veux pas poser, et qu'Elias dit à ma place soudain :

— Il est où, Vigan ? Et Marc ?

Nos regards angoissés balaient l'obscurité. Arielle prend ma main, comme si cela pouvait la rassurer, et je n'ose pas l'enlever — mais de l'autre, je m'agrippe à Elias, à son anorak déjà froid. La voix d'Étienne encore, aiguë.

— C'est quoi ce bordel ? On est tout seuls ?

Personne n'a le temps de répondre : une seconde plus tard, c'est l'enfer. Le même vagissement, à la fois lointain et terriblement proche, comme une plainte spectrale que nous sommes incapables d'identifier, et qui résonne sur les crêtes.

— C'est rien, hurle Elias pour couvrir le bruit, c'est le vent !

Bien qu'il se veuille rassurant, la peur me fait sautiller sur place, et j'ai senti la main d'Arielle se refermer plus fort sur la mienne.

— On ne voit rien ! crie-t-elle.

Étienne se tourne et se retourne, affolé, se met à hurler. *Vigan ! Marc ! Vigan !!* La tempête déforme sa voix, l'emmène dans un tourbillon — je suis sûre qu'à trois ou quatre mètres on n'entend plus rien, et qu'il s'époumone en vain, même lorsque Lucas prend le relais, nous empêchant d'écouter, d'essayer de comprendre cette chose inconnue qui bat l'air autour de nous, le son rauque dans nos entrailles, les picotements de trouille dans nos cheveux. La semi-obscurité toujours, et les derniers tisons du feu qui s'éparpillent dans la neige, soufflés par le vent. Et puis le cri. Quelque chose d'horrible et de terrifiant, comme un long miaulement de chat qu'on éventre. Cela me rappelle en une fraction de seconde quand ces sales bêtes se battaient la nuit et me réveillaient en sursaut, il me fallait toujours quelques instants pour être sûre que ce n'étaient pas les cris d'un bébé ou d'une femme que l'on égorge, et là cela y ressemble, et ça ne peut pas être un chat, seulement cet épouvantable râle. Une plainte impossible tant elle dégage de détresse, inhumaine — et peut-être est-ce autre chose qu'un cri, me dis-je, autre chose qu'un homme.

— Putain qu'est-ce que c'est ? glapit Étienne.

— Vigan ! appelle Elias, les yeux agrandis par la peur à son tour. Marc !

Et soudain, le hurlement d'Arielle qui m'arrache à moitié le bras.

— Là ! Là, la tente ! Sa tente !

Nous scrutons l'obscurité du côté qu'elle nous indique en tressautant. Le murmure d'Elias, que je suis sans doute seule à entendre.

— Oh non.

La tente de Marc gît dans la neige, grande ouverte. Vide. Un silence effroyable, car nous saisissons tous que quelque chose de terrible vient d'arriver. La bouche ouverte, muet de stupeur, Lucas tend le bras au loin. J'entends juste son cri étranglé — *Merde.*

Arielle panique.

— C'est un ours, vous croyez ?

Nous abondons, sans cohérence.

— Un tremblement de terre ?

— Une bête !

— Et Vigan ?

— Taisez-vous ! s'exclame Elias, la voix tremblante.

Nous le regardons. Ses yeux rivés au sol, un peu plus loin, au-delà de nous. Un tic nerveux sur son visage tout près de moi, pour essayer de ne pas s'effondrer. Et je vois ce qu'il voit. Je mets ma main devant ma bouche. Mon cœur bat la chamade. Le rugissement d'Arielle ne me fait pas frémir davantage.

— Oh mon Dieu !

Nous reculons tous. Une traînée s'éloigne de notre camp dans la poudreuse. Presque noire à cause du manque de lumière, et cela pourrait n'être qu'une ombre, mais ce reflet rouge pourtant. Le mot nous frappe de plein fouet — le sang. Je me sens blêmir, hoquetant, cherchant la main d'Elias — *Elias c'est quoi, c'est quoi ?*

— Putain ! crie encore Étienne.

Une trace lugubre, celle d'un corps que l'on emmène, toute de neige tassée et de crachats de glace, un chemin qui s'éloigne, happé par les ténèbres. Et soudain au loin, mais pas assez loin, ou peut-être ne sommes-nous plus capables d'évaluer, un grondement à nouveau. Rauque, alarmant. Une chose horrible, rythmée comme un fauve qui court. Nos ventres tremblent sous la vibration. Si la montagne s'ouvrait en craquant, ce ne serait pas plus sinistre. Cette fois nous paniquons, et Elias n'arrive plus à dire que c'est la faute du vent, tétanisé par ce bruit indéfinissable, et je ferme les yeux quelques secondes pour ne plus rien voir de ce paysage de cauchemar, juste la tempête à mes oreilles, la tempête et les cris d'Arielle.

— Vigan ! Marc !

Le vent à nouveau, et à nouveau nos appels désespérés, et le sanglot de Lucas — *Vous croyez qu'ils sont morts ?* Cette question déformée par les tourbillons de neige qui nous aveuglent. Arielle se met à hurler derrière moi.

— Ils sont morts ! Là-bas, c'est du sang ! Ils sont morts tous les deux !

— Moi aussi j'ai vu le sang, crie Lucas. Ils ont été traînés dans la neige. Regardez !

— Non, s'insurge Étienne avec des tics d'angoisse. C'est impossible ! Je veux partir ! Je me tire !

Et il s'enfuit dans la descente, hagard. En quelques secondes, l'obscurité l'engloutit, lui, sa plainte désespérée. Je ne le vois plus. Mon cri. Prévenir les autres, qui accourent sans comprendre, voient les traces, s'engouffrent à sa suite. J'ai beau hurler : *Non ! Restez !*, ils me bousculent, Lucas vient se cogner à moi et me fait glisser sans s'en rendre compte, ils s'éparpillent comme si le diable était à nos trousses — et cela y ressemble. Elias me relève aussitôt, m'attrape le bras. Il crie lui aussi : *Viens ! — Non Elias, non, on va où, là ?*

Mais il ne m'entend plus, électrisé par la nécessité de quitter cet endroit coûte que coûte, me traînant sans ménagement vers la pente à la suite des autres — nos pas maladroits dans la poudreuse qui est tombée toute la nuit et qui nous empêche de courir, nos silhouettes ridicules, enjambant la neige, trébuchant et repartant de plus belle. Je crève de peur moi aussi, fuyant avec lui, et je ne saurai jamais pourquoi je me retourne dans un dernier réflexe, peut-être pour appeler encore une fois — et je devine une silhouette derrière nous, je hurle, pour qu'Elias s'arrête :

— C'est Vigan !

J'ai le temps de le voir lâcher les morceaux de bois qu'il tient, sa masse étrangement rapide derrière nous, et son beuglement soudain : *Restez ensemble ! Ne courez pas ! La neige ! Ar-rê-tez-vous !!* Mais aucun des autres ne l'entend plus. J'ai tiré Elias par la manche et il a fini par ralentir, me regardant comme si j'étais dingue, comme s'il voulait repartir sans moi peut-être — jusqu'à ce que Vigan vienne se cogner contre nous, nous projetant dans la neige, se relève, hurle dans la nuit pour appeler les autres. À genoux près de lui, je n'entends que mon souffle, et mon cœur qui explose à mes tempes. Les cris d'Arielle. La réalité se dérobe, le monde m'anéantit. L'apocalypse autour de moi, un jour qui ne se lève pas. La peur pétrifie la montagne et le temps semble suspendu. Et soudain derrière nous, au-dessus de nous, partout, cet étrange grondement. Le grondement ! Immense, comme un orage sur nos têtes.

Encore le hurlement de Vigan, qui couvre l'ensemble et me pétrifie.

— L'avalanche ! Tenez-vous ! Tenez-vous tous !!

Mathias

Je coupe le contact du Toyota et je reste quelques instants à l'intérieur. Un coup d'œil à la bâche noire roulée dans la benne — je ferme les yeux. Voilà. Maintenant il faut que je sorte, et que je dise au vieux Carche : *Ton petit-fils est là-dessous. Je suis désolé. C'était un accident, un stupide accident.*

Sous le plastique, les morceaux de corps épars. Une glissade. Un faux pas. La hantise du montagnard, et pourtant il était agile, ce gamin. Mais un accident c'est toujours con, et je n'ai pas pu le sauver. Inutile d'ajouter que j'ai essayé : mon visage meurtri parle pour moi. Et si le vieux demande quand même, j'expliquerai que j'ai heurté les rochers en tombant pour rattraper le môme.

Un accident. À cet instant, moi-même j'y crois.

S'il n'y avait l'écho du hurlement en moi, qui a effacé en quelques secondes tous les cris des chèvres depuis trente ans. Ce hurlement-là, je sais que je ne l'oublierai jamais, et qu'il hantera mes nuits jusqu'à la dernière : celui de Carche qui s'effondre sous le choc de mon crâne, et tombe, et soudain se sent glisser. Enfonce de toutes ses forces ses ongles dans la neige et sur les maigres touffes d'herbe, les jambes balançant déjà dans le vide, et continue à déraper. Mes mains s'écrasant sur ses poignets pour le retenir, presque certaines de s'ouvrir, parce que le poids de son corps m'entraîne. Oui, j'ai vu Carche descendre centimètre par centimètre dans la pente glacée, son regard s'ouvrir, venir se figer sur le mien, m'implorant en silence. La bouche béant sur une prière muette, étouffée par la peur, par l'incrédulité. Il n'y croit pas, que cela peut finir comme ça, depuis toujours c'est lui qui gagne, il sait qu'il va forcément se passer quelque chose. Dans ses yeux écarquillés, cette étrange attente ; et là je comprends. Au moment où il lève le bras dans un geste désespéré pour venir s'agripper à moi, au risque de nous faire chavirer tous les deux, je recule. Cela non plus je ne l'oublierai pas : j'ai vu que nous allions tomber, et je l'ai lâché. J'ai esquivé son étreinte, en sachant au fond de moi que le coup de reins que je mettais pour lui échapper le ferait glisser définitivement. Mais malgré la panique, et malgré l'urgence, il me restait assez de lucidité pour refuser de me sacrifier pour ce salopard. Les yeux de Carche se sont agrandis de terreur, sa mâchoire a heurté le sol, crachant de la neige. Pas un son sur ses lèvres, et pourtant j'ai bien lu ce terrible *Non !* — le temps de rien, il est parti en arrière, une seconde, deux, et d'un coup je ne l'ai plus vu. Alors j'ai pressé mes mains sur mes oreilles pour essayer de ne pas entendre quand il a basculé, quand son regard exorbité a disparu en ripant sur la falaise. Ce cri inhumain étouffé par les nuages. J'ai cessé de l'entendre avant qu'il ne s'écrase en bas. Longtemps, je suis resté agenouillé devant la trace de ses doigts dans la neige. Cinq traits pour chaque main, témoins de la lente et épouvantable glissade, ancrés dans la neige et striés de sang.

Avant de partir je les ai piétinés, pour effacer les marques.

*

Je descends en chancelant, encore sonné par la violence de cet après-midi. Reste appuyé au pick-up, le souffle coupé, les mains tremblantes. Et merde. Je répète ma version à voix basse encore une fois. Et une autre fois. Les mots me bercent presque. Si seulement je pouvais en rester là.

Derrière mes paupières à demi fermées, la propriété de Carche se dessine. Les bâtiments qui, il y a trois semaines, étincelaient des lumières de la fête et des lampions me semblent lugubres, comme s'ils avaient déjà deviné. Les cours des étables, les pâtures autour de nous, tout est terni par un voile gris — ou alors c'est mon regard. Est-ce mon regard aussi qui invente toutes ces portes, toutes ces fenêtres closes, et l'absence de cris, et le désert des hommes ? Même les vieux chênes sont penchés dans un geste de souffrance. Depuis que les nuages se sont accumulés sur la montagne, le paysage baigne dans une clarté fantomatique. Je ne peux pas m'empêcher d'y voir un mauvais présage, et puis je me reprends aussitôt : le malheur est déjà tombé. Ici, ce n'est que la suite. De toute mon âme je voudrais en sortir. Mais je sais bien que le destin n'est pas négociable.

Lorsque je lève enfin les yeux, j'aperçois des silhouettes qui se sont approchées et qui, me voyant affaissé sur cette étrange bâche noire, n'osent plus avancer. En même temps qu'ils devinent peu à peu ce qui s'y cache, je serre les dents. Pour l'instant où la mère sortira du rang, poussant les autres par-devant elle, et qu'elle hurlera en frappant ma chemise et en me griffant le visage. Je me tairai, parce que tout sera vain. Parce que je ne peux pas lui dire que son fils, en petits tas dans mon 4 × 4, était une ordure.

J'attends que Carche, le vieux, sorte de la maison. Mis au courant bien sûr, en quelques secondes. Je le sais à sa mine défaite. Alors des femmes viennent arracher la mère du gamin à ma poitrine et nous restons face à face, lui et moi. Je ne baisse pas le regard. Je me souviens que c'était un accident, et que je n'y peux rien.

— Le malheur sur toi, Mathias, murmure le vieux d'une voix rauque.

Je garde le silence quelques instants, les yeux rivés aux siens. Je cherche un interstice, une faille ; quelque chose qui me permette de saisir le bon moment pour lui parler. Mais il n'y a pas de bon moment, et je finis par me racler la gorge, ouvrant la bouche pour lui expliquer. Prendre mon élan. Carche m'arrête d'une main. Son doigt qui montre le sol, sa voix comme un claquement de fouet.

— Tu restes là.

M'ignorant déjà, il fait un geste à l'attention de quelques types rangés au garde-à-vous derrière nous. Ils ouvrent la benne et se saisissent de la bâche, prenant soin de ne pas la dérouler. Déroutés par l'inconsistance de son contenu. Je montre les dents dans un rictus.

— Attention. Il est tombé de la montagne.

Carche se raidit, les hommes resserrent leur emprise. Ils déposent le corps sur un brancard pour l'emmener à l'intérieur de la maison et je n'ose pas les prévenir, il n'y aura rien à laver, rien à habiller. Rien à présenter. Seuls les vêtements et quelques mèches de cheveux permettent d'affirmer que c'est bien Artur Carche. Pour le reste, il est aussi éclaté qu'une chèvre sacrifiée. Non vraiment, ils ne devraient pas ouvrir la bâche. Mais ce n'est pas mon rôle de le leur dire. Pour l'heure, la seule chose que l'on tolère de moi, c'est que j'attende, debout à côté du pick-up.

Et j'attends.

Je me remémore la façon dont j'ai ratissé la neige pour ne pas laisser un seul débris du petit Carche aux montagnes, pour protéger son âme. Même à un salopard, je devais de préserver ce qui se passe après, refusant de le condamner à une errance sans fin jusqu'à ce qu'il retrouve chaque parcelle de sa peau, chaque fragment de ses os. Même à celui qui a voulu me tuer. Et ce que je n'ose pas m'avouer : parce que je ne veux pas croiser cet esprit maudit lors de mes prochains sacrifices, qui s'accrocherait à moi comme il l'a fait tout à l'heure et, cette fois, qui ne me lâcherait pas.

Cela non plus, je ne peux pas leur dire. Je sais seulement que tout est dans le grand plastique noir, bouillie informe devant laquelle je n'ai pas pu me retenir de vomir tout à l'heure.

J'attends.

Il faut que j'arrête d'y penser, sans quoi je finirai par me couper et me confondre quand Carche me fera amener. Il n'y a qu'une seule version et je dois me la répéter encore et encore, pour qu'elle devienne la seule vérité, celle que je dirai, celle qui restera dans ma tête. Effacer certaines images, comme au milieu d'un cinéma désert. Expurger la dernière scène et rendre l'histoire audible, sinon acceptable. Je n'y suis pour rien. J'ai essayé mais…

J'attends et la nuit est tombée à présent. Nul doute que ce délai éreintant soit volontaire, et j'ai mis mon manteau au cas où cela durerait encore. Dehors, plus personne depuis longtemps. L'effervescence affolée et les regards mauvais sont rentrés, la colère l'a cédé à l'épuisement ; seules les vitres éclairées de l'intérieur rappellent que la ferme s'active, de la maison principale aux moindres dépendances. Je compte machinalement, cinquante-sept fenêtres. Bon sang, le froid me glace les doigts.

Un mouvement sur le côté attire mon attention. Un nerf me claque dans le cou quand je tourne la tête, raidi par le gel et l'immobilité. La douleur me court dans le crâne et je mets un instant à reconnaître la silhouette enfantine. Tiens donc. La petite, qui vient voir. Je suppose qu'on ne lui a pas permis de sortir ; elle s'est donc glissée dehors en cachette, une fois de plus. Le vieux Carche se plaint souvent d'elle. Un caractère bien trempé, trop, pour une fille. Les gamins qui frôlent la mort ont cette force en eux, qui les rend insolents et hardis. Moi elle me plaît bien, cette môme. Si seulement je l'avais emmenée elle, et pas l'autre.

Elle me regarde.

Ne dit rien.

Je reste silencieux aussi, baissant le nez. Les paroles sont inutiles, je ne veux pas savoir ce qu'elle pense de l'homme qui l'a ramenée à la vie il y a dix ans, et qui vient de déposer ce soir le corps déchiqueté de son cousin. L'idée me traverse : peut-être qu'elle l'aimait bien.

Non, impossible.

Qu'a-t-elle entendu sur moi dans les maisons où l'on a commencé à se recueillir, dans les cuisines où l'on prépare des plats pour veiller jusqu'à l'aube ? A-t-on cru à mon histoire, ou le mot *assassin* circule-t-il sous les tables ? Je voudrais lui expliquer. Qu'elle au moins, elle sache. Mais ma bouche ne s'ouvre pas, et je finis par soupirer en serrant mes mains l'une contre l'autre.

Elle toussote. Je la regarde à mon tour. Sa voix monte dans l'obscurité, claire et fluette.

— Tu vas rester là ?

Elle me prend de court. Je tarde à lui répondre, choisissant mes mots avec soin.

— Il faut que je parle à ton grand-père.

Elle me dévisage comme si je délirais.

— Mais lui, il ne te parlera pas.

— Bien sûr que si. Il faut que je lui explique ce qui s'est passé.

À nouveau, ses grands yeux s'arrêtent sur moi, interloqués. J'ai l'impression d'être jugé, brûlé sur place. La lueur que je devine dans ses pupilles est si particulière ; évidemment qu'elle l'a, ce foutu don. Et à cet instant je comprends aussi qu'elle sait des choses que j'ignore.

Mais elle se sauve d'un coup, se glissant dans le recoin d'un bâtiment, et je n'ose pas lui demander ce qui se murmure à l'intérieur des maisons. Elle croise les bras derrière son dos ; cette posture de profonde réflexion me ferait sourire si je n'étais pas à moitié mort de froid — et de plus en plus inquiet devant le silence du vieux Carche.

— Il faut que tu t'en ailles, Mathias.

Pendant une fraction de seconde, je doute que ce soit elle qui a parlé. Le ton est bas et grave, pas celui d'une gamine de dix ans. Mais il n'y a qu'elle et moi, et j'avance d'un pas vers elle.

— Quoi ?

Elle me fait face, silencieuse une fois de plus, les lèvres fermées sur les mots qu'elle ne dira pas. Du menton, elle a un geste imperceptible vers la gauche ; je suis son regard. Et je me fige. Comprends pourquoi elle s'est cachée dans l'ombre la plus obscure des vieilles maisons. Derrière une fenêtre mal éclairée, les yeux secs, le vieux Carche m'observe.

Je chancelle. Lentement, une pensée se forme au fond de mon cerveau, que je ne voulais pas admettre tandis que je patientais pendant des heures. Mais c'est si évident. Carche ne me teste pas, il m'a déjà condamné. La seule chose qui ait une réalité pour lui à cet instant, c'est la mort de son petit-fils. Et une nécessité : il lui faut un coupable.

Je me tais un long moment. La nuit m'enveloppe, opaque, épaisse, parsemée d'étoiles dont la poésie m'échappe. Un grand froid me saisit. Dans le fond, je sais que la petite a raison, je le sais depuis que le gamin est tombé et que j'ai ramassé les morceaux. Je suis venu mendier un pardon impossible. J'ai des dizaines d'exemples pour me convaincre que Carche va mettre un contrat sur ma tête — qu'il l'a peut-être déjà fait. Et d'autres pour me rappeler que personne n'a jamais gagné contre lui. Dans mes yeux, la petite voit que je saisis enfin.

— Il faut que tu t'en ailles. Il faut tout laisser. Tout oublier.

*

Alors je pousse le Toyota dans la descente et je le laisse filer en roue libre, n'allumant le moteur qu'après le premier virage. La peur vrillée au ventre, j'organise ma fuite. Je devrais être chez moi dans moins de deux heures. Attraper un sac avec mes papiers, mon fric, quelques vêtements. Le fait que j'enrage n'y changera rien. Je me donne une demi-heure pour tout boucler. Surtout, ne pas penser à ce que sera ma vie, après. Il faut juste que je sauve ma peau.

Prendre la route et rouler vers l'est, pour atteindre la frontière. Avec un peu de chance, j'y serai demain soir.

Un peu de chance.

Lou

Quelque chose me gratte la tête, me gêne, insistant et insupportable. À vrai dire, au début, je m'en moque. À moitié endormie, les dernières images de ce matin me reviennent. Le grondement dans la montagne, nos corps gelés, l'aube à peine levée. Le sentiment d'être seuls : Vigan n'est plus là. Marc a disparu lui aussi. La peur, notre fuite éperdue, balayant la poudreuse, les yeux écarquillés d'horreur. Non, quelque chose ne va pas. La traînée de sang dans la neige.

C'était un ours? demande Lucas. Mais nous le savons tous, qu'il n'y a pas d'ours à cette altitude. Il n'y a plus rien, que nous, et nos frayeurs. Étienne rit. Je sombre. Vigan me rattrape, me bouscule. J'entends son cri. L'avalanche qui nous avale quelques secondes plus tard.

Ça gratte toujours à mon oreille. Je voudrais protester, qu'on me laisse tranquille. Une petite plainte. Presque inaudible. Ça gratte plus fort. Je reprends mon souffle pour crier — pas de souffle. Respiration bloquée, et d'un coup je m'affole, j'appelle. Silence. De l'air. De l'air! Je fais de grands gestes mais mes bras sont coincés. Une prison. Impossible de bouger même une main. Mes yeux s'ouvrent d'épouvante. Le noir. Le froid. Une fraction de seconde, je pense à ces gens qui se font prendre sous les lacs glacés, et qui ne retrouvent pas le trou qu'ils ont fait pour sortir. Et je comprends. Je suis sous la neige.

Une onde de terreur. Sous la neige et vivante. Par pitié.

J'ouvre la bouche pour hurler. Rien.

Engloutie sous l'avalanche. Quelques secondes, quelques dizaines de secondes à vivre.

*

La douleur sur mon bras, lointaine. Elias penché sur moi. Il chante. Je voudrais reconnaître l'air, pour fredonner avec lui. Mais mes oreilles sont bouchées, et j'ai beau faire des efforts, je ne perçois pas grand-chose.

Non, ce n'est pas une chanson. Ce sont des cris.

Je voudrais reconnaître l'air, pour crier avec lui.

Viens, Elias, on danse.

*

Arrachée à la neige. Elias est toujours penché sur moi. Il dit que mes lèvres sont bleues. Cela me fait rire.

*

Soudain j'ai mal. Je repousse Elias qui me frotte et me secoue, et d'un coup mes oreilles s'ouvrent. Je les entends les vrais cris. Pas le temps de reprendre mes esprits, de remettre en place mes idées entrechoquées, de comprendre pourquoi la neige est déblayée autour de moi et la pelle par terre. Elias m'oblige à boire quelque chose de très fort qui me brûle la gorge et je crache en grondant. *Encore*, dit-il. Le sang repart dans mes veines. Les yeux ouverts, je vois des choses, ne comprends toujours pas. Une gifle. Deux. Elias me tire, me traîne. *Je suis désolé, Lou, on n'a pas le temps, je suis désolé. Il faut que tu bouges ! Bouge !!*

Il me lâche quelques mètres plus loin. Je tombe dans la neige. Il hurle :

— Creuse ! Creuse ici !

*

Plus tard. Le feu au milieu, nos silhouettes effondrées sur le bord. Je regarde ma montre : dix heures. Le temps de se faire cueillir à l'aube par une avalanche, et je me demande une fois de plus si j'en suis vraiment sortie, si je suis sauvée, et les autres aussi autour de moi — ou alors l'antichambre de la mort et nos consciences en suspens, nous serions là à attendre quelque chose d'improbable. Non, tout paraît réel. Et puis là-bas. Je ne tourne pas la tête. Seule la présence d'Elias contre moi a de l'importance à cet instant, Elias muet lui aussi, choqué comme nous tous, les mains à peine tendues vers la chaleur. Vigan a exigé que nous restions là le temps de nous réchauffer et de manger. De nous calmer. Le cœur n'y est pas. Nous n'osons pas regarder derrière nous. Pas besoin.

Étienne est allongé là-bas. Nous n'avons pas pu le ranimer.

*

Aucun de nous ne bouge. Le choc. En silence. Nous mesurons aussi la chance que nous avons eue de nous en tirer, soulagés, épuisés. Coupables d'être là, mais heureux, si nous le pouvions. Sortis de l'avalanche.

Une petite avalanche. Sinon nous serions tous morts.

C'est Marc qui a réussi à s'extirper de la neige et qui nous a déterrés les uns après les autres avec l'aide de ceux qui le pouvaient, priant pour que nous soyons tous ensemble. Déterrés. Comme des cadavres. Cinq d'entre nous respiraient encore.

Marc. Je le regarde, sidérée par le récit qu'il nous a fait de l'avalanche. Marc, que nous avons cru mort, et qui nous a sauvés. Elias redonne l'ordre de ces terribles exhumations, lui d'abord, puis Vigan, moi, Arielle, Lucas ; Étienne en dernier, plus loin, plus profond. Nous cherchions depuis presque une heure. Trop tard. Que peut-être Étienne soit mort très vite, pendant l'avalanche même, ne nous console pas.

Le destin. La poisse. Le hasard. Les mots me manquent, nous manquent à tous. Cela fait une étrange impression de le savoir près de nous. Quand il a fallu se réinstaller, faire partir le feu, je suis passée à quelques mètres de lui et je me suis approchée. C'est la première fois que je voyais un mort. Cela ressemble aux statues du musée Grévin, ce teint cireux et lisse, sans un frémissement. Je n'ai pas pu m'empêcher de le regarder, d'y revenir. Un peu écœurée par ma curiosité morbide, mais attirée, inexorablement, par cette chose étrange et figée. Je me suis sentie coupable de ne pas l'avoir aimé, de l'avoir trouvé prétentieux, distant ; à présent, je me dis qu'il n'était pas si désagréable. Mais là aussi, trop tard. Et ce type qui m'est à peu près inconnu, je commence à lui parler tout bas, de façon inaudible, à l'encourager pour le grand passage. Lui assurer que je regrette ce qui lui arrive. Que c'est con, une vie si courte, il avait quel âge ? La quarantaine, je pense. Bref, Étienne est allongé là derrière nous, et nous allons le laisser. Ça aussi, ça me fait un drôle d'effet. J'ai beau savoir qu'il est mort, j'ai l'impression que nous l'abandonnons, tout seul, à rester là dans cette montagne funeste. Était-ce prévisible, tout cela ? N'est-ce pas lui qui est tombé le premier dans la cordée, et que Vigan a dû ramener derrière lui ? Peut-être aurions-nous pu faire quelque chose.

Peut-être que non.

Je ne sais plus.

Enfin voilà, il faut le laisser. J'ai du mal à l'accepter. Je n'aimerais pas que l'on fasse la même chose avec moi, c'est bête mais, si cela m'arrivait, je voudrais qu'on me ramène, qu'on m'enterre chez moi, dans un cimetière avec des arbres et des fleurs. Les autres aussi semblent désorientés, et sans doute est-ce la raison pour laquelle nous ne nous sommes pas levés quand Arielle a demandé tout à l'heure : *On s'en va ?* Nous ne savons pas comment dire adieu à Étienne. L'enfouir sous la neige, en espérant qu'il échappe aux éventuelles bêtes sauvages, nous semble d'une ironie brutale.

Marc nous contemple tour à tour, défait, les mains ouvertes sur le choc de cette fin de nuit. Nous comprenons à peine ce qui s'est passé, mais le sait-il davantage ? Par quel malentendu, quelle hallucination avons-nous pensé qu'il avait été happé par quelque chose de monstrueux et d'inconnu, traîné dans la montagne et sans doute dévoré ? Nous avons tous vu sa tente écroulée — ou était-ce l'effet de notre peur, de notre imaginaire déjà secoué, de la tempête tout simplement ? Entendu Arielle et Elias l'appeler, vu la traînée rouge, ou aux reflets rouges, ou noire ou blanche, je n'en jurerais plus, à présent. Perçu l'effrayant grondement. L'écho d'un éboulement ? Nous sommes perdus. La seule chose dont nous soyons convaincus, c'est que Marc est à nos côtés, et que s'il n'avait pas été là, nous serions encore sous la neige, bleus et raidis. Elias essaie en vain de le calmer.

— Sans toi mon vieux, on y serait tous passés. Tu te rends compte de ce qu'on te doit ? Tu te rends compte de la chance qu'on a eue, que tu sois allé pisser à ce moment-là ?

Arielle, Lucas, Vigan — ils approuvent d'un hochement de tête. J'ajoute :

— C'est pas toi qui nous as fait paniquer. C'est ce bruit dans la montagne, tu sais, tu l'as entendu aussi. C'est pour ça qu'on s'est enfuis.

Marc souffle bruyamment entre ses doigts, soupire.

— Quand même, quand vous avez cru que j'avais disparu...

— C'est pas à cause de ça, répète Arielle. Et tu me connais : si je pouvais t'enfoncer, je le ferais ; alors si je te dis que c'est pas ta faute...

Mais cela ne le fait même pas sourire, et il recommence à décrire la scène, une fois encore. À force de l'entendre, je pourrais la réciter en même temps que lui, j'ai même ouvert la bouche pour murmurer le premier mot avec lui. Il me regarde. Tend la main vers moi, me prenant à témoin.

— Enfin tu vois, je suis juste sorti pour aller pisser. C'est vrai, ma tente avait pris un sacré coup de travers avec le vent, j'ai pas fait attention. Je me suis éloigné de quelques mètres, voilà, pas trop loin parce qu'il faisait encore nuit. Et là, la glissade.

Il se frotte le visage, ouvre des yeux effrayés.

— Putain la descente. Je me suis senti partir. Je ne sais même pas comment j'ai eu le réflexe d'écarter les bras. C'est ce qui m'a sauvé, hein. Saloperie de pente. Impossible de la deviner avec ce temps.

— Impossible, confirme Vigan. Et le jour n'était pas levé. La prochaine fois, tu pisseras au bord de la tente, ça t'évitera des surprises.

Marc esquisse enfin un sourire. Pas longtemps.

— J'ai essayé de vous appeler mais que dalle, avec ce vent, la voix ne porte pas. J'avais les bras qui faiblissaient, ça dérapait de partout. Bon sang, je me voyais déjà dégringoler au fond quand j'ai trouvé une aspérité sous mon pied. C'est comme ça que j'ai réussi à me redresser, et à remonter. Pour me rendre compte que j'étais seul, et que l'avalanche courait en dessous.

— L'enfer, chuchote Lucas.

— Ouais. Tu peux le dire.

Elias hoche la tête. *N'empêche. Si tu avais été avec nous, on serait tous morts. S'il n'y avait eu personne pour nous déterrer.*

Arielle se tortille.

— Et tu as entendu la chose ? Le grondement, le truc énorme ?

— Oui. J'ai pensé que c'était le vent. Et puis j'ai laissé tomber. J'étais déjà suffisamment dans la merde.

Nous buvons notre thé sans mot dire. Le récit de Marc tourne en boucle dans ma tête, vient buter chaque fois sur la mort d'Étienne — mais c'est Marc à nouveau qui ose formuler ce que je tais :

— Pourquoi il a paniqué comme ça, ce con ?

Arielle pousse un long soupir.

— Tu sais, quand on a vu tes traces dans la neige… en fait moi aussi, j'étais sûre qu'il y avait du sang. Après il y a eu ce fracas dans la montagne, Vigan n'était plus avec nous, on était paumés, et je ne sais pas vous…

Elle nous désigne d'un geste du menton, Lucas, Elias et moi.

— … mais franchement il y avait de quoi péter un plomb. Il y avait de quoi se dire que quelque chose nous tournait autour, nous menaçait.

— Arrête, grogne Lucas.

— Non je n'arrête pas, je veux que Vigan l'entende. La tempête, d'accord. Mais j'ai l'impression qu'il y a autre chose.

— Arrête, répète Lucas — et cette fois Arielle hausse les épaules, nous balaie du regard avec l'air de dire : *Je vous aurai prévenus*, et se mure dans un silence pesant.

Appuyée contre Elias, je frissonne. Les mots d'Arielle font écho en moi, bien plus que je ne le voudrais. Moi aussi j'ai entendu des choses étranges, et j'aimerais croire que ce ne sont que le vent et les craquements de la montagne, mais une peur surnaturelle s'immisce dans un coin de ma tête, me fait douter trop fort. Pour ne pas lui donner corps, je n'en parle pas; Elias a un petit claquement de langue désolé en me jetant un coup d'œil.

— Non, Lou.

Je ne réagis pas. Il me pousse du coude pour m'obliger à me rattraper à lui, insiste.

— Il n'y a rien dans cette montagne.

J'acquiesce sans un mot, rationnellement, oui, je comprends ce qu'il me dit. Il me connaît si bien.

— Ne te laisse pas embarquer, chuchote-t-il en me prenant dans ses bras. C'est trop facile de se faire peur.

Nous restons enlacés quelques instants, silencieux autant que les autres. Nous attendons quelque chose, en fait. Depuis tout à l'heure, sans doute tous nos échanges ne servent-ils qu'à le retarder. Mais cela vient. C'est Vigan qui donne le signal en se levant et en disant à voix basse :

— Allez.

Et nous tressaillons tous. Nous contemplons le sol.

— Bon, murmure Lucas en hochant la tête à petits coups.

Marc se racle la gorge.

— Tu veux un coup de main?

Vigan nous observe un moment. Nos airs fuyants, nos regards de lâches. Pas un de nous n'ose planter ses yeux dans les siens — ne serait-ce que pour s'excuser, lui dire que nous n'avons pas le courage. Je ne fais pas mieux que les autres, et je gratte la neige sur mon pantalon, absorbée par une tache que je n'avais jamais remarquée. Ma gorge serrée. La phrase dans ma tête, *Il va le faire, il va le faire.* Je voudrais que ce soit déjà fini, que la question ne se pose plus. Ne plus avoir besoin de lui demander si nous devons l'aider à enterrer Étienne. Oublier. Vigan le sent, le sait instinctivement, cela, et l'espoir absurde qui nous porte : peut-être sera-ce moins difficile pour lui. Peut-être est-il habitué. Je tressaille. Quelle idée avons-nous de lui, pour croire qu'enfouir un homme mort sous la glace lui est indifférent ? Les joues me piquent sous l'effet de la honte soudaine, et je me mords les lèvres, cherchant son regard en biais. Encore une fois, la beauté austère de son visage me surprend, et je me dis que cet homme-là est comme nous — et à nouveau je m'en veux de penser de cette façon terrible. Mais non, je ne l'aiderai pas. Peux pas. Je n'imagine même pas toucher l'anorak d'Étienne pour le tirer dans le trou. Et cela aussi, Vigan le devine, chez moi et chez nous tous, et il nous épargne, endossant le rôle que nous exigeons de lui. Il dit :

— Ça ira.

Prend la pelle de survie et s'éloigne. Je reconnais le bruit de la neige que l'on creuse, mais je ne regarde pas. Elias aussi a baissé la tête, et les autres, et s'ils ont le même sentiment que moi, nous en voulons à Vigan de nous faire paraître si couards à côté de lui. Alors pour nous donner bonne conscience, nous faisons l'inventaire de ce qui nous reste après l'avalanche. Nous avons perdu deux tentes, et surtout des sacs, avec ce qu'ils contenaient de nourriture et de matériel. Impossible de les retrouver sous la neige.

— Ça craint, dit Marc.

Arielle s'agite. *Combien de temps on peut tenir avec ça ?* Mais nous ne le savons pas. Je me représente une assiette de pâtes, une poignée de raisins secs, essaie de compter le nombre de portions dans les emballages posés par terre devant nous. Quand on fait cuire des coquillettes à Paris, on met quoi déjà, un verre par personne ? Je ne sais plus. Et puis ce ne sont pas des coquillettes. Et merde.

— C'est déjà bien d'en avoir retrouvé, murmure Elias.

Lucas lève un doigt pour demander la parole, comme à l'école. *Il faut qu'on redescende.*

— Je suis d'accord, dit Marc.

Le retour de Vigan nous interrompt. Sa voix basse.

— C'est fait.

Son corps lourd assis à côté de nous. Il ajoute :

— Il ne neige plus.

Mais le vent et le brouillard persistent. Si j'avais le choix je ne quitterais pas le feu et sa chaleur, je resterais là, tiède et somnolente, hors de toute volonté. Jusqu'à ce que l'on vienne me chercher. Vigan a appelé les secours. C'est comme il a dit : personne ne peut nous aider. Personne ne bougera tant que la météo sera aussi dangereuse, et j'ai vu les yeux d'Arielle, rouges comme les miens, quand il nous a annoncé cela, quand il a ajouté en hésitant :

— Nous devrions nous installer, construire un abri ou un igloo de fortune, et attendre. Dès que le temps se calmera, on repartira.

— Quoi ?

Lucas s'est à demi levé. Devant son air à la fois inquiet et furieux, Arielle lui prend la main en cherchant à le faire rasseoir.

— Doucement, Lucas. Qu'est-ce qu'il y a ?

— Je ne reste pas ici. Pas dans ce coin où on a failli crever. On va bien finir par y arriver si on ne fait rien, avec les trois pauvres biscuits qu'on a sauvés.

— Il a raison, opine Marc. On redescend. On a marché deux jours, et même si on met autant de temps à revenir, on tiendra. Tandis que si on attend ici, on ne sait pas combien de temps ça peut durer.

Mais Elias ne l'entend pas de cette oreille.

— Ce que tu oublies, c'est la tempête. Il n'y a plus de chemin. Plus de repères. Ce que tu nous demandes, c'est de partir en espérant qu'on retrouvera notre route. C'est du délire.

Vigan hoche la tête : il est le premier à préférer avancer. S'il était seul, je jurerais qu'il repartirait aussitôt. Mais nous sommes là avec lui, mauvais marcheurs, mal préparés. Alors je sens bien qu'il compose lorsqu'il suggère que nous attendions ici, et que le risque de nous perdre l'inquiète. Autour du feu, la tension monte d'un coup, les esprits s'échauffent.

— Mais bon sang, braille Marc, y a qu'à descendre ! Ça nous mènera forcément quelque part !

— T'es con ou quoi ? s'énerve Elias. Quand on sera à des kilomètres du moindre bled, on aura l'air de quoi ? On sera dans la même situation, sauf qu'au lieu d'être en haut, on sera en bas !

— Me parle pas comme ça, connard ! Me prends pas pour un débile !

Vigan s'interpose au moment où Lucas ouvre la bouche pour prendre le parti de Marc.

— Oh, les deux, là. Arrêtez de vous disputer. Réfléchissez un peu. Partir sous la tempête en ce moment, c'est insensé. On va s'installer le mieux possible ici. Au moins quelques heures.

— Que dalle ! hurle Marc.

Lucas vocifère à son tour et je regarde, les yeux écarquillés, la rébellion qui s'annonce. Je fais confiance à Vigan cependant : il a la stature pour nous imposer de rester là. Mais il nous observe. Attend de voir comment les choses tournent, peut-être. Moi-même je suis incapable de décider ce qui serait le mieux pour nous, je ne sais pas d'où nous sommes venus, ni dans quelle direction il faudrait aller ; je ne mesure plus les dangers de chacune de nos solutions. Au fond de moi, je crois que je préfère partir moi aussi. Seul le visage fermé d'Elias m'empêche de le dire tout haut.

— On s'en va…

La voix tremblante d'Arielle nous fait faire silence. Lucas se précipite.

— Ça va, mon cœur ?

Elle nous regarde. Tous, l'un après l'autre.

— On ne peut pas attendre ici. Il s'est passé trop de choses. Et trop de choses incompréhensibles. C'est un signe, vous comprenez ? Nous avons une dernière chance. Il faut la prendre. Il ne faut pas s'obstiner à rester.

Je me lève d'un coup.

— Je suis de l'avis d'Arielle.

Elias me foudroie du regard et je lui fais un geste d'excuse. *Je suis désolée, Elias, je suis sûre que c'est la meilleure solution, je suis désolée, désolée.* Il ne répond pas. Ne dit rien quand Marc et Lucas prennent les sacs, secouent Vigan qui reste assis dans la neige.

— Debout, ordonne Marc. On te suit.

— Vous faites une énorme erreur. On devrait attendre un peu. Pas grand-chose. La fin de ce coup de neige.

— On s'en fout. Emmène-nous.

— Réfléchissez. On part en pleine tempête. Vous êtes en train de diviser nos chances par deux.

— On n'est pas loin, putain. Deux jours de marche. Lève ton cul et avance ! C'est pour ça qu'on te paie !

Vigan allait protester ; je le vois se raviser soudain. A-t-il perçu l'extrême violence dans la voix de Marc, le regard de Lucas en train de basculer, et celui d'Arielle, et le mien ? Je ne sais pas ce qu'il comprend de notre peur et de notre rage à fleur de peau, parce que, à ce moment-là, nous sommes convaincus que si nous ne nous en sortons pas, ce sera sa faute — je ne sais pas mais il ramasse ses affaires, fait glisser les lunettes sur ses yeux.

— Attachez-vous, il dit.

J'entends le cliquetis des mousquetons, rapide, nous nous encordons les uns aux autres une nouvelle fois. Arielle s'écrie : *On est prêts !* Devant, Vigan observe le paysage autour de nous, aussi loin que porte la vue — ridicule toujours, six ou sept mètres, derrière lesquels chaque bruit nous fait sursauter. Un mur de brume. Oui, nous sommes fous de quitter notre feu, comme le sont les faibles et les ignorants qui ne supportent pas de rester en place, persuadés que le salut est dans le mouvement. En bifurquant vers le refuge, nous nous sommes éloignés du chemin, et le mauvais temps nous freine et nous égare. Nous savons qu'il ne suffira peut-être pas de deux jours. J'ai déjà faim. Lorsque nous nous mettons en route, l'inquiétude me dévore. Et Vigan fait la gueule depuis qu'il nous a balancé sa dernière consigne :

— Vous avez des téléphones portables ?

Nous avons acquiescé, tous sauf Lucas — Arielle a pris le sien et cela lui suffit.

— Éteignez-les, si ce n'est pas déjà fait. Économisez les batteries. On pourrait en avoir besoin plus tard.

J'ai fait la grimace : le mien est déchargé depuis la veille et je sais que celui d'Elias ne vaut pas beaucoup mieux — même s'il l'a coupé aussitôt que Vigan l'a ordonné. Marc aussi s'est écrié :

— Ah le con !

Seule Arielle, avec son vieux portable, avait encore une moitié de charge.

— Éteins-le, a répété Vigan. Mets-le dans une poche étanche de ton manteau.

Voilà ses derniers mots : depuis, plus rien. S'il continue à se retourner régulièrement pour nous compter, il reste maussade et taiseux. Son silence me pèse. Je me sens coupable d'avoir laissé Marc et Lucas lui parler comme à un chien ; coupable d'être allée contre son avis, et de l'avoir forcé à repartir. Maintenant que nous marchons et que l'épuisement se fait à nouveau sentir, je me demande s'il n'avait pas raison. Suis sûre que oui, au fond. Mais comment faire marche arrière — c'est impossible. Alors je me rapproche d'Elias, qui m'en veut encore de m'être rangée du côté des fuyants. J'ai envie de lui dire que je regrette, avec un pressentiment terrible : lui dire avant qu'il ne soit trop tard. Avant qu'une catastrophe ne m'oblige à le reconnaître. Ou qu'elle ne m'en empêche. J'ai le nez gelé. Elias ne peut pas se retenir de sourire en me voyant — et dans un élan, je me jette contre lui, le remerciant intérieurement d'avoir ce si heureux caractère.

— Oh, murmure-t-il en refermant ses bras sur moi, le petit renne au nez rouge.

Nous nous contemplons quelques instants, à peine, le temps que la corde tire, et Elias me pousse en avant — *Allez va.* Je m'élance pour rattraper Marc, prenant garde à ne pas glisser dans la pente. Je pensais que nous irions plus vite en descendant, mais l'épaisseur de la neige et le manque de visibilité rendent le trajet éprouvant. Et puis le froid. Je ne comprends pas pourquoi je n'arrive pas à me réchauffer. La fatigue, une moindre nourriture, la température qui a chuté : d'accord. Mais cette glace à l'intérieur de moi. Peut-être mes vêtements sont-ils humides. Peut-être mon corps cède-t-il peu à peu, et la question me taraude, pourrai-je dormir ce soir, ou faudra-t-il que quelqu'un me tienne éveillée pour m'éviter de sombrer dans cette effrayante somnolence sans retour ? Je me souviens de reportages à la télévision, des témoignages de randonneurs perdus dans la montagne, dont la plus grande peur est de s'endormir sans s'en rendre compte. C'est ainsi que la mort prend les hommes dans le froid : en douceur, sans heurt, comme un sommeil éternel. Juste le cœur qui s'arrête. Ça ne fait même pas mal. Le matin, Elias me trouverait allongée dans la neige sans bouger, pour toujours. Je secoue la tête. Non. Je suis une survivante. Je vais m'en sortir. Devant le feu tout à l'heure, Lucas a dit : *Quand on racontera ça…* Combien d'entre nous n'ont pas pu s'empêcher de rectifier en silence : *Et si aucun de nous ne revenait pour le raconter, si nous y restions tous.* Mais non. Nous allons rentrer, et au boulot, quand je leur ferai le récit de cet interminable week-end, ils m'écouteront stupéfaits. Alors je marche tête basse, concentrée, parce que je veux survivre. La montagne a eu sa part. Maintenant, il faut qu'elle nous laisse rentrer. Qu'elle nous regarde, bon sang ! Nous allons courbés devant elle tous les six, vaincus et consentants, abandonnant le terrain sans panache — elle nous doit bien cela. Je fais les comptes. Nous y avons perdu un peu de raison et la vie d'un homme, un sur sept, un chiffre saugrenu dans ma tête, quatorze pour cent. Le prix fort. Je suis si heureuse d'être encore là, si étrangement reconnaissante à Étienne, comme s'il s'était offert en pâture pour nous. Je jette un œil à Elias derrière moi. Lui ne m'abandonnera jamais. Mais suis-je certaine qu'il donnerait sa vie pour me sauver, qu'il préférerait se sacrifier plutôt que me laisser mourir ici ? Oui. Presque — et ce *presque* me bouleverse, parce que ma vérité est tout autre. C'est à deux que nous sommes arrivés ici, et c'est à deux que nous repartirons. Ensemble. Indéfectibles l'un à l'autre. Je le veux, il le faut — et je jette une supplique muette à la montagne. Une vague de chaleur me monte dans le ventre et dans la gorge, je me retourne vers Elias, rencontre son sourire. Main tendue vers lui, pour lui dire que je l'aime et que tout ira bien. Quitte à ce qu'il n'y ait plus que nous. J'enfouis cette pensée loin de mon cerveau, pour ne pas nous porter malchance.

Telles des bêtes obstinées, nous suivons lentement Vigan. Le mauvais temps n'en finira donc jamais. Tous nos repères jouent avec nous et nous échappent, même le haut et le bas, et si la question m'était posée, je jurerais que nous montons au lieu de descendre depuis que nous sommes repartis. Mais dans la neige qui m'accroche jusqu'à mi-cuisse, avec le blizzard sifflant à mes oreilles, provoquant des vertiges fugaces, je serais incapable de dire où nous sommes, et où nous allons. Comme les autres, j'ai déposé ma vie entre les mains de Vigan. Bien obligée. Il est le seul à pouvoir reconnaître notre chemin, car nous autres, nous sommes perdus. S'il nous menait à l'abîme, nous irions également.

Une halte. J'observe notre guide, ses traits fatigués mais ardents, son visage animé d'une volonté farouche que je lui envie. La montagne a érodé sa rancœur et je retrouve son regard protecteur sur nous. Et lui, s'il ne restait que lui et moi, me porterait-il jusqu'au bout de ses forces ? Je cherche l'étincelle dans ses yeux, la certitude qu'il sera là pour moi, qu'il m'aime un petit peu plus que les autres. Oui, je ne pense qu'à moi à cet instant, mue par un réflexe qui me pétrit de honte. Pour me consoler, je me dis que les autres font pareil. Par une sorte de peur superstitieuse aussi — c'est moi qui serai la prochaine sur la liste, pour avoir eu ces idées-là. Bon sang, ma vieille, arrête.

— On va continuer à marche forcée.

Les paroles de Vigan me font l'effet d'un coup de tonnerre.

— Quoi, je dis, on ne l'était pas, là ?

Il ne regarde aucun de nous lorsqu'il répond :

— Vous avez voulu partir, et on est partis. Maintenant, il faut assumer. Il faut avancer.

Cette façon de nous balancer notre décision dans la gueule, c'est de bonne guerre. *Salaud*, murmure Marc. Mais Vigan l'ignore.

— Finissez de manger, on y va dans cinq minutes.

Je prends mon gobelet de thé, une poignée de fruits secs. Pas faim, mais je grignote tout, pour faire des réserves et parce que c'est ma part. Je ne veux pas risquer d'en avoir moins que les autres ; moi aussi, j'ai besoin de forces. Et de pouvoir résister au froid glacial.

Le bras d'Elias autour de mes épaules, sa bouche contre ma joue dans une caresse.

— Tiens, dit-il en me donnant ses raisins. J'ai vu que tu avais faim. Il faut que tu tiennes, *Lou-Lou*, bientôt ça ne sera plus qu'un mauvais souvenir tout ça.

Je fonds en larmes.

*

C'est la nuit et ce n'est pas la nuit. Il neige à nouveau de temps en temps, des averses qui donnent des gifles, et mes vêtements sont mouillés, mes cheveux aplatis et trempés sous le bonnet. Je suis exténuée, usée par le sentiment de ne pas avancer, de ne pas progresser, de ne plus rien attendre. Le froid me fait pleurer de fatigue.

Lever les pieds, l'un après l'autre. J'ignorais que cela pouvait être si difficile, et si douloureux. Mes jambes, mes talons sont traversés par des lames glacées qui me donnent l'impression d'aller sur des tessons de verre. Mais je n'ai pas le choix : il faut suivre les autres. Quand nous ralentissons, que nous nous arrêtons parfois, avec l'impression d'être en train de mourir, Vigan crie du haut de la file : *Marchez!* Sa voix autoritaire résonne dans nos têtes, nous arrache à une drôle de torpeur. *Marchez!* entendons-nous encore, et nous obéissons tels de vieux chevaux, l'échine courbée, toute notre confiance, toutes nos émotions mortes au-dedans de nous.

Au fond de moi, un tout petit espoir subsiste, le même depuis ce matin : la montagne a eu sa part. Elle a eu Étienne. Statistiquement, nous avons atteint le quota — de quoi, je le sais à peine, de perte normale ou admise, je suppose, comme dans l'armée. Je vois bien que mon raisonnement est fallacieux, quand je pense aux cordées entières qui dévissent des sommets, aux gens qui se noient par dizaines lors d'un naufrage en mer. Mais j'espère quand même. Parce que je n'ai rien fait pour mériter cela.

Rien transgressé, rien outrepassé, rien tué. C'est la montagne. Encore une fois, le manque de chance. Le hasard. Bien sûr, je me demande, pourquoi moi ? Et pourquoi nous. Qu'il n'y ait pas de réponse, cela me sidère. Alors la porte est ouverte à tous les excès et toutes les injustices. Peut-être sommes-nous mis à l'épreuve. Peut-être la force et l'obstination que je mets à marcher encore et encore apportent-elles quelque chose au monde, que d'autres partagent, que d'autres utilisent. Mon énergie se dilue dans l'univers, et ma conscience s'étend par-dessus les montagnes.

Toutes ces petites choses qui ne me consolent pas.

Mathias

Un peu avant d'arriver chez moi, la lueur m'alerte, flottant au-dessus des bois. On dirait des lumières de phares, ce qui n'augure rien de bon — et je ralentis, coupe le moteur. Le Toyota continue à descendre la pente lentement, silencieux dans la nuit. J'hésite, le pied sur le frein, fenêtre ouverte pour décrypter les sons dehors. Faut-il y aller ou s'enfuir tout de suite, impossible de le savoir : cela pourrait n'être qu'un client venu solliciter mon intervention.

À minuit, peu probable.

Une urgence ?

Toute la vallée est sans doute déjà au courant de la mort du petit Carche.

Qui ?

Je finis par ranger le 4 × 4 sur le côté et suivre la route en trottinant jusqu'à la maison, les nerfs à vif, surveillant le moindre bruit autour de moi. Cinquante mètres avant, je rentre dans le sous-bois. Un drôle de ronflement là-bas. La lumière orange. Je l'ai, ma réponse : ma cabane est en flammes, encerclée par plusieurs hommes en voiture, qui la regardent en parlant fort et en fumant des cigarettes, et resteront jusqu'à ce qu'elle ne soit plus qu'un tas de braises puis de cendres. La gorge nouée, je contemple la maison de mon grand-père, la mienne, mon refuge. Des bribes de ma vie s'effondrent, s'envolent en flammèches rougeoyantes dans la nuit. Les craquements du feu ont le même écho sinistre que des os que l'on brise. Quand la petite disait qu'il fallait tout laisser.

*

Ils m'ont pris en chasse en entendant démarrer le Toyota. J'ai pensé que je ne risquais rien sur ces chemins que je connais par cœur, mais c'était sans compter la rage qui les anime, inculquée à coups de matraque et de billets par le vieux Carche depuis leur enfance. Décuplée par le sens de l'honneur, celui de la famille et la conviction que tout est permis aux plus forts. Quand j'ai vu leurs voitures se rapprocher dans mon sillage, j'ai poussé un cri. De rage. De terreur.

Accélérer. Les pneus mordent la terre et la neige, s'écrasent dans les nids-de-poule, me secouant à me faire lâcher le volant. Mais tout plutôt que tomber entre leurs mains — je récupère mes trajectoires tant bien que mal dans les virages, et le moteur en surrégime hurle dans la nuit. Pas l'ombre d'une lueur au milieu de la forêt, et la lune est restée bloquée derrière les nuages. Je reconstitue mentalement le chemin, sinueux tout le temps de la descente, puis la mauvaise route à mi-vallée, que je rejoins le front en sueur et les yeux obnubilés par les phares dans le rétroviseur. Pied au plancher. Je ralentis au dernier moment avant le gouffre, avec le maigre espoir que mes poursuivants y dérapent. Mais ils connaissent le coin aussi bien que moi, et j'ai à peine le temps de manquer un battement de cœur que les voitures réapparaissent derrière moi. Putain de trouille, putain de Carche ! Les doigts serrés blanchis sur le volant, les muscles tétanisés, je sors de la forêt. L'absence de visibilité me demande un effort terrible pour garder le cap, et mes roues frôlent les ravins plus d'une fois en glissant sur des plaques gelées. Il doit faire moins cinq, moins dix. La neige scintille sous l'éclat des phares, des millions de cristaux blancs, aveuglants — je plisse les yeux pour essayer d'y voir mieux.

En pleine nuit, impossible d'éteindre mes feux, et je leur ouvre la route à ces crevures, comme un pisteur aux touristes, cherchant à les semer en vain, trahi par la lueur jaune sans laquelle je me foutrai en l'air à la première erreur. Alors, enfilant les virages en faisant gerber la neige, je file vers le petit lac que je connais bien. Tenir jusque-là. Une toute petite possibilité que cela marche.

*

J'ai couru sans me retourner, même quand l'impact du 4 × 4 s'enfonçant dans l'eau m'a retourné le cœur. Mon Toy, c'est un vieux compagnon, presque un second toit : je peux y manger, y dormir, me soigner ou lire pendant une pause — il y a tout dedans, y compris une foule de souvenirs. Je viens de perdre mes deux maisons coup sur coup. Mais c'était ma dernière chance. En pensant que j'ai manqué le virage et que je viens de plonger dans le lac à moitié gelé, les hommes de Carche vont passer toute la nuit à sortir l'épave, à sonder les rives pour retrouver mon corps. Ils ne partiront pas sans être sûrs. Toute la nuit pour me donner de l'avance, moi qui suis dorénavant à pied, avec une seule chose en tête : passer la frontière, de l'autre côté des montagnes. Le pays où je ne suis jamais allé. Les sommets que je n'ai pas eu envie de connaître.

Je cavale, mes lourds godillots aux pieds, le bruit de mes pas étouffé par la neige ; je fuis la scène où, pendant quelques heures, on me croira mort. Dans mon sac à dos, une corde, une trousse de pharmacie, des biscuits et des fruits secs, et tout un barda que j'ai balayé d'un geste pour l'emporter en urgence. Une couverture de survie et mon couteau, que je glisse dans ma poche. Enquille la montagne avec ça, vieux. Si j'avais la tête un peu froide, je saurais que c'est perdu d'avance, juste une question de temps — mais avec l'adrénaline qui sature mon cerveau, j'y crois. Je ne me suis même pas demandé de quelle façon me foutre en l'air s'ils me rattrapent.

Je marche, le chemin sera long. Pas la force de traîner ma carcasse au pas de course toute la nuit, je ne tiendrai pas. Et tandis que je traverse la montagne au plus court, guidé par la boussole pendue à mon manteau, je cherche quelle maison je vais croiser, et quelle hospitalité silencieuse espérer. L'étendue de l'influence de Carche, de la peur qu'il inspire, m'est inconnue. En revanche, en souvenir de mon grand-père avec qui elles étaient en dette, deux familles au moins doivent pouvoir m'héberger. Pas longtemps : histoire de me refaire, avec ma nature increvable — trois ou quatre heures de sommeil me suffisent, et il faut que je reparte avant l'aube, pour ne pas perdre le bénéfice de mon avance. Dans une heure, si je bifurque un peu au nord, il y aura la ferme des Audar. Si j'ai le cran de pousser une heure de plus, les Loshi. Les chiens gueuleront et, en pleine nuit, ils sortiront avec le fusil. Je m'entends déjà crier : *C'est moi, Mathias.* Alors je saurai à quoi m'en tenir, et si la loyauté a un sens pour eux : s'ils tirent, ou s'ils m'ouvrent la porte.

Ma chance, c'est la lune qui a réapparu. Quelques nuages la masquent toujours ici et là, mais sa lueur blanche éclaire la montagne de manière surréaliste. La neige prend des reflets d'argent et on y voit comme à l'aube d'un jour nouveau, comme le temps d'un éclair les soirs d'été, une lumière bleutée et étrangement aveuglante, tout en contraste avec le noir de la forêt. Au milieu, les chemins se dessinent avec la précision d'un couloir éclairé.

S'engouffrant sous les sapins, ils disparaissent, reviennent plus haut, plus loin. Je les suis âprement, maintenant un rythme vif. Des bruits d'oiseaux. Des glissements sous les arbres. Peu à peu, la forêt s'amenuise, éparse, rebutée par l'altitude. Au bout de l'horizon, les sommets immaculés semblent inaccessibles. Combien de jours de marche ? Combien de vallées à descendre, d'escarpements à remonter ? Ma vie m'apparaît dans toute son incongruité, seigneur hier, crevure aujourd'hui. Un claquement de doigts du destin. Une ironie qui m'accable tandis que je trébuche sur des obstacles invisibles, glissant parfois sur une flaque gelée, repartant de plus belle. Et quand je me retourne une ou deux fois, le chemin parcouru me paraît désespérément court, et je me souviens de ceux qui perdent leur route, s'épuisant à courir et revenant à leur point de départ après avoir cru s'éloigner de plusieurs kilomètres. Ici je suis chez moi, familier de ces sentiers anonymes, mais quand j'aurai dépassé la vallée, tirant vers la frontière, qu'en sera-t-il ? Je perdrai mon faible avantage sur les tueurs de Carche, ne connaîtrai plus ni les fermes ni les pistes. Dans ce territoire où il me faudra passer par les montagnes à deux mille cinq cents mètres, ma seule alliée est ma boussole ; ma seule force, mon endurance. Pour le reste je n'ai plus rien.

Lorsque je reconnais le portail qui mène à la maison des Loshi, une croix se dessine sur la carte qui obsède mon cerveau depuis cette nuit. Une toute petite avancée, peut-être six kilomètres, une paille dans un océan de roche et de neige. Je pense au grand-père lors de nos premières montagnes, quand j'avais une douzaine d'années : c'était si dur et si long que je pleurais de fatigue chaque fois. Alors il me disait : *Aujourd'hui nous avons trente mille pas devant nous. Si tu ne vois que ces trente mille pas, autant t'asseoir et abandonner tout de suite. Mais si, quand tu fais un pas, tu conçois qu'il n'en reste plus que vingt-neuf mille neuf cent quatre-vingt-dix-neuf, puis vingt-huit mille, vingt-cinq, et qu'à un moment il en restera moins à faire que tu en as déjà fait, alors tu comprendras que cela vaut la peine d'avancer.* Six kilomètres. Toujours ça de gagné. À une cinquantaine de mètres de la maison, j'appelle.

*

Loshi n'a pas pris son fusil, ses chiens ont à peine aboyé : il est encore aux étables, à surveiller une brebis malade. Curieux comme il n'a pas l'air étonné de me voir, comme si tout était normal, ma présence ici, tard dans la nuit, loin de chez moi et à pied, mais non, il tourne juste la tête vers moi, me salue du bout des lèvres. Derrière les traits fatigués par cinquante ans de bergerie, derrière la moustache noire, je comprends qu'il est déjà au courant.

— J'ai besoin d'un coup de main, Loshi, je dis.

— J'espérais que tu ne t'arrêterais pas chez moi.

Le ton est donné ; je déglutis en ravalant ma colère.

— Je ne sais pas ce qu'on t'a raconté. Mais je n'y suis pour rien. Je te demande juste quelque chose à manger pour ce soir, un endroit où dormir.

Il soupire, déroule sa carcasse sèche tordue par le travail. Remet sa peau de mouton sur ses épaules, sur son pull en laine déformé et troué, aussi usé que lui. Sa vieille gueule burinée. Du coin de l'œil il me surveille. Un regard sur la brebis à nouveau, un coup de menton vers elle. Il dit :

— Elle a la langueur. C'est la quatrième cette saison.

Machinalement j'observe la bête collée au fond de l'étable.

— C'est pas la langueur, c'est une infection qui entre par les plaies de boue, à cause de l'hiver humide. Elles ont toutes ça cette année. Il lui faut des antibiotiques, elle ne guérira pas toute seule.

— Ouais. Je sais bien.

— Faut la soigner.

Il hausse les épaules. Pas sûr que la vie d'une brebis vaille la visite du vétérinaire. Je reprends en me raclant la gorge :

— Loshi.

— Ouais.

— J'ai besoin de manger et de dormir.

Un hochement de tête.

— Mathias…

— Oui.

Il ouvre les mains, le regard rampant que je ne croise pas, ce tout petit homme effrayé. Sans doute attend-il que je l'aide, mais je ne le ferai pas, parce que j'ai compris qu'il cherchait une échappatoire.

— Mathias, si Carche l'apprend, on est morts. Toi, moi, ma femme, mes enfants. Même mes chiens, il les tuera. Tu le connais.

Il a la mémoire courte, Loshi, la mémoire des faibles. Je m'en souviendrai, moi, et je lui dis. Il grince des dents. Pas facile d'être surpris dans la nuit par un type maudit qui vient demander assistance, je suis d'accord. Mais il faut qu'il m'aide ; pas question de lâcher. Est-ce que mon grand-père, lui, ne s'était pas mis en danger pour sa femme ? Il était venu réciter des prières l'année où elle se mourait d'une fièvre si contagieuse que ses deux domestiques avaient déjà succombé. Il l'avait guérie, lui le sacrificateur, quand les rebouteux refusaient de la voir. J'étais avec lui, encore tout jeune. J'avais peur.

Loshi ponctue mes phrases de grands gestes d'approbation, de *Oui* claquants et de *C'est vrai*. Quand je me tais, il regarde toujours le sol. Il finit par murmurer :

— Je peux pas.

J'ai beau savoir que je n'ai pas d'amis mais des obligés, mais des fervents et des superstitieux, son refus me déstabilise. Craindre le vieux Carche au point de jeter le sacrificateur dehors. Je n'en reviens pas. Une main levée au ciel, je gronde :

— Réfléchis, Loshi, réfléchis aux esprits que tu offenses par ton attitude.

Il blêmit. J'ai touché le point sensible, car ces gens-là ne marchent qu'à la peur, et j'ai un peu honte de jouer cette corde. Mais je lui en veux terriblement d'avoir à insister, à mendier un morceau de pain, l'asile de quelques heures. Ses sourcils noirs et broussailleux s'arrondissent. Il dit seulement :

— Oh non. Jamais je ne ferais cela. Tu me connais, je les respecte trop.

Ma main toujours dressée devant moi lui fait l'effet d'une magie terrifiante. Je vois bien qu'il cherche une solution. Et soudain me la chuchote, pour que personne n'entende — pas même la brebis près de nous.

— Écoute. Je vais aller me recoucher comme si rien ne s'était passé. Avant, je vais déposer à manger devant la porte. Et si tu te caches dans la grange là-bas, je ne le saurai pas. Si tu pars avant l'aube.

Ça lui arrache les tripes, je le vois bien. S'il n'était pas convaincu que je peux lancer une malédiction sur lui, il m'aurait chassé sans autre formalité, me laissant crever de faim et de froid. Je le remercie d'un geste sec. Le minimum. Il hésite, piétine, marmonne.

— Bien. Bien.

Et comme je ne dis toujours rien, le dominant de toute ma hauteur, il file, trotte vers la maison et disparaît à l'intérieur. Une minute plus tard, il pose un panier sur le seuil, entrouvrant la porte juste assez pour passer le bras. Puis j'entends la clé tourner avec application, m'enfermant dehors. La nuit est bleue. Je reste là. Le vide de mes pensées, pas même la colère ou la peur, mais une grande lassitude. Il faut que le petit vent glacé vienne me fouetter le visage pour que je bouge enfin, que je ramasse mon butin. Dans la remise obscure de l'autre côté de la cour, je rabats la porte derrière moi, m'assieds sur le foin. Par la lucarne je vois le ciel, ce qui est bon signe : les étoiles scintillent. Pourvu que cela dure, et que le beau temps me porte. Adossé à une cloison en bois, je ferme les yeux quelques instants. J'ai l'impression d'être en fuite depuis des jours, alors que le petit Carche est mort il y a tout juste douze ou quinze heures. Ces moments où la vie bascule, où le temps s'étire, anéantit les espoirs que cela passe plus vite, pour oublier. Je me frotte les joues, ma barbe naissante me gratte. Dévorant le pain et la charcuterie que je trouve dans le panier, avalant le vin sans retenue, je m'affale ensuite d'un coup. Les muscles meurtris de mon corps se relâchent en frissonnant. Dans un coin, une vieille couverture déchirée, qui a dû servir à réchauffer des bêtes après la mise bas, et qui sent le moisi ; je la ramène sur moi. Je range soigneusement ce qui reste de mon repas au fond du sac, car je sais de quoi demain sera fait : un chemin sans rien ni personne, une journée de neige, de rochers et de quelques feuilles d'arbustes. Mon trajet repart au fond de la vallée, m'amenant dans des territoires de plus en plus déserts, de plus en plus inconnus. Combien de jours, s'il le faut, puis-je tenir sans manger à cette température, sans tente, je l'ignore. Par un réflexe que j'ai acquis depuis des années, je prends les osselets à la poche de ma ceinture. Ferme les yeux le temps de formuler la question, suffisamment simple pour que la réponse puisse être oui ou non — jamais un choix entre deux solutions, et pourtant, combien de fois cela m'a-t-il tenté. Je lance. Observe. Un sourire. Cela n'a pas traîné, et le sort est avec moi cette nuit, enfin.

Je me cale dans le recoin de la cabane, m'enroule dans le foin, les yeux fixés sur le ciel étoilé et dessinant dans ma tête le trajet du lendemain. Dire que j'aurais dû célébrer un baptême à cinquante kilomètres d'ici.

*

Ça fouine à l'extérieur, ça gratte en grondant, trop loin encore pour que je l'identifie, et je bouge au milieu de mon sommeil. Quelque part dans mon cauchemar, des yeux brillants viennent se poser au-dessus de moi, flottant dans les ténèbres et surplombant une mâchoire monstrueuse. Une masse noire difforme, et soudain je me dis le diable peut-être, sorti de son antre pour me proposer la vie éternelle, en échange de mon âme ou de mon don, dernière chance. J'ouvre la bouche pour crier — et puis je me réveille d'un coup.

Aucun doute : il y a du monde pas loin. En une fraction de seconde je reconnais les plaintes des chiens tenus en laisse, et je comprends que Loshi m'a vendu. Par lâcheté, après avoir ruminé le reste de la nuit les risques qu'il encourait d'un côté comme de l'autre, où les aléas du sort pèsent bien peu face aux fusils et aux tortures dont toute la vallée crédite la famille Carche. Lançant une insulte, je jette un œil à ma montre. Six heures, et dehors le jour n'est pas levé. Sans un bruit, j'attrape mon sac, la couverture toujours sur les épaules. La tension brutale annihile mes douleurs de la veille. Se faufiler sans que l'un de ces putains de clebs m'entende. Je devine les silhouettes devant la maison, parlant à voix basse, que je n'aurais jamais entendues si cet affreux rêve ne m'avait pas réveillé. En quelques enjambées, je sors de leur champ de vision. Surtout, ne pas s'affoler. Calmer ma respiration saccadée. Et partir.

La chasse a commencé.

Lou

Six fourmis blanches avancent dans la neige et la glace, leurs silhouettes détachées comme celles de nomades sur les dunes du désert. Dieu, ce que j'aimerais cuire sous un soleil de plomb ; au lieu de quoi nous nous débattons toujours dans un brouillard poisseux en tremblant de fatigue. J'ai l'impression que cela fait des jours, des semaines que je marche. Des semaines que je franchis des cols, entre Marc devant et Elias derrière moi, sans rien manger et sans rien boire, m'approchant du ciel, des cieux, de l'espace où ma conscience se perd. Parfois j'entends les oiseaux au-dessus de nous, et leurs chants magnifiques — ou peut-être sont-ce des anges, car nous sommes trop haut pour les oiseaux, inaccessibles et éthérés. Nous glissons sur les nuages, riant des abîmes, et jamais nous ne tomberons, jamais nous ne nous affaisserons. Je tends une main. Le bleu. Je répète :

— Le bleu. Là-bas.

Une gifle en retour.

— Lou, tu m'entends ?

J'ouvre grand les yeux. Elias me retient par un bras, je tangue, je ris encore. Quelqu'un arrive vers nous, Vigan je crois, son regard sur moi.

— Elle craque, murmure Elias, il faut qu'on s'arrête. On n'en peut plus.

La voix des autres me parvient de loin, feutrée. Oui, il faut s'arrêter. Ça ne sert à rien d'avancer comme ça, si on crève demain, si on marche sans même savoir vers quoi, à quand la fin. Vigan gronde.

— Je vous rappelle que c'est vous qui avez voulu continuer. Je vous ai proposé d'attendre. Nous aurions creusé des abris dans la neige. La seule erreur que j'ai commise, c'est de me plier à votre choix stupide. Vous entendez ? Stupide !

Il jette son sac par terre, nous tourne le dos en maugréant.

— On va faire une pause.

Elias se précipite vers deux mélèzes chétifs et esseulés, improbables à cette altitude, gratte la neige pour chercher du bois mort. Marc demande : *Un feu ?*

— Oui ! crie Arielle, les yeux exorbités et tremblant de tous ses membres. Oui, par pitié, avant que je ne casse comme du verre tellement j'ai froid !

D'un signe du menton, Vigan donne son accord, enlève son manteau pour le secouer. Marc passe près de lui, les bras chargés des branches les moins trempées qu'Elias ait pu trouver.

— Putain, mais t'as jamais froid, toi ?

— Il est né là, remarque Lucas avec aigreur. Ce temps de merde, il connaît.

— Donne-moi le bois, grince Vigan en retour, le regard sur Marc. Le connard qui est né ici va allumer le feu qu'aucun de vous ne saurait faire.

Elias s'interpose, déposant une nouvelle brassée de ramures. *Arrêtez. Ça n'a pas de sens de s'engueuler comme ça.* Vigan soupire et s'agenouille, dispose le feu pour qu'il prenne. Une flamme se dresse au milieu des branches. Il s'est remis à neiger.

— Sortez la bâche, qu'on se mette à l'abri, au moins, dit-il.

Assise près de lui, je rêve de me jeter sur ma couverture de survie et de m'endormir quelques heures au chaud — au chaud ! cette blague… Vigan me regarde, me demande si ça va. Je lève un pouce en l'air. Je voudrais le faire sourire, mais la tension qui monte, les remarques blessantes l'ont mis de mauvaise humeur.

— Bien, alors avec Arielle, tu prépares quelque chose à manger ?

Il s'éloigne et je fais la grimace. Je déteste ce partage des rôles, vraiment, cette vision préhistorique et machiste, j'ai envie de crier : *Hé! Ho! On est en Europe, là. En 2013. Pas chez Cro-Magnon, OK?*, mais Elias ne me pardonnerait pas d'aller chercher les ennuis et il aurait raison. Pour m'achever, il me dirait que l'Albanie ne fait pas partie de l'Europe. Oui. Mais presque.

— Respire un coup, ma grande, rit Arielle qui a compris et qui désigne Vigan d'un geste : C'est quand même un rustre, non, ce type ?

— Un péquenaud, je reprends.

— Un trouduc !

Comment nous pouvons rire aux larmes dans notre situation, je ne sais pas. Peut-être la fatigue. Toujours est-il que nous tombons dans les bras l'une de l'autre en essuyant nos yeux. Les garçons nous regardent de loin sans rien dire. *Creuse !* crie Arielle à destination de Vigan, sachant qu'il ne l'entendra pas.

Marc et lui ont pelleté la neige, érigeant un muret rudimentaire pour couper le vent. Je prépare la casserole pour le thé, sors des biscuits.

— C'est pas assez, dit Arielle, et elle ouvre l'un des derniers sachets de fromage.

Dès que les flammes du feu lèchent les premières branches, nous nous asseyons le plus près possible, en ligne sous la bâche. J'enlève enfin mon bonnet sans me figer aussitôt sous le froid.

— Mmm, et ça sent bon ! se moque gentiment Elias en m'ébouriffant les cheveux.

Je râle en lui lançant une poignée de neige et il me fait basculer contre lui. Sa volonté inflexible, sa conviction que tout cela s'arrêtera bientôt et que nous regagnerons un village sans encombre, me réconfortent un peu. J'ai envie de croire en lui. Il ne m'a jamais fait faux bond. Du bout du coude, il me pousse, montre Vigan d'un hochement de tête. Notre guide a toujours son air maussade. Je hausse les épaules : qu'y pouvons-nous ?

— C'est pas bien de se le mettre à dos, murmure Elias à mon oreille.

Je réponds sur le même ton :

— Qu'est-ce que tu veux qu'on y fasse ?

Et avant qu'il n'ouvre à nouveau la bouche, je chuchote : *Oh merde*. — *Quoi ?* demande Elias.

— Arielle.

Arielle vient d'interpeller Vigan. *Aïe*, je me dis. Ça ne va pas être en finesse, et il ne faudrait pas grand-chose pour que ça dégénère en bataille rangée. Je me recroqueville quand elle articule bien haut :

— Vigan, franchement. Je vois bien que tu fais la gueule, mais on ne pouvait pas rester là-bas, avec ce qui s'est passé.

Il l'envoie promener d'un geste, elle, et nous dans le même sac.

— Qu'est-ce qui s'est passé ? crache-t-il. Dites-le-moi ! Rien. Des illusions. Une crise de panique. Nous avons mal interprété la réalité — et nous voyons tous l'effort qu'il fait pour dire *nous* à ce moment-là —, nous avons déclenché une avalanche par imprudence, nous avons perdu nos sacs, tout cela pour rien, parce qu'il ne s'est rien passé.

— Si, chuchote Arielle. Il y a quelque chose dans cette montagne.

— Que tu as vu ? s'agace encore Vigan.

— Non. Mais nous le sentons tous. C'est près de nous, cela nous suit, enfin nous ne sommes pas fous quand même : nous pensons tous qu'il y a, je ne sais pas, une force, une présence, un truc.

— Un truc. Nous voilà bien.

Mais Arielle résiste. *Si, quelque chose. — Et quoi ?* crie Vigan. *Le yéti ? Parce que tu es dans un pays de sauvages, tu crois qu'il y a des monstres ?*

Elle baisse la tête, prise d'une timidité anormale, les yeux fouaillant l'espace autour d'elle comme si elle avait peur d'avouer un vieux secret, et nous n'entendons pas ce qu'elle dit alors. Mais Marc, qui est à côté d'elle, écarquille les yeux, la fait répéter. Plus fort. Cette fois les mots viennent nous frapper de plein fouet, investir nos oreilles et nos âmes.

— Je crois que c'est le diable.

Le diable. Chose incroyable, alors que je n'imagine même pas que cela puisse exister, des images affluent, brouillant mes idées, semant le doute. Je ne sais pas comment les autres se le représentent, mais moi, je vois une masse noire immense, difforme, une sorte de bête indescriptible et fondue dans l'obscurité, dressée sur ses pattes arrière, nous surplombant de plusieurs mètres. Presque invisible dans la tempête, si ce n'est ses yeux et sa gueule ouverte, rouges comme le sang, éclatants de lumière. Ou alors ce seraient les braises du feu, incandescentes devant moi, qui me trompent ? La tête me tourne soudain, douloureuse à cause du froid qui m'enserre et me raidit, de cette barre au front qui ne veut pas s'atténuer — j'ai pris une aspirine il y a quelques minutes et je surveille ma montre, quatorze heures trente, dans une demi-heure cela ira mieux. En attendant, ça cogne ; et le diable est tout près, dans le creux des montagnes, dans la bouche d'Arielle qui nous oblige à écouter ses visions, qui parle des esprits et des morts, et de ces lieux improbables où les mondes se rencontrent. Je voudrais arrêter de l'entendre, lui coudre les lèvres et qu'aucun son ne sorte jamais plus de cette bouche maudite, effacer les images qui se forment dans mon cerveau, les bloquer, non, ne pas leur donner vie. Mais rien n'y fait et d'un coup, moi aussi j'ai la certitude que le mal est là, quelque part autour de nous à nous guetter et nous entendre, à sentir nos odeurs, à attendre son heure. Je regarde derrière moi, presque par réflexe.

— Non ! beugle Vigan.

Je sursaute, réprimant un cri : c'est moi qu'il vise. Il reprend en bafouillant de colère :

— Arrêtez de vous faire peur. Je sais que vous êtes épuisés, que vous avez faim et froid, que la tentation de vous laisser tomber dans la neige est de plus en plus forte, et advienne que pourra. Mais ce qu'il adviendra si vous baissez les bras, c'est la mort. Il faut choisir votre camp. Il faut tenir votre cap. Moi je n'accepte pas de crever en écoutant des histoires sans queue ni tête : le diable, ça n'existe pas. Alors voilà ce que je propose. On va rester là un moment, essayer de se réchauffer un peu, et on va manger. Dans trois quarts d'heure, je repars. Ceux qui veulent rester là, qu'ils restent. Je ne les forcerai pas. Ceux qui pensent que le diable est après nous et que nous sommes foutus, je n'en veux pas avec moi, parce qu'ils nous affaibliront. Réfléchissez bien. Je vous laisse le choix.

Lucas bredouille :

— Mais, mais… tu ne nous abandonnerais pas ici, quand même ?

— Tu paries ?

*

Évidemment, que nous sommes tous repartis avec Vigan. Avions-nous besoin de ce coup de gueule pour nous remettre les idées en place, je ne sais pas ; mais ce qui est sûr, c'est que cela n'a pas suffi à m'enlever de la tête mes peurs et mes visions corrompues, car je jette des coups d'œil à gauche et à droite dès que j'entends du bruit. Vigan ne me voit pas, traçant la piste devant moi. Je le surveille aussi. Peut-être quelque chose s'est-il effrité aujourd'hui, et j'ai compris qu'il pouvait nous planter là au milieu de la montagne — je n'en suis pas certaine cependant, mais le doute s'est insinué, il l'a instillé lui-même. Je tire régulièrement la corde, comme si de rien n'était, pour vérifier qu'il ne l'a pas détachée. Qu'il ne va pas disparaître. L'idée m'effleure, et si nous l'attachions pour la nuit ? Si nous l'assommions ? Je le regarde, son dos large, ses pas réguliers. Je n'avais pas remarqué le trait bleu turquoise sur son pantalon noir jusqu'ici. Et puis. Comme si cela avait de l'importance, ou me permettait de le suivre s'il s'enfuit dans le gris de la tempête.

Après mon malaise de tout à l'heure, il m'a fait changer de place dans la cordée, pour remonter juste derrière lui. Elias me suit, attentif, puis Arielle et Lucas. À présent, c'est Marc qui ferme la marche. Au début cela m'a fait un drôle d'effet d'être là devant, comme Étienne quand il a glissé et que Vigan l'a pris avec lui. Quelques heures avant de mourir. L'air de rien, je rumine. Prie pour que l'histoire ne se répète pas, que ce ne soit pas mon tour. J'ai lancé à Elias en faisant mine de me moquer, pour conjurer le sort :

— Bon, j'espère que ce n'est pas la place du mort ici, hein ?

— Dis pas de bêtises, princesse.

Vigan s'est retourné aussi, pour vérifier que je plaisantais. Comme il n'en était pas sûr, il m'a souri, a repris sa marche. Elias m'a coulé un regard plein de reproches.

— Ne lui donne pas d'angoisses en plus.

— Et moi, ai-je protesté, je n'en ai pas, peut-être ?

Depuis, nous nous taisons, centrés sur nos efforts. Je poursuis inlassablement le dos de Vigan et j'ai cessé de me fatiguer les yeux à essayer d'y voir autour. Le froid est ma hantise : parfois mes jambes se dérobent et je mets un genou à terre — alors je sens l'humidité courir sur ma peau, parce que mes fringues n'en peuvent plus de ce temps, elles non plus. Mais je me relève vite. Toujours cette peur panique de me retrouver seule, alors qu'Elias marche dix petits pas derrière moi et m'encourage chaque fois que je trébuche ; alors que nous sommes toujours encordés, solidaires dans la tempête.

— Regardez !

Le cri de Marc me fait tourner la tête. Par réflexe, je fléchis sur mes jambes, prête à me jeter dans la neige. Mais non : c'est enfin une bonne nouvelle — enfin, une bonne nouvelle, tout est relatif. Un bois. *Quoi*, se plaint Lucas, *quoi un bois ?*

— Des arbres, bon sang, un bosquet : on retrouve la civilisation ! Tu ne trouves pas ça génial ?

Je m'approche en courant, secouant la terminaison d'une branche. Un hêtre, encore couvert des feuilles mortes de la saison précédente. Le premier arbre à supporter l'altitude après les sapins. Ainsi, nous descendons bien. Nous devons nous trouver à mille cinq cents, mille six cents mètres, maintenant, pour croiser quelques spécimens isolés. Marc rit comme si nous étions sortis d'affaire. Pendant quelques instants nous l'imitons, naïfs et nerveux, avant de nous rappeler qu'il nous reste peut-être quinze ou vingt heures de marche avant de retrouver un village. Vigan s'est approché et a posé une main sur l'écorce d'un arbre. Son regard essaie de percer le brouillard. Il ne dit rien. Les autres font à peine attention à lui mais moi je perçois quelque chose soudain : ces arbres ne lui évoquent rien. Ce qu'il essaie de voir derrière le mauvais temps, c'est où nous sommes.

Car nous sommes perdus. Et ce petit bois de hêtres, loin de me rassurer, me hérisse le poil devant l'hésitation de Vigan, et la question me vient, terrible, est-il en train de nous emmener au hasard, suivons-nous un menteur depuis le début de la tempête, qui ne sait plus se repérer, qui nous traîne au petit bonheur la chance en priant pour que cela fonctionne ? Il nous fait signe de nous remettre en route, bifurquant légèrement sur la droite. Mon angoisse s'atténue mais un sourd pressentiment persiste, et j'essaie de mémoriser quelques repères, la disposition des arbres, l'élancement d'un rocher, mélangeant tout au bout de dix minutes. Décider de faire confiance à Vigan alors, et malgré tout. *Marchez*, comme il dit. Je m'efforce d'y croire, avance sans réfléchir.

Jusqu'au cri.

Je me fige, épouvantée. Pas le temps de comprendre. L'instant d'après, une secousse terrible m'arrache en arrière, me sciant le dos et me jetant au sol. Le souffle coupé, je n'arrive même pas à appeler à l'aide. La seule chose que je perçoive, c'est que je glisse en arrière. Je me contorsionne et me retourne, affolée, devine Elias trois ou quatre mètres plus loin, entraîné lui aussi par la corde qui nous tire vers le bas, qui nous emmène tous. Je m'époumone :

— Qu'est-ce qui se passe ??

Mais ma voix est couverte par les hurlements en dessous de nous, et j'écarte les bras pour me retenir, les gants plantés dans la neige, en vain. Derrière moi, plus haut, le souffle tonitruant de Vigan. *Plante tes pieds !!*

— Plante tes pieds ! je rugis à mon tour à l'attention d'Elias en m'arc-boutant dans la descente.

Je dérape, chavire une fois et tombe en avant, me reprends aussitôt. Des petits pas arrachés. Nous résistons comme nous pouvons à cette atroce traction, freinons peu à peu notre chute.

Combien de mètres avons-nous glissé, une quinzaine, peut-être plus. Tendue vers l'arrière, presque couchée sur le dos dans la neige, je n'ose plus bouger, de peur de repartir. La corde me treuille vers l'aval, mon cœur est prêt à lâcher. L'ordre de Vigan au-dessus de ma tête.

— Pas un geste. On assure la position.

Je l'entends fouiller dans son sac. Des coups de marteau. Je tremble de partout. Plus bas, les autres hurlent toujours, je ne comprends pas. Nous dérapons encore et je crie.

— Ça y est presque, tonne Vigan.

Quelques secondes plus tard, il enroule la corde autour du pic qu'il vient de planter. *OK*, dit-il. *Ça ne bougera plus.* Alors je reconnais la voix d'Arielle, suraiguë.

— Au secours !

Nous nous redressons pour voir.

— Bon Dieu, tousse Elias.

Je ne vois rien derrière sa haute silhouette.

— Quoi, quoi ?

— Ils sont tombés ! Je sais pas, une faille, quelque chose… un trou, putain, un trou énorme !

Vigan plante un nouveau pic, déroule une deuxième corde. En même temps, il crie :

— Oh, en bas ! Arielle ! Explique-moi ce qui se passe.

D'abord elle n'y arrive pas, hoquetant et bégayant, et nous n'entendons que ses vagissements troublants, sa plainte rauque.

— On est… on est…

— Calme-toi, dit Vigan. Respire. Doucement. Qu'est-ce que tu vois ?

— Lucas… il est… et Marc… Oh !!

— Elias, tu es loin d'Arielle ?

— Cinq, six mètres, je pense.

— Tu vois quelque chose ?

Devant moi, Elias se lève à demi, glisse et se rattrape dans un gémissement. Vigan le rassure.

— On est sécurisés là-haut. Tu ne peux pas dégringoler, c'est juste la corde qui se met en tension. Essaie de me dire ce que tu vois.

— Un trou. Arielle est au bord… et je crois… je vois Lucas qui a basculé. Oui, je le vois ! Mais pas Marc ! Il était en dernier ! Je…

Elias s'interrompt une seconde.

— Je sais pas ! Il y a une drôle de couche de neige plus bas… et la corde est dedans. Oh merde, Marc doit être au fond ! En dessous !

— Arielle !! beugle Vigan.

Une voix larmoyante nous répond : *J'ai mal.* Elias se rejette en arrière pour se rapprocher de moi. *Lou*, murmure-t-il. Je me penche vers lui.

— Dis à Vigan. Arielle est étouffée par le poids des deux autres. Elle a le torse cassé en deux. Elle va pas tenir.

Je répète ses paroles mot pour mot à Vigan. La peur rend ma respiration douloureuse et la traction sur mes reins est terrible. Prise d'une angoisse incontrôlable, je frappe la neige du plat des mains en criant frénétiquement.

— Lou !

Elias me regarde, suppliant. Nous ne pouvons pas bouger, pas nous toucher, pas nous rassurer. La corde nous emprisonne. Je tends les mains vers lui en pleurant.

— Elias, on va mourir ! On va tous mourir au fond de ce trou !

— Non ! On va les sortir de là. Ça va aller.

— Mais comment veux-tu…

J'ouvre les bras en sanglotant. *Comment veux-tu… Regarde !* Du blanc. De la neige et de la glace. Du vent qui nous empêche de comprendre vraiment le drame qui se déroule dix mètres plus bas, et dont nous ne percevons que les gémissements sans fin. Encordés tous les six, et nous allons finir par nous entraîner les uns les autres au fond de cette étrange faille, ou par crever sur place sans pouvoir nous dégager. Je claque des dents, le froid, la peur — la conviction que tout est fini. Soudain, la corde rend du mou et nous dérapons d'un ou deux mètres.

— Elias !

— Ça va ! crie Vigan au-dessus de nous. C'est rien !

Au même moment, la voix d'Arielle s'élève dans une stridulation insupportable.

— Lucas !!

— Merde ! s'écrie Elias. Je ne le vois plus !

Sur ma gauche, je devine un mouvement et je pousse un hurlement. Une fraction de seconde, je vois la masse filer dans la descente et j'ai la certitude qu'Arielle avait raison, il y a bien quelque chose dans la montagne, qui nous suit, qui a senti que c'était son heure. Et puis je reconnais Vigan, qui dévale le long de l'autre corde. Je me retourne d'un coup vers le haut. Vide, bien sûr. Dieu, c'est moi qui suis la première ; c'est moi qui nous tiens tous.

— Ne t'inquiète pas, lance Vigan en passant près de moi. La corde est fixée là-haut.

Mais cela ne me rassure pas, et mes reins brûlants et mes jambes raides et tétanisées — *Elias, qu'est-ce qu'on fait ?* Ma voix chevrotante.

— Attends, dit-il seulement, les yeux rivés sur Vigan qui arrive au niveau d'Arielle.

Et moi aussi je me penche pour regarder, et je vois Vigan poser une main sur le dos tordu d'Arielle, j'entends le cri de douleur. *Putain*, s'étrangle Elias. Je reste pétrifiée. La scène m'apparaît dans toute son horreur : Marc englouti sous la glace,

Lucas basculé et à demi disparu, qui se débat dans la neige, désarticulant du même coup le corps d'Arielle qu'il ne voit pas. Vigan essaie de passer en dessous d'Arielle pour attraper la corde et la soulager ; mais elle est tellement au bord que par trois fois il dérape, et s'il n'était pas attaché lui-même, il aurait fini au fond à son tour. Il crie quelque chose à Lucas, que je ne comprends pas. *Arrête de bouger ! Tu t'enfonces !* beugle-t-il encore, et cette fois je regarde Elias, qui me regarde en secouant la tête. *Non, non.* Paralysée, je murmure : *On fait quoi ?*

— On essaie de les remonter ! On tire ! hurle Elias pour que Vigan l'entende.

— Non ! ordonne celui-ci. Si on fait ça, on tue Arielle, on va lui briser les dorsales ! Il faut qu'on puisse passer en dessous.

— Mais c'est impossible !

Il y a un silence. Je comprends que Vigan le sait, que nous n'y arriverons pas. Oui, ce silence est terrifiant, parce qu'il signifie que nous allons y rester. Lucas va s'asphyxier dans la neige, et Arielle mourir étranglée sous le poids qui l'entraîne. Marc est déjà mort, c'est sûr. La corde qui descend raide dans la neige, au bout de laquelle il se trouve forcément, m'affole. Ce bout de corde qui devait tous nous sauver, et qui ne sert à rien. Et Elias et moi, tendus vers l'arrière. À attendre comme des statues de sel, jusqu'à ce que le vent nous ait gelés sur place.

Un fracas sourd, d'un coup. Vigan se rejette en arrière, agrippe la corde.

— Ça s'écroule ! hurle-t-il.

Les yeux exorbités, je vois le bord du trou craqueler, s'affaisser, presque au ralenti, comme irréel. Arielle glisse encore un peu, le corps déboîté, Lucas est happé par la neige béante, fait des gestes désespérés pour rester à la surface. Un instant plus tard, tout est calme. Quatre, cinq secondes en tout. Terrible.

— Le pic a bougé au-dessus de nous ! prévient Elias, alarmé.

— On tente quand même de tirer ! je supplie. Lucas est en dessous !

Mais dès que Vigan essaie de faire bouger Arielle, une plainte déchirante nous fait dresser les cheveux sur la tête. Et moi-même je me redresse en me dédisant. *Non, non, arrête !*

— Elle a quoi ? demande Elias.

Vigan répond dans un souffle.

— Au moins des côtes cassées. Plus que ça je crois. Elle est en train de s'étouffer.

— Et Lucas ?

Pas de réponse. Elias pense que Vigan ne l'a pas entendu, répète.

— Et Lucas ?

Le silence encore, un instant, et la voix de terre de Vigan.

— Je n'arrive pas à le remonter. Il est dessous ! Mais… il est trop loin, je ne pourrai pas. Je ne pourrai pas l'atteindre ! Je ne peux rien faire !

— Merde, Vigan, crie Elias à bout de forces, on n'en peut plus ! Il faut que tu fasses quelque chose, on va crever nous aussi, là-haut, avec cette corde qui nous coupe en deux et le pic qui menace de dégager. Vigan, Vigan ! Dis-moi ce qu'il faut faire !

Nous le voyons s'approcher d'Arielle. Il lui dit quelques mots à voix basse. Je demande à Elias :

— Mais qu'est-ce qu'il fait ?

— Je sais pas…

D'un coup, le cri d'Arielle nous fait bondir le cœur dans la poitrine. *Lucas, non ! Non !* — et il y a tant de détresse dans cette voix, tant de désespoir, que je me bouche les oreilles pour ne plus l'entendre, psalmodiant des syllabes incohérentes, me couper du monde, ne plus voir, ne plus écouter, me fermer à cette plainte insupportable.

— Nooon !

— Vigan ? appelle Elias.

— C'est la seule solution ! On n'a plus le choix ! rugit le guide.

Je le vois descendre tout contre Arielle, se pencher encore, faire des gestes que je ne saisis pas. Arielle pleure sans retenue à présent — et ses sanglots viennent me glacer le sang, les larmes me montent aux yeux sans que je puisse les retenir.

— Pleure pas, Lou, pleure pas, mon petit ange…, murmure Elias dont la voix chavire aussi.

L'éclat dans la neige, en bas. Nous comprenons dans une fulgurance. Elias ouvre la bouche sur un cri muet. Je bégaye :

— Il va…

Je ne termine pas. Je regarde la main d'Arielle se lever dans un effort que je ne veux pas imaginer, essayer de repousser Vigan — une pauvre tentative inutile, et il écarte doucement son bras, presque avec tendresse, le repose dans la neige. Il tient le couteau fermement. Se penche à nouveau. Arielle sanglote. *S'il te plaît…* et je fonds en larmes, les poings serrés sur mes joues.

Quelques secondes plus tard, Vigan a coupé la corde juste en dessous d'Arielle.

*

Même le mousqueton a fini par disparaître, avalé par la faille. Au fond du trou, nous ne voyons que le désordre de la neige. De Marc et de Lucas, il n'y a aucune trace, pas un signe qui montrerait qu'ils ont été là. Longtemps, assise en retrait à côté d'Elias, de Vigan et d'Arielle, je regarde ce piège de glace et j'espère qu'ils vont en ressortir. Qu'une main va gratter, émerger. Que nous allons les sauver. Toute mon énergie va dans ces espoirs vains et silencieux : *Allez. Allez !* Rien ne se passe, bien sûr, et je me remets à pleurer sans bruit. Elias me serre contre lui. Il ne trouve pas les mots pour me consoler. Ses yeux sont rouges, à lui aussi.

Nous sommes là tous les quatre, ahuris, dépassés. Assis les bras ballants, sous le choc. Et cette pluie de neige remuée. Nous regardons le fond. Blanc. Vide. Un peu comme une tasse de café dont il ne resterait que le marc, mais pas noir, sans le parfum de l'arabica, et pas chaud encore, bref, rien d'une tasse de café et pourtant j'y pense, ou alors la fin d'un bol de lait, est-ce que cela a de l'importance. Un cratère blanc et flou. Nous savons qu'en dessous il y a Marc et Lucas, et qu'ils sont morts tous les deux. La neige tombe à l'intérieur. Il n'y a plus un bruit.

Mathias

Ils n'ont pas mis longtemps à repérer que je m'étais enfui. Au premier hurlement des chiens, je sursaute. Je ne suis qu'à quelques centaines de mètres de chez Loshi, dévalant la pente avec une seule angoisse : combien de temps vais-je tenir ce rythme sans m'effondrer ? J'ai choisi de courir comme un dératé pour mettre de la distance entre eux et moi, me donner un minuscule confort. Car maintenant, eux aussi sont à pied, dans ce coin où ne va aucune route. Mais la présence des chiens me terrifie, bien plus rapides, plus fiables aussi, avec leur capacité à humer les courants d'air et à ne jamais lâcher leur proie. Des chiens grands comme des veaux, à la peau plissée et au poil long et brun, dressés pour protéger les troupeaux des prédateurs. Quand j'en croise au gré des cérémonies, je rentre toujours mes mains dans mes poches, par réflexe : j'ai besoin de mes dix doigts pour lancer les osselets, pour ne pas briser l'équilibre. Alors je les cache de ces mâchoires claquantes, de ces dents affûtées. Voilà ce qui court derrière moi, heureusement retenu par les hommes qui connaissent leurs chiens, et qui savent qu'on ne les rattrape pas si on les laisse aller à la tuerie. Chaque année, des accidents obligent les maîtres à euthanasier les bêtes les plus hargneuses, que l'égorgement d'un loup ou d'un voleur a rendues folles.

Quand elles ont goûté une fois au sang humain, elles n'ont de cesse d'en chercher à nouveau, démentes et insatiables. Nul doute que celles derrière moi le connaissent ce sang-là, et que leur ventre se tord déjà sous l'excitation, leur force prodigieuse tendue vers l'avant — vers la proie. Serré dans ma main, mon couteau me rassure un peu. Si les chiens me sautent dessus, je ne tomberai pas avant d'en avoir poignardé un ou deux, je connais leur point faible : c'est les yeux qu'il faut viser.

Grisé par l'obscurité et l'épuisement, j'ai l'impression de voler dans la montagne, avalant les sentiers sous mes enjambées immenses. Une sorte d'ogre chaussé des bottes de sept lieues, affranchi de l'espace et du temps — et puis j'entends les aboiements derrière moi, et je me souviens que ce ne sont que des contes. En contrebas, j'aperçois un large ruisseau, me précipite. Je bondis dans l'eau sans me préoccuper de sa profondeur, obnubilé par l'urgence de semer les chiens. Changeant de trajectoire, je suis le courant, presque décidé à ne jamais le quitter — dût-il me ramener chez Carche — car la peur des grands chiens étrangleurs est au-dessus de tout. Je me rappelle un sacrifice où, distraction d'un maître sans doute, l'un d'eux s'était jeté sur le cadavre de la chèvre que j'avais jetée à l'abîme. Quand j'étais redescendu de la montagne, plusieurs hommes attroupés tentaient de récupérer la carcasse, armés en vain de longs bâtons. Le chien avait déchiqueté ce qui restait de la bête, la gueule ensanglantée, se défendait avec des grondements rauques. Au bout du compte, il avait fallu lui tirer dessus pour qu'il lâche, et encore : on l'avait pris dans un filet, tel un poisson redoutable, en attendant le vétérinaire qui lui injecterait un calmant avant de soigner sa patte brisée. Bien sûr, le présage était terrible. J'avais accepté d'annuler mon intervention du lendemain pour choisir une nouvelle chèvre.

Serai-je en fait capable d'en tuer même un seul, de ces géants avides nourris de haine et de sang? Pas sûr. Alors jusqu'à ce que mon cœur brûle atrocement dans ma poitrine, je ne ralentis pas, priant pour que le concert de leurs aboiements couvre le bruit que je fais en courant dans l'eau. Pauvre espoir, celui d'échapper à des guerriers fous. Lorsque je me remets à marcher, hors d'haleine, mon pouls bat tant à mes oreilles que je ne les entends plus. Un instant, l'incrédulité me gagne; mais les cris reprennent aussitôt, éclatant à mes tympans, et j'essuie la sueur sur mon front en fixant l'aval du ruisseau comme horizon. Peut-être que si jc le descends longtemps, les chiens finiront par tourner en rond sur les berges, perplexes; et ils regarderont leurs maîtres, et les maîtres douteront de leurs chiens. Sur la boussole, cela m'éloigne de l'est, mais je n'ai aucune chance si je sors de l'eau aussi vite, ma décision est prise. Je vais d'un pas rapide, les côtes soulevées par mon souffle brisé et les pieds gelés dans les chaussures. Il faudra bien que je m'arrête pourtant, car dans ces endroits glacés l'homme ne survit pas s'il ne mange pas, s'il ne boit pas. S'il ne se met pas à l'abri des engelures et de l'hypothermie.

*

Début d'après-midi, milieu, j'arque dur. À marche forcée depuis huit ou neuf heures. J'ai fini par abandonner le ruisseau, suffisamment loin je pense. Depuis un moment les chiens se sont tus et je les imagine le nez au sol, dessinant de grands cercles concentriques pour retrouver ma trace — une tactique presque toujours efficace mais qui, avec une proie rusée, peut prendre un temps infini. Les seules pauses que j'ai faites ont été pour boire; même les biscuits et les fruits secs, je les ai mangés en marchant, refusant de perdre ne serait-ce qu'une demi-minute. Dans mon cerveau glacé où seule l'adrénaline me donne encore la force de réfléchir, un seul mot : avancer. Si je m'arrête, je gèlerai en quelques minutes — sauf à allumer un feu. Si je m'arrête, ils me rattrapent. Mais je ne faiblis pas, rythmé par une énergie ténébreuse, un élan vital surinvesti par la peur. Je connais ma résistance et mes limites. Dans un état second comme le mien, quelque chose s'enclenche, de l'ordre de la survie, et des images défilent dans ma tête, les guerres, les réfugiés dans nos montagnes, mourant de faim et de froid les uns après les autres, repoussés par les fermiers et les villageois. Aujourd'hui j'ai l'impression d'être l'un des leurs. Une sorte de délire pour oublier que les kilomètres défilent à une lenteur effrayante, pour tenir des heures durant, réduit à la pensée unique de marcher encore et encore. Autour de moi parfois, des silhouettes en manteaux déchirés vont du même pas, glissant sur la neige ou les rochers, armées de bâtons et de longs couteaux — et je sais que les hallucinations commencent. Alors je bois à nouveau, m'obligeant parce que je n'ai pas soif, et je compte les biscuits qui me restent pour en grignoter la moitié d'un. Les visions, je vis avec depuis toujours : la concentration nécessaire pour faire parler les osselets provoque souvent des illusions, des intuitions, des clairvoyances — impossible de déterminer si elles sont prophétiques ou fantaisistes, et je ne fais le lien qu'après, lorsque des événements surgissent en influant sur le cours des choses. Ces divagations sont ancrées en moi telles des berceuses, provoquant un état de veille étrange. Ralentissement du rythme cardiaque, mécanisation du souffle, suspension des fonctions cérébrales centrées sur une seule pensée. Ce que font mes bras et mes jambes dans ces moments-là, je ne m'en souviens pas, ou de manière floutée, perdue dans un recoin de ma conscience. La transe, le don ? Les endorphines. Autre chose. Et puis.

L'altitude doit varier entre mille cinq cents et deux mille mètres, j'en suis certain, à la facilité relative que j'ai à aspirer l'air. À la présence des arbres aussi. Marcher. Vivre. La tête renversée en arrière, les yeux fermés — un vertige. Je m'écroule d'un seul coup. Je n'ai rien vu venir.

Je pourrais rester là étendu sur la neige pour toujours, une épaule enfoncée dans les flocons laiteux, comme un oreiller salutaire. M'endormir juste quelques minutes — j'ai tant besoin de me reposer. Après, je repartirai. Une caresse merveilleuse contre ma joue, le cri de joie de mon corps enfin stoppé, des muscles qui se délient, tétanisés par le froid et par l'effort. Même plus un frisson pour résister. Je le sens, que je me laisse glisser, mais la peur s'est envolée ; si c'est cela, mourir, je me demande bien pourquoi on en fait tant de cas. Par mes paupières entrouvertes, je regarde la blancheur du monde et je compte presque les battements de mon cœur, de moins en moins vite, peut-être quarante pulsations minute. Un sourire. L'éclat du soleil au coin de mes yeux, si violent que des larmes coulent en me brûlant la peau, et ma langue les arrête par réflexe lorsqu'elles sont à mes lèvres. Le sel. J'ouvre la bouche. Me tourne sur le dos, bras en croix. D'un bond, je suis levé.

De la douceur des instants précédents, il ne reste rien, que la surprise d'avoir failli céder. Un éclair de conscience. Je suis passé tout près. Par réaction, mon corps entier tremble sans que je puisse le calmer, le choc, et puis la tentative désespérée de faire remonter ma température, qui a dû chuter à trente, trente-deux degrés. Tant pis pour les réserves, et j'avale un nouveau sachet de biscuits en faisant de grands gestes pour me réchauffer. Repartir. Aller de l'avant, toujours. Surveiller l'horizon qui grise, la nuit tombe si tôt.

Lorsque l'obscurité s'étend suffisamment sur la montagne, je remarque les lumières. Lointaines, terriblement lointaines pardelà les vallées et les monts, mais il s'agit forcément d'un village, et mon cœur s'emballe. Sur la boussole, je repère l'orientation exacte, pour ne pas dévier pendant la nuit. Encore une fois, je veux aller au bout de mes forces, ne m'arrêter que les heures nécessaires. Un village. Et si c'étaient des étoiles? Deux jours de marche, à la louche. Forcément je vais tenir. Comme cet après-midi, quand je me suis effondré sans rien voir venir. Avec mon corps glacé et mes pensées qui, à nouveau, se dispersent et faiblissent. Alors je me fais grâce, et je regarde ma montre : encore trois heures, trois petites heures, pour ne pas mettre un genou à terre tout de suite. Ensuite, je m'offre la nuit.

*

Assis en caleçon devant le feu, je sens passer dans mon dos l'air à moins quinze. Mais rien à faire, tous mes vêtements étaient trempés, de sueur, d'avoir couru dans l'eau, de peur. Perchés sur des bouts de bois maintenant. Sur le feu, la petite casserole en aluminium du grand-père, dans laquelle fond la neige. Les gelures m'ont fait de longues traces blanchâtres aux orteils et aux talons, et la sensibilité ne revient pas malgré les massages. J'attends d'avoir de l'eau chaude. Il faudra bien que mes pieds se recroquevillent pour rentrer là-dedans, mais je n'ai pas d'autre choix. Sauf à ne plus pouvoir marcher demain. Et à risquer l'amputation. Bon sang, tout ça pour rien? Je plonge un doigt dans la casserole et grimace. À peine tiède. Les bras plaqués sur mon corps pour le réchauffer, agenouillé à cinquante centimètres du feu, j'attends. De toute façon je l'avais dit, que je m'arrêterais.

J'ai hésité entre la neige et les sapins. Les abris sont plus étanches creusés dans la neige; mais sous les sapins, il y a le bois, et des tapis d'épines au sol, isolant du froid. Il m'a suffi de rassembler un petit tas de brindilles et de craquer une allumette. Ma pauvre hutte coupe mal les courants d'air, mais au moins suis-je au bord du feu. Quand mes pieds auront recouvré de la couleur et me brûleront, je dormirai. Enroulé autour des braises, par tranches d'une heure et demie, je remettrai chaque fois quelques morceaux de bois, enfilant mes vêtements qui sèchent un à un. Je revivrai le plaisir d'avoir trop chaud, me tournant et me retournant pour griller comme sur une plage au soleil.

Avant l'aube, je noierai le feu sous la neige et je partirai.

Lou

Elias et moi avons couru jusqu'aux arbres les plus proches et nous avons creusé à la va-vite un abri de fortune. Le temps que Vigan nous rejoigne, nous réussissons à allumer un feu misérable en passant un paquet entier de mouchoirs en papier, pour que cela prenne. *J'aurais dû écouter ma mère et accepter d'aller chez les scouts,* se désole Elias. Nous guettons les flammes avec ferveur. Lorsque les craquements se font entendre, je soupire de soulagement. Je n'ai pas voulu qu'Elias parte à la rencontre de Vigan pour l'aider à ramener Arielle, j'ai trop peur qu'il se perde. La chance, je n'y crois plus. Alors nous attendons jusqu'à ce que Vigan apparaisse dans la neige, portant Arielle et trébuchant sous son poids. Elias court vers lui, le soutient. Fait un geste pour glisser un bras sous l'épaule d'Arielle, mais Vigan l'arrête.

— On va essayer de ne pas trop la bouger.

Il la pose avec une délicatesse étonnante sur le duvet que nous avons étalé dans l'abri, dénoue ses bras avec lenteur. *Là,* dit-il. Une plainte sourde lui répond.

— Trouve-moi les ciseaux, me lance-t-il depuis l'intérieur. Je vais être obligé de découper son anorak, elle souffre trop pour qu'on puisse la déshabiller. Et fais chauffer de l'eau, ajoute-t-il. S'il te plaît.

Quelques minutes plus tard, Elias lui apporte la casserole tiède ; il revient blême. Je demande :

— Ça va comment, Arielle ?

Un hoquet. Il se précipite plus loin et je l'entends vomir. Après quelques hésitations, je m'approche de l'abri où Vigan s'affaire.

— Tu as besoin d'aide ? je propose.

Roulée en boule sur le côté, Arielle pleure. *Elle a mal*, murmure Vigan, les mains rouges. Il s'écarte pour me montrer et j'ai un mouvement de recul. Au niveau du torse, la blessure provoquée par la corde saigne abondamment, entaillant la chair sur plusieurs centimètres de profondeur. Mais le pire, ce sont les os. Je n'y connais pas grand-chose en médecine, et mes cours d'anatomie sont trop loin pour que je m'en souvienne ; mais ce que je vois saillir en plein air, transperçant la peau, ce sont bien des os. Je regarde Vigan. Il me fait un imperceptible signe de la tête, pour me dire de me taire. Son impuissance me secoue ; et pourtant, instinctivement, je sais aussi qu'il n'y a rien à faire. Les mains serrées devant la bouche dans un geste de prière, je contemple Arielle qui tremble, les yeux et les poings fermés.

— Je lui ai donné des cachets pour la douleur, murmure Vigan.

— Qu'est-ce qu'on peut faire d'autre ?

Il ouvre les mains, désespéré.

— Essayer de lui mettre un pansement. En espérant qu'elle tienne le coup.

Après avoir fait un bandage comme nous le pouvons, malgré les gémissements d'Arielle, nous sortons, un peu hagards. Elias nous attend. Le thé est prêt. Nous nous regardons tous les trois. Nous ne disons rien. Bien plus tard dans la nuit, alors qu'aucun de nous n'arrive à dormir et que Vigan s'est déjà relevé deux fois pour donner des médicaments à Arielle, nous parlons. Nous avons bu l'alcool infect que notre guide cache dans son sac. L'émotion en plus, je somnole, appuyée contre Elias, réveillée ici et là par des images terrifiantes qui me vrillent l'estomac. La conversation tourne en rond. Je dors à moitié, entendant les mots qu'échangent Elias et Vigan comme dans un songe. Certains résonnent à mes oreilles, et j'émerge quelques instants ; puis je m'assoupis à nouveau. Je suis bien mieux dans le sommeil, cachée, oublieuse de ce dernier jour. Seul le froid me gâche un soulagement tout relatif. Je voudrais qu'Elias ne s'arrête jamais de parler, et que sa voix me berce, encore et encore. Même si c'est pour parler des horreurs que nous avons vécues, puisqu'il ne lâche pas Vigan avec cela.

— Pourquoi on n'a pas pu les remonter ? Pourquoi on n'a pas eu la force ? C'était quoi, ce trou ?

Vigan hausse les épaules, tête baissée. Je vois bien que cela lui pèse. Il avait la responsabilité de notre groupe : et nous voilà à trois morts. Arielle ne vaut pas beaucoup mieux ce soir. Lourd à porter.

— C'était quoi ? répète Elias.

— Une crevasse, dit Vigan, une sale crevasse. Qui s'est effondrée sur elle-même, comme quelque chose qui se serait autodétruit. C'est pour ça qu'elle a englouti Marc et Lucas, tu vois, parce que les bords se sont, comment expliquer… désintégrés ?

— Éboulés, dit Elias.

— Éboulés, oui. C'est ça.

— Et il n'y a eu aucun signe, rien qui aurait pu nous alerter ? Ça peut nous arriver à nouveau, n'importe quand ?

— C'est ce que je ne comprends pas. Normalement, sur les crevasses, la neige a un aspect différent. D'abord on devine un léger affaissement, et puis la texture, la couleur ne sont pas tout à fait les mêmes. Mais là. Rien. Ou alors, c'est moi qui n'ai rien vu venir.

— À cause de la tempête.

— Exact. Dans le blizzard, c'est presque impossible à repérer.

— La faute à pas de chance, alors ?

Vigan soupire. *Je ne cherche pas à me défausser, mais je pense que oui. Une faille, quand on est une cordée, on en sort. Celle-là…*

— Elle était énorme, se souvient Elias.

— Oui.

— Et on ne l'a pas vue, pourtant on était devant eux.

— Ils ont dû dévier de la trajectoire. Il suffit de très peu. On a pu passer à un mètre sans le savoir, avec la neige qu'il y avait.

J'émerge de ma couverture dorée.

— Tu crois qu'ils sont morts tout de suite… Marc et Lucas ?

Elias fronce les sourcils mais Vigan me répond calmement, les yeux dans les yeux.

— Marc sans doute. J'espère. Lucas, nous savons bien que non. Il s'est vu partir.

— Il a compris que tu allais couper la corde ?

— Je ne pense pas. À ce moment-là, il était déjà sous la neige.

J'essaie de ne pas envisager que Lucas ait entendu la voix de Vigan criant que c'était la seule solution. Notre dernière chance, au prix de sa vie. J'essaie de ne pas imaginer ce qu'Arielle a ressenti quand elle a vu Vigan avec le couteau, ce qu'elle a essayé d'empêcher, malgré ses os broyés. Je prends la main d'Elias, les larmes aux yeux encore. Il murmure à mon oreille, juste pour moi :

— Je suis là, Lou. On ne se quitte pas. On va rentrer chez nous, vivre très vieux et avoir plein d'enfants.

Je souris malgré moi. *Même pas.*

— Quoi, même pas ?

— Pas plein d'enfants. J'aime pas les enfants.

— Alors on aura des chats. Ça te va, des chats ?

— Oui.

— Et une ou deux petites rouquines à lunettes quand même ?

— Comment veux-tu qu'on fasse des rouquines, toi et moi ?
Il m'embrasse. Nous nous serrons fort dans les bras l'un de l'autre, sonnés, encore étonnés d'être ensemble, que la montagne n'ait pas tué l'un de nous. Elias.

Vigan regarde le feu, discret. Je me demande s'il a une famille ; nous ne lui avons jamais posé la question. Trop fatiguée pour le faire maintenant — et puis ce n'est vraiment pas le moment. Veux plus parler. Je frissonne, repense aux guides de voyage qui vantent les montagnes enchantées de ce pays. *Enchantées.* Ensorcelées, oui. Maudites. Et qu'on arrête de nous dire que nous n'avons pas eu de chance.

*

Le jour se lève sur nos sanglots. Nous avons dormi par à-coups, dévorés par l'angoisse, la peur et la peine. Au moment où j'ai ouvert les yeux, le drame d'hier m'est revenu de plein fouet, et ma gorge s'est serrée. Dehors, Vigan a déjà rallumé le feu et je viens me pelotonner tout près, les mains blanches de froid tendues vers la chaleur. Je chuchote :

— Comment ça va Arielle ?

Un rictus sur son visage. *C'est pas terrible.*

— Comme hier ?

— Plutôt moins bien.

Un pincement dans mon ventre. Je voudrais tant que les nouvelles cessent d'être mauvaises. À Elias qui sort de la tente à son tour, je fais un signe, secouant la tête. Il s'assied près de nous.

— Zut.

Vigan soupire.

— Il faut qu'on trouve de quoi faire un traîneau. Pour l'emmener. Elle ne peut pas marcher. Et il faut qu'on se dépêche.

Nous hochons la tête. Relevons nos yeux délavés par la neige, balayant l'espace autour de nous, toujours blanc, gris, opaque. Glacial. J'ai froid le soir en m'endormant, froid le matin au réveil. Froid la journée quand nous marchons, et quand nous nous faisons une pause. Je ne suis même pas sûre de pouvoir me réchauffer un jour, et les picotements sur ma peau me donnent l'impression de s'ancrer à l'intérieur, dans mes veines, dans mes os.

— Bon sang, râle Elias en tournant la tête pour se protéger du vent, quand est-ce que ça s'arrêtera ?

Vigan parcourt le ciel du regard.

— Quand les esprits le voudront.

— Pour ça, il faudrait qu'il y ait de bons esprits, se moque Elias.

— Ici ? C'est peine perdue. Les légendes disent que rien de bien ne peut arriver dans ces vallées. Cet endroit a toujours été malfaisant. D'ailleurs, les gens sont tellement sûrs que les mauvais esprits hantent la montagne qu'ils continuent à faire des sacrifices. Au vingt et unième siècle.

— Des sacrifices ?

Vigan sourit.

— Pas humains, hein. Des animaux. Des chèvres.

— Mais qu'est-ce que c'est que ce pays de sous-développés, gronde Elias.

Et il complète : *Et c'est là que ce con d'organisateur nous fait faire une randonnée.* Nous ruminons en silence, visualisant des chèvres égorgées sur des autels, le sang qui coule le long des feuillures de la pierre. Comme pour moi-même, je dis en fronçant le nez : *Vraiment ?* Au bout d'un long moment, je demande à Vigan avec précaution :

— Et toi, tu crois que ce pourrait être quelque chose comme ça ? Une malédiction ?

Un soupir.

— Je sais pas. On finit par ne plus savoir, ici.
— Mais… si tu devais dire quand même ? Donner un avis ?
— Oh. D'après moi, tout ça, ce sont de vieilles histoires.
Étrangement, cela nous fait sourire, nous soulage. Nous n'avons toujours aucune réponse mais les mauvais augures s'éloignent, la mort nous paraît plus lointaine.
— Qu'est-ce qu'on va faire ? demande Elias.
Et comme Vigan l'interroge du regard, il ajoute, avec un geste vers l'abri :
— Avec elle.

*

Arielle est à nos pieds, couchée dans la neige. J'ai mis une couverture de survie sous sa tête. Vigan inspire lentement l'air froid, expire. L'impuissance, le désespoir, un semblant de colère. Je me penche en avant. Un murmure.
— Arielle, je dis.
Aucune réponse encore une fois. Des yeux déjà vides, ouverts sur les flocons blancs, et pourtant la neige s'est arrêtée il y a une heure. Le ciel est presque clair. Je pose une main sur sa joue. J'entends sa voix épuisée :
— Non.
— Arielle, je dis encore.
Vigan me tire doucement en arrière.
— On va y aller.
Je tiens le biscuit en l'air, désolée. Depuis hier, Arielle n'a rien mangé. Pour la faire boire, Vigan a dû lui forcer la mâchoire, l'obliger à ouvrir la bouche. La souffrance sur son visage quand elle a avalé un peu de thé m'a fait reculer. Et pourtant je voudrais qu'elle prenne ce biscuit, parce qu'elle ne tiendra pas si elle ne mange pas. Mais que sais-je de ses blessures, des os qui

lui ouvrent le ventre et lui déchirent les entrailles ? Qui suis-je pour la juger, alors qu'elle a vu Lucas disparaître sous la neige à quelques mètres d'elle, et que personne n'a rien pu faire ? Nous l'a-t-elle reproché ? Nous a-t-elle regardés, Elias et moi, avec la haine qu'ont parfois les endeuillés pour ceux qui sont heureux ? Et surtout : à sa place, aurais-je fait mieux qu'elle ? Je range le sablé dans mon sac, un peu honteuse.

Vigan passe la corde autour de ses jambes et de ses épaules, évitant soigneusement le milieu de son corps écorché vif, tire un peu pour vérifier que notre brancard de fortune tient suffisamment. Nous avons attaché des grosses branches entre elles, garni le fond de ramures sèches et d'un duvet. Le plus difficile a été d'y transporter Arielle. Arielle pliée en deux comme un fœtus, ou comme un vieillard, voûtée sur ses douleurs, incapable de bouger. Chaque mouvement même infime lui est insupportable. Nous l'avons déplacée jusqu'au traîneau en la faisant glisser sur une couverture, centimètre par centimètre ; mais toutes nos précautions sont inutiles, son corps désarticulé n'est qu'une immense souffrance. Une fois elle a gémi : *Laissez-moi ici. Laissez-moi. J'ai trop mal.* Et pourtant, nous l'obligeons à tenir, parce que la vie est ce que nous avons de plus cher. Vigan l'a soulevée malgré son hurlement, pour la mettre sur le brancard. Je l'ai soutenue par les épaules, comme il m'a dit — et quand son bras a glissé autour de moi, j'ai eu la sensation abominable d'être enlacée par un cadavre. Froid comme un bloc de chair crevé, comme un serpent qui s'installerait dans mon cou. Je l'ai lâchée trop tôt, la laissant se recroqueviller un peu plus dans le traîneau. Elias serre la corde au-dessus d'elle pour l'envelopper, à la manière d'un couffin. Maintenant, elle ressemble à un énorme insecte pris dans une toile d'araignée dont rien ne pourrait la défaire ; la vision me gêne, me rappelle certains films d'horreur que je préférerais ne pas avoir en tête.

Vigan observe l'ensemble et tire sur deux longes qu'il a attachées de part et d'autre. Arielle bascule un peu en arrière, comme étendue dans un transat et les jambes repliées, lui tournant le dos. Elle ne bouge plus. Ne pleure même plus, tant la douleur la paralyse, et je me demande si elle est toujours vivante. Si nous ne nous obstinons pas à sauver une morte. Je m'ébroue, faisant mine de remonter son écharpe sur son cou — une minuscule plainte répond à ma brutalité et, malgré tout, je suis rassurée de la savoir là, encore un peu avec nous, rassurée de ne pas frotter ma joue contre celle d'une dépouille, et de me mettre en route en traînant une charge qui a encore du sens. Nous ne pouvons pas faire mieux. Mais je n'arrive pas à m'empêcher de penser aux à-coups du chemin, à chaque soubresaut, aux minuscules tas de neige qui la feront gémir.

À quelques mètres de moi, Vigan éteint à nouveau son téléphone, tête basse, l'air sombre. Je sens notre poids sur lui, trop lents, trop affaiblis ; compte sur ses lèvres les chances qu'il nous reste. Je demande d'une petite voix :

— Tu les as eus ?

Il hoche la tête sans un mot et je comprends que les secours ne viendront pas.

— Ils ne peuvent pas survoler la montagne, rien qu'une fois ?

— Les conditions sont encore trop difficiles. Et ils sont submergés d'appels.

Elias a un petit rire désabusé.

— Nous ne sommes pas prioritaires, c'est ça.

— Si, bien sûr que si. Les touristes sont toujours prioritaires, mais il y a tellement d'urgences. Ils ont enregistré notre position. Dès que cela leur sera possible…

Je l'interromps en pleurnichant.

— Mais tu leur as dit qu'on a quelqu'un de blessé avec nous ? Que c'est grave ? Que les autres sont morts ?

Il baisse à nouveau la tête. *Oui. Évidemment.*

— Et c'est tout ?

— Ils sont débordés et nous sommes dans le coin le plus sinistré par la tempête. Ils vont faire au mieux, je te le promets.

— Mais…

Je m'interromps. À quoi cela servirait-il de lui dire qu'en France nous serions sans doute déjà sauvés ? Qu'en apprenant que nous avions avec nous une mourante, un hélicoptère aurait tenté l'impossible, ou qu'une équipe serait partie en 4 × 4 puis à pied, apportant du matériel médical ? Nous sommes si loin de notre pays. Celui-ci m'échappe et m'abasourdit, mais je vois bien que Vigan est habitué : faire ce qu'il peut, voilà sans doute sa loi, car il n'a pas l'air vraiment surpris par la désorganisation des secours. Il soupire, nous emmène dans un murmure. *En avant.* Fait un pas, décollant le traîneau de la neige. Elias passe derrière lui.

— Dans une demi-heure, je te relaie, dit-il.

Très vite, je me rends compte qu'à ce rythme nous en avons pour des jours avant de redescendre et de trouver une zone habitée. Galvanisée par l'idée de sauver Arielle, je n'avais pas pensé à ça. Vigan marche deux fois moins vite que d'ordinaire, attentif à maintenir le brancard le plus droit possible quand le dévers nous emmène. J'entends son souffle, le bruit rauque dans sa gorge et dans sa poitrine, et pourtant il est de loin le plus fort de nous trois. Qu'en sera-t-il quand ce sera le tour d'Elias ? Et le mien, puisque j'ai insisté pour prendre mon quart moi aussi, même quelques minutes, pour offrir aux hommes un peu de répit ? En regardant Vigan forcer sur les bras du traîneau, je comprends que je serai inutile ; je me soumets au regard désolé qu'il m'a lancé tout à l'heure, sans oser rien dire. Quelle horrible impression, celle de nos propres limites : jamais, dans la vie ordinaire, nous n'avons besoin d'aller aux frontières de ce dont nous sommes capables, à l'extrême de nos forces. Le sentiment d'arriver *au bout* nous est étranger. Nous nous croyons invincibles, quand nous n'avons simplement pas à utiliser nos réserves. Nous sommes des protégés, des assistés qui s'ignorent. Des faibles. Je sens les larmes me brûler les yeux. Est-ce que les soldats dans les tranchées ont fait la même découverte terrifiante ? Est-ce qu'eux aussi, en quelques instants, ont vu s'effondrer la toute-puissance dont nous sommes baignés depuis notre enfance ? Devant l'immensité des éléments, dans des situations extrêmes, nous ne sommes plus rien. Jamais, dans ma vie adulte, je n'avais fait l'expérience de quelque chose qui soit physiquement trop dur pour moi. Il y a chaque fois un moyen d'arriver à ses fins, un outil, des amis, une alternative ; et si ça rate, on en rit. La défaillance ? Connais pas. J'ai toujours eu en tête l'exemple de cette mère qui, pour sauver sa fille, a soulevé une voiture sous laquelle elle était coincée, j'ai vécu avec la conviction que, dans des cas impossibles, une force extraordinaire se révélait, nous permettant de nous sortir du chaos. Alors tout cela s'effondre, tout cela n'était qu'un infini mensonge, et la mort d'Étienne, et celle de Marc et Lucas, en sont de terribles illustrations. Plus encore que l'épuisement, c'est cette idée qui me paralyse dans la neige à cet instant : ainsi nous sommes vulnérables. Et mortels. Arielle. Mais moi aussi.

— Lou ?

Elias m'attend, la main ouverte vers moi. D'un coup je suis comme ces enfants qui ont cru qu'on les abandonnait et qui retrouvent leurs parents au point d'accueil d'un square ou d'un supermarché, saturée d'émotions, pleurant de terreur et de joie à la fois, et je tends la main aussi, Elias, Elias. Il me serre contre lui furtivement. *Mais tu trembles.* Je ne dis rien. Je suis juste heureuse qu'il soit là. Que nous marchions ensemble avec Vigan et cette drôle de chose qui traîne derrière lui, silhouette surréaliste d'un être difforme et maladroit à trois pattes, à demi voilé par le brouillard, et que nous ne voulons pas perdre. Pourtant j'ai toujours la conscience aiguë que cela ne peut pas durer, et depuis que nous sommes partis, pas une fois Arielle n'a fait un geste. Moi qui étais tétanisée de chagrin pour elle, la colère me talonne à présent — elle pourrait faire un effort, nous remercier, nous encourager, quelque chose. L'instant d'après la culpabilité me ronge et j'essaie de ressentir ce que cela fait, d'avoir les os qui sortent du corps, l'impression que la chair s'arrache à chaque mouvement. Ça, et la mort de Lucas : ma gorge se noue. Oh, Arielle. Tiens bon.

— Aide-moi à la faire boire.

Vigan s'est arrêté sans que je le remarque, a ouvert un thermos. J'accours en hochant la tête. Encore une fois, j'ai l'impression de forcer un animal en versant l'eau du gobelet à la commissure des lèvres d'Arielle tandis que Vigan lui écrase la mâchoire pour l'obliger à ouvrir la bouche. J'essaie de ne pas l'écouter pleurer — ses plaintes sont si basses qu'en fait je l'entends à peine, mais elles résonnent dans tout mon corps et je me sens maudite de lui faire subir cette torture, maudite de lui infliger de vivre quand son corps crie grâce. Je ne suis même pas sûre qu'elle ait envie de continuer, de se battre. À un certain stade, la douleur est telle que toute autre issue semble préférable. C'est ainsi que les animaux grièvement blessés se jettent parfois la tête contre les rochers, pour en finir plus vite. Mais eux ont l'instinct de ce qui se guérit et ce qui est vain : pour Arielle, nous ne savons pas. Nous avons décidé que nous la sauverions, parce que l'homme raisonne ainsi. Et en voyant son visage déformé par la souffrance, son teint blafard, je ne suis pas sûre que nous ayons fait le bon choix — une fois encore. Mais quelle autre solution avons-nous ? L'abandonner dans la neige ? Je sais que Vigan est dans le vrai quand il dit que les secours ne nous trouveront pas à temps, bloqués par les conditions météo et l'afflux des appels, et que nous devons trouver un endroit où la faire soigner très vite.

Vigan qui se relève lentement. Lui aussi accuse le coup, l'homme des montagnes indestructible, notre roc, notre route. Sa façon de regarder autour de lui m'inquiète : et s'il craquait ? S'il s'écroulait à son tour ? S'il nous perdait ? — et mon estomac se serre une fois de plus à cette idée.

Nous repartons. Arielle ballotte derrière Elias à présent, tel un fagot trop lourd, curieux traîneau glissant sur le sentier gelé qu'ils tracent en marchant. Vigan est devant. Je ferme la marche en essayant de calmer les battements de mon cœur. En arrière. Là où plus personne ne me voit. Nous sommes reliés par la même corde, Vigan, Elias et moi, mais cela ne me rassure plus. Marc et Lucas l'étaient aussi. Parfois des bruits me parviennent, menaçants, et j'ai toutes les peines du monde à me convaincre que c'est un jeu de mon imagination exténuée. Elias se retourne sans cesse. Le souffle me manque, de désespoir : nos efforts sont si vains. Nous traînons Arielle en nous épuisant. Nous avançons deux fois, dix fois moins vite que nous le pourrions même dans le blizzard, achevant nos chances de survie l'une après l'autre. Arielle la chanteuse, la joyeuse insouciante, abattue par les plaies, les fractures et le chagrin. Arielle aux cheveux rouges, victime d'une montagne qui ignore les sentiments, blessée au cœur, sans retour. Oui, Arielle.

Cette conne qui va tous nous faire crever.

*

Continuer à marcher, sans réfléchir. Des minutes qui paraissent des heures. Mon cerveau n'enregistre même plus que les garçons se sont arrêtés devant. Quelle heure est-il ? Mais le matin ou la nuit, quelle importance. Déjeuner ? Dormir ?

Et puis je vois leurs traits épouvantés, et quelque chose se réveille en moi.

*

— Elle est morte ?

C'est la seule question qui me soit venue, si évidente, une affaire d'heures, si logique et si juste. Elias secoue la tête et le soulagement me fait frémir. D'un coup, j'ai oublié ma rancœur. Il ne reste qu'une chose : Arielle est là. Nous allons la sauver. Je m'agenouille auprès d'elle, l'appelle doucement. Seul le clignement de ses yeux me confirme qu'elle est encore vivante. Je murmure :

— Est-ce que ça ne te serre pas trop, la corde ?

Mais elle ne me répond pas et, aussi vite que j'ai eu envie de rire en apprenant qu'elle respirait toujours, je comprends qu'elle nous échappe peu à peu. Si seulement nous arrivions enfin à un village, une maison isolée, quelque chose. Je me relève.

— Quand est-ce qu'on trouvera un refuge ? Depuis le temps, on aurait dû regagner un coin habité, non ? Au moins une piste de ski ?

Le silence, toujours. Vigan me regarde de travers. Elias aussi. Une peur irraisonnée, soudain. Je murmure :

— Quoi ?

Leur regard sombre, impénétrable. À tous les deux. L'adrénaline fait bondir mon cœur.

— Dites-moi, merde !

— Lou, chuchote Elias d'une voix mal assurée. Vigan va partir.

Mathias

Je suis reparti au petit matin. L'euphorie d'avoir passé une nuit au chaud et de ne plus entendre les chiens derrière moi s'est teintée de lassitude. Peut-être la lucidité retrouvée avec un peu de repos, qui me rappelle que ma victoire est éphémère, et amer l'avenir. Où que j'aille dans ce coin de pays, Carche enverra un jour des hommes pour me pister. Ma seule solution, non négociable, c'est de partir loin d'ici, là où mon nom ne dit rien à personne. Mais tout recommencer. Qui voudra, et où, d'un tueur de chèvres ? Que faudra-t-il que j'abandonne, et en quoi devrai-je me déguiser, pour trouver l'anonymat qui me garantira une certaine sécurité ? Il y aurait du panache à revenir dans la vallée et à exploser le vieux au fusil avant de sauter de la falaise. Mais je n'y crois pas. Trop d'aléas. Trop peu suicidaire aussi, car finalement, je tiens dur comme fer à mon bout de peau. Je veux arrêter de me poser ce genre de questions.

Avant de partir à l'aube, en voyant les lumières du village clignoter au loin, un élan m'est venu : pousser la porte du poste de police et expliquer ma situation. L'idée m'a vrillé la tête toute l'heure qui a suivi, avec son lot d'espoirs et de soulagement, la certitude d'avoir enfin une solution et de ne pas tout perdre. Seulement, cela ne tient pas. Non que je risque de me heurter à l'incrédulité, car même dans les vallées voisines, on connaît Carche. Mais à quoi cela m'avancera-t-il — je sais bien qu'ils ne feront rien. Enregistrer ma déposition, et puis ? La glisser en dessous d'une pile, car il y a des hommes auxquels on ne touche pas. Et moi, en venant là, j'aurai signé mon arrêt de mort. La nouvelle de ma présence se diffusera comme une paille enflammée et les hommes du vieux n'auront qu'à me cueillir au bord de la route. Mes horizons se referment. Demander une protection, un changement d'identité — je ris tout seul. Jamais cela n'arrivera. Je vais jusqu'à imaginer payer un chirurgien qui me changerait le visage. Oublie, pauvre con. Passe la frontière et sauve-toi.

J'ai fini mes derniers biscuits, mes derniers raisins secs à midi. Le village est trop éloigné pour que j'espère y arriver ce soir, même si chaque fois que je remonte d'une vallée, je le vois se rapprocher. Et pourtant il faudra bien que je l'atteigne, car nulle part ailleurs je ne trouverai de quoi manger, de quoi me réchauffer ; ou une voiture à voler peut-être, même si au fond de moi je sais qu'elle me sera d'une piètre utilité dans ces chemins trop neigeux et trop pentus. Le silence derrière moi m'interroge, maintenant. Ni chiens ni hommes, et la possibilité qu'ils soient retournés en arrière chercher les 4 × 4 pour arpenter les pâtures et les bourgs me fait relativiser la joie que j'ai eue à les laisser bredouilles. Car en attendant, à courir les montagnes, mon état de fatigue devient inquiétant. Je sais que s'ils me guettent au village, je n'aurai pas la force de les semer cette fois. Un regard sur les sommets à ma droite. Non, changer à nouveau de trajectoire, c'est de la folie. Partir tel que je suis, sans équipement et sans énergie, pour traverser les glaciers et atteindre la frontière, je ne pourrai pas. Pas de vêtements de rechange, pas de tente, pas de nourriture. D'autres plus prudents que moi y ont laissé la vie. Mais le choix est réel : si j'avais la certitude que tout était foutu, je préférerais aller crever en m'endormant dans la neige plutôt que tomber entre les pattes de Carche. Seulement cette petite étincelle est toujours là, faiblarde sous l'épuisement mais vaillante, de la même façon que, lorsque l'on arrive à moitié mort de froid dans un refuge, la simple flamme d'une bougie peut vous réchauffer le corps. Il suffit de si peu, et je suis encore du bon côté. Au diable ! Qu'on me laisse juste acheter de quoi repartir comme un fou à l'assaut de la haute montagne.

Le piège de ces beaux jours. La sueur trempe mon pull le matin, gèle sur ma peau le soir. C'est pour cela que les troupeaux paissent à l'ombre quand ils le peuvent, pour réduire l'amplitude et les chocs thermiques. Combien de fois ai-je entendu des citadins se moquer de ces bêtes stupides qui se cachent du soleil ; combien d'entre eux auraient tenu une seule nuit dans cette nature dont ils ne connaissent ni les lois ni les secrets. Et la sauvagerie qu'ils prennent pour un vain mot, et les esprits qui les font rire. Nous autres, nous entrons dans la montagne avec précaution, presque sur la pointe des pieds. Avec la déférence de ceux qui savent partager un territoire qui n'est pas le leur. Nous ne revendiquons rien, que l'espoir d'être tolérés, et nous admirons ce qui existe peut-être depuis la nuit des temps : la brutalité, l'instinct et la vie.

Un long hurlement derrière moi. Si loin que cela ne peut pas être *eux*. Par ici, les maisons sont parsemées de chiens, à la chaîne ou aux ordres, presque toujours roquets parce que solides. Veilleurs, protecteurs, esclaves. Tueurs aussi quand il le faut, parfois par maladresse, et nous connaissons tous une famille qui a perdu un gamin avec ce genre d'erreur. À la ville, dans l'émoi, on ferait piquer les bêtes ; ici, on baisse la tête le temps d'encaisser. On connaît la valeur de son chien.

Ou alors, ils ont divisé le groupe. Certains ont continué sur mes pas, d'autres sont revenus aux voitures. Certains de me serrer à un moment ou à un autre. Mais ont-ils seulement trouvé les traces de mon changement de direction ? Sont-ils partis me chasser dans les hauts sommets, persuadés que j'irai au plus court vers la frontière ? Ma vie se dessine en hypothèses. Même tenir jusqu'à la nuit n'est pas acquis, et le froid me pétrit les chairs. Ici et là, je frotte mes bras et mes jambes pour les sentir encore, ne pas croire que je me suis transformé en un homme de glace prêt à se briser au moindre choc.

Enfant, quand je sortais de la vieille bassine dans laquelle nos parents nous baignaient l'un après l'autre, je me pelotonnais à genoux sur le sol en bois tiédi par la vapeur d'eau. Tandis que ma sœur entrait à son tour dans le baquet, je m'enveloppais des pieds à la tête dans un grand linge blanc. Ramassé comme une tortue incolore, je m'appliquais à supprimer le moindre courant d'air, coinçant le tissu derrière mes pieds, sous mes genoux, pardessus ma tête. Quand je devenais hermétique au monde, la chaleur de mon corps se diffusait enfin, atténuant mes tremblements de froid à mesure que ma peau mouillée séchait comme dans une étuve. Un tas humain replié sur lui-même, qui pouvait rester plus d'une heure dans cette position, inattaquable, imprenable. Je crevais de chaud. J'entendais les autres s'ébrouer, jacasser, se moquer de moi parfois ; mais j'étais dans une bulle où rien ne m'atteignait. Pendant des années, mon sentiment de bonheur ultime serait rattaché à ces sorties de bain. Adulte, lorsque m'est venue la réminiscence de ces petits temps de paradis, j'ai rêvé de retrouver la sensation béate de mon enfance. Mais même les plus amples serviettes de bain n'ont pas réussi à envelopper mon corps devenu trop grand. Assis sur un tapis moelleux, j'ai essayé de me réduire, les bras rabattus autour de la tête, le torse incliné sur les genoux. J'y arrivais. Presque. Toujours un minuscule foutu courant d'air. Toujours ce froid insupportable qui venait me souffler quelque part sur la peau.

Le froid. Qui s'immisce dans chacun de mes pores, annihile ma volonté. Mètre après mètre, tel un automate, j'ai l'impression que mes jambes devenues de glace vont se briser sous moi, et j'entends le craquement de mes os — ou peut-être sont-ce les plis gelés de mon pantalon qui crissent à chacun de mes pas. La montagne me dévore peu à peu, de fatigue, de faim et de soif. La clarté de mes horizons s'atténue, brouillée par ma vision épuisée et la brûlure au fond de ma poitrine. Et pourtant j'avance, de ces foulées risibles traînant par terre et risquant sans cesse de buter sur une aspérité minuscule, j'avance parce que cela est inscrit au fond de moi, et je porte mon corps exsangue blanchi par le froid, mon corps de douleur, mes lambeaux, les lames dans mes poumons. Si je réfléchissais encore, je m'arrêterais, et cette fois je ne me relèverais pas ; mais j'ai cessé de penser depuis longtemps. C'est ma seule chance : bâillonner mon cerveau harassé, fourbu telle une vieille bête qui n'attend qu'une distraction du cocher pour se laisser tomber au sol et ne plus se relever. Faire confiance à ce corps éreinté, lourd comme du plomb et léger comme les particules de l'air, enjamber les montagnes, m'envoler.

Oui, je m'envole, glissant au-dessus de la terre, les bras écartés et me laissant porter, et je plane, reconnaissant les pâtures et les montagnes adoucies par le bleu du ciel, je vogue, je vais. Chahuté par les vagues. Le sourire aux lèvres, parce qu'il faut bien que la vie passe. Passe passe, dit la chanson — mais j'ai oublié laquelle. Une vie de chien, et pourtant j'ai aimé chaque chose que j'ai faite, et je n'ai pas poussé le petit Carche du haut de la falaise, sa mort n'est pas de mon ressort. Qui l'entendra ? Qui l'entendra, de Dieu ou du diable ? Je prends le premier qui s'offre. Une main à ma ceinture pour sortir les osselets, on verra bien qui est le plus fort à ce jeu-là. Mon bras retombe dans la neige. Et merde.

*

Mon corps est un paquet qui roule. Ballotté par des forces obscures — peut-être ai-je gagné finalement, et les esprits sont là à me contempler, se demandant lequel osera le premier porter la main sur moi. Des sons aigus à mes oreilles mais je ne peux pas bouger, et les sifflements persistent, me déchirant les tympans. Qu'ils éclatent ! Qu'on en finisse. Ma conscience vacille. Alors un dieu, ou un titan, s'encadre dans la lumière, et sa voix de tonnerre efface tout le reste. Il dit :

— Qu'est-ce que c'est que ce bordel ?

*

Plus tard. La première chose que je ressens, c'est la brûlure. Mon corps entier flambe et, pendant quelques instants, je sais que je suis en enfer. Et puis la lourdeur de mes bras et de mes jambes — ça ne se passe pas comme ça en enfer, seule reste l'âme, et la douleur est à l'intérieur. Alors j'ouvre des yeux collés par la fatigue. Une maison. Un canapé. Je me redresse d'un coup : les hommes de Carche m'ont retrouvé. En un instant je suis debout, la porte en ligne de mire. Pourvu que ce soit la sortie. Et soudain derrière moi, la voix.

— Tu veux vraiment partir en pleine nuit ?

Je me jette sur les pinces à feu posées à côté du poêle. Perdu pour perdu ! Je ne regarde qu'après. Accoudé sur la table dans un coin de la pièce, un type mange. Un gars comme moi : solide, confiant, avec la gueule burinée de ceux qu'il ne faut pas trop chatouiller. Comme moi avant. Il y a deux jours. Ce temps me paraît révolu depuis des semaines. Je ne bouge pas, les pinces toujours bien en main, surpris quand même que le type se soit remis à couper sa viande en m'ignorant totalement. Il fait un geste vers moi, d'invitation. Et comme j'hésite, il ajoute :

— Je sais qui tu es. Je pars demain, mais je peux t'héberger pour la nuit. Ça fera les pieds à ce vieux salaud de Carche.

Lou

Vigan va partir ? De sidération, j'ouvre la bouche sans qu'aucun son n'en sorte. J'ai bien entendu ? Je regarde Elias, éperdue : et nous ? et Arielle ? J'arrive à articuler :

— Je ne comprends pas.

Elias pose ses mains sur mes épaules, jusqu'à ce qu'il soit certain d'avoir capté mon attention qui saute de l'un à l'autre. *Lou.*

— Quoi, Elias ?

— On n'y arrivera jamais. On est trop lents.

Du coin de l'œil, je devine le regard de Vigan sur moi, tendu.

— Toi et moi, on va rester ici avec Arielle, continue Elias. Vigan va aller chercher des secours. Il guidera une équipe à pied, pour la soigner, pour nous ramener.

Immobile, la bouche ouverte, je joins les mains devant moi. Les paroles d'Elias se fraient lentement un chemin jusqu'à mon cerveau gelé. Rester ici. Non, c'est impossible. Et si Vigan se perd ? S'il s'enfuit ? Et s'il ne revient jamais ? Il reviendra forcément. S'il revient trop tard, et que nous sommes morts tous les trois, de froid ou de faim ? Instinctivement, un cri me vient :

— Non !!

Vigan sursaute. *Chut,* me calme Elias. *Réfléchis. Avec Arielle, on n'avance pas. Elle est en train de mourir, tu le sais, hein ?* — et il jette un regard sur le traîneau à quelques pas de nous, comme s'il avait peur qu'elle entende. *Si Vigan part tout seul, on a une chance de la sauver.*

Moi aussi je reprends à voix basse, les yeux écarquillés :

— Nooon !

— Lou...

— Je ne veux pas rester dans la montagne avec Arielle ! Je ne veux pas parier sur Vigan alors qu'on est peut-être perdus, ni crever à attendre sans rien faire le cul sur la neige. Je préfère encore tomber en marchant ! Et toi Elias, tu penses la même chose, j'en suis sûre.

— Lou, il ne s'agit pas que de nous. Je te parle d'Arielle. C'est grave. Il faut qu'on aille vite.

Je mets un coup de pied par terre, en larmes, rageuse aussi.

— Non, non, non ! On ne reste pas !

Je ramasse mon sac d'un geste nerveux.

— On y va ! On repart ! Allez, quoi...

Elias laisse retomber ses bras, regarde Vigan d'un air suppliant. Je coupe court dans une exclamation désespérée.

— C'est pas la peine d'insister, Vigan ! Je sais que c'est dégueulasse, je sais que je ne pense qu'à moi en faisant ça. Mais là, je ne peux pas. Voilà, je suis désolée, mais non. Non. Je veux pas rester...

J'éclate en sanglots et Elias s'avance, mais je le repousse d'un coup d'épaule.

— Non, on y va, je changerai pas d'avis, merde ! On tente jusqu'à ce soir, si ce soir on n'a toujours rien trouvé, je te promets qu'on rediscutera. Mais pas là, non, pas là...

— Lou, et si moi je reste, alors ?

Je relève les yeux sur lui.

— Ça sert à rien ! Si moi je suis avec Vigan, ça le ralentira toujours. Il faut qu'on reste ensemble. Tous les quatre.

Vigan nous interrompt avec brusquerie.

— OK, on n'arrivera à rien. On repart. On avance. Lou, c'est toi qui tires le traîneau. On a encore cinq heures de jour devant nous. Allez.

Je baisse la tête. Quand il me tend les cordes du brancard, je ne les prends pas tout de suite. Je ne dis rien, concentrée sur la neige. Happée par les flocons qui ne brillent pas, parce qu'il n'y a pas de lumière, les flocons blancs presque gris sous un ciel gris presque noir, mes yeux lavés par la fatigue et le vent, et nos corps tendus de gel et de colère. Vigan reprend d'un ton autoritaire : *Allez!* Et je ne peux réprimer un sanglot, pourtant j'aurais voulu l'avaler, qu'il ne sorte jamais, pour ne pas montrer ma faiblesse, pour résister encore. Nous savons tous que je ne pourrai pas tirer le traîneau.

— Arrête, gronde Elias.

C'est à Vigan qu'il s'adresse.

— Arrête, est-ce que nous avons besoin d'une démonstration de force dans notre situation? C'est ridicule. Moi aussi, je préfère te suivre plutôt que de rester là — et il montre Arielle d'un signe de la tête —, prendre le risque. Tu peux penser qu'on est des salauds, et c'est peut-être vrai. Mais on n'est pas dans des conditions normales. On agit à l'instinct.

— Jusqu'ici, à l'instinct, vous n'avez fait que des mauvais choix, souviens-toi, grince Vigan.

— On n'a peut-être pas été bons. Mais toi non plus, je n'ai pas besoin de te le dire, non? Alors je crois qu'on n'a pas de leçons à recevoir de toi aujourd'hui. Je te propose une chose : on marche jusqu'à ce soir. Juste ce soir. Si on n'a pas trouvé une habitation, demain tu pourras partir.

— Et si elle meurt, vous l'assumerez?

Elias se tait. Je devine la colère rentrée dans son regard brillant. Nous attendons quelques secondes, une minute peut-être, muets tous les trois. Tels les invités choqués d'un enterrement dont la victime n'a pas encore passé, et que nous regardons agoniser à nos pieds. Pas un de nous ne bouge. Elias réagit le premier en me prenant le bras et en me poussant sur le chemin. Il ramasse la corde. J'attrape mon sac, dévorée par la culpabilité de lui laisser tirer ce fardeau, et je l'aide sur les premiers mètres, comme si cela pouvait le lancer. Vigan est devant nous, ouvre la route. À l'arrière de notre groupe dévasté, je pleure en silence, secouée de hoquets compulsifs. Je ne veux pas qu'Arielle meure. *Tu n'avais qu'à laisser partir Vigan*, dit une petite voix au fond de ma tête. Mais c'est faux : car nous n'avions aucune certitude. Ce n'était qu'une chance de plus, une chance sur combien ? Des milliers ? Même pas une chance. Non, ce n'est pas ma faute. Je me prends presque à espérer que nous ne trouverons rien ce soir, et que Vigan partira demain à l'aube. Je n'ose pas dire maintenant que j'ai changé d'avis. Que le plus important pour moi, c'est de rester avec Elias.

Et pourtant.

Il est mon seul repère dans la tempête, entre ce fou qui veut nous laisser et cette femme à moitié morte. Quatre, nous ne sommes plus que quatre. Et j'ai peur, parce que malgré les apparences, malgré les drames qui s'abattent sur nous depuis deux jours, Elias et moi avons eu trop de chance. Nous sommes toujours vivants. Nous sommes toujours ensemble. Quelque chose dans cette montagne ne nous laissera pas nous en tirer à si bon compte, je le sens. C'est juste que cela dure un peu plus longtemps pour nous, et plus les heures s'écoulent dans cette neige infernale, plus la présence d'Elias me devient vitale ; plus le spectre de sa disparition, ou de la mienne, m'apparaît comme un déchirement insurmontable. Si nous nous en sortons, notre relation aura changé. Plus sincère, plus profonde. Liée par le sentiment d'en avoir réchappé de justesse, de grande justesse, ras les fesses, dirions-nous si nous pouvions encore rire — mais nos lèvres gercées et le poids de nos morts m'en empêchent. J'ai l'impression d'un jeu sinistre où nous disparaissons les uns après les autres et où je n'aimerais pas être la dernière à rester. J'imagine, Arielle, Vigan, Elias, tous morts. Être la dernière, c'est être seule pour crever, sans personne pour me tenir la main ou me chuchoter des paroles réconfortantes. Seule. Voilà. Avec tous les deuils à porter, et le mien à l'horizon, parce que tout ne sera qu'une question de temps. Hier, être la dernière, c'était survivre, me projeter dans un avenir possible. Aujourd'hui c'est mourir un peu plus tard, et sans doute préférerais-je que cela ne m'arrive pas. Un instant, l'idée m'effleure : lorsque je longerai une crête, sauter. En finir. Juste un mauvais moment à passer, et puis ne plus rien sentir, ne plus souffrir, ne plus se dire que c'est trop dur de continuer. Dévaler la pente — avec un peu de chance, je serai assommée par un caillou en quelques secondes. Mais rien n'est sûr et je crois que je n'en aurai pas le courage. De cela aussi, je suis privée.

Elias se retourne, me fait un bref signe, les mains prises dans les cordes du traîneau. Un souffle de joie fugace me traverse : je me dis qu'il sera toujours là près de moi, parce que nous sommes plus forts que le malheur. Comme ces matins où il me renverse sur le lit en me disant que le ciel est plus bleu quand les gens font l'amour, *Lou, tu ne veux pas rendre le ciel encore plus bleu ?* L'instant d'après, le paysage d'un blanc laiteux massacre mon élan joyeux. Le vent glacé sur nos visages nous fait des brûlures qui ne partiront jamais : mais qu'importe, puisque nous ne nous en sortirons pas. Comment me tiendrai-je, au moment ultime ? Brave ou en larmes, stoïque ou hurlant ma peur, je l'ignore, j'essaie de ne pas y penser. Je sauvegarde un minuscule espoir même si je n'y crois plus, et mon cerveau tangue, bascule d'une hypothèse à l'autre, ne sait plus.

Nous marchons pendant deux heures. Vigan est venu relayer Elias depuis longtemps, et ils ont fini par s'atteler au traîneau tous les deux, pour que l'effort soit moins éprouvant. Mais je les vois ahaner, et réduire leurs pas, et je baisse la tête, car c'est moi qui leur ai imposé cette épreuve impossible. Quand je pense aux brûlures dans mes jambes et dans ma poitrine, moi qui ne fais que les suivre, je n'ose imaginer ce qu'ils endurent. La souffrance, et toujours ce froid effarant. La neige tombe, me fouette, telles des billes de plomb en colère. Je bous dans ma gorge et dans mon ventre, et je gèle partout ailleurs ; de la sueur se fige sur mon front, saisie par le vent. Ma peau hérissée de froid me fait trembler tout le temps, je divague, je me raconte des histoires à voix basse, comme une vieille femme marmonnant à sa fenêtre. Je me demande à quoi sert ce traîneau. Qui sont ces hommes qui marchent devant moi, et auxquels une corde me relie. Les flocons blancs et durs, je ne les reconnais pas. Je bute sur la montagne et je me relève. Même la voix de Vigan, soudain, peine à me ramener les pieds sur terre.

— On va s'arrêter un peu.

Un pan rocheux nous protège. Elias tourne le traîneau dos au vent, s'agenouille, enlève doucement la neige sur le visage d'Arielle.

Et soudain recule d'un bond, trébuche, tombe en arrière. Vigan accourt, se penche vers Arielle et l'appelle. Sa main sur son visage. Sur son épaule. D'un coup, il la secoue, et je commence à protester, *Hééé !* — et puis je comprends, et moi aussi je fais plusieurs pas en arrière. Je regarde Elias toujours assis dans la neige, prostré.

— Elle est morte, c'est ça ?

Il hoche la tête.

Mes mains sur ma tête, pour la casser, pour me cacher. Non, ce n'est pas vrai. Je regarde devant moi : Vigan s'est relevé lourdement, se frotte les yeux. Non. Pas Arielle, pas maintenant. Pas à cause de moi.

Mes oreilles bourdonnent, le monde disparaît. Depuis combien de temps Elias et Vigan traînent-ils une morte après eux ? Quels efforts pour rien, pour ramener un cadavre. J'imagine si nous avions trouvé une maison, si nous étions rentrés pour soigner Arielle, découvrant à ce moment-là seulement son visage figé. Arielle, une de plus. La quatrième. Des questions idiotes me traversent, est-ce qu'elle est morte de froid ? À cause de ses blessures ? Est-ce que la douleur était si forte que son cœur s'est arrêté, incapable de la supporter davantage ? — et si elle était évanouie ? Je regarde Elias.

— Tu es sûr que… ?

— Oui.

— Oui, confirme Vigan d'un peu plus loin. Il n'y a plus rien.

— Mais on est sûrs sûrs, enfin, vraiment, parce que peut-être, enfin, peut-être qu'elle a perdu connaissance…

Vigan soupire.

— Oui, on est sûrs. Elle a les yeux grands ouverts.

Je tourne la tête ailleurs, cherchant à effacer les images qui se forment aussitôt dans ma tête, Arielle et ses yeux bleus recouverts de neige, son cri quand Vigan a coupé la corde qui retenait Lucas, le brouillard, les pleurs, les os cassés. Est-ce moi qui l'ai tuée, à ne pas vouloir attendre avec elle ? Mon regard fuit sur le sol, évitant celui de Vigan, les reproches qu'il ne fait pas, revient au traîneau à quelques pas de moi. Arielle. Je ne vais pas la voir. Des morts, nous en avons eu notre saoul, à croire que rien ne repaît ce qui nous accompagne depuis le début dans cette montagne. À qui le tour, maintenant ? Je tombe par terre à genoux. La glace prise à mon pantalon craque en une multitude de petites brisures.

*

Nous nous sommes mis en route quelques minutes plus tard. Nous avons allongé Arielle dans la neige et nous avons retourné le traîneau sur elle, pour la protéger. Nous n'avions pas le courage de l'enterrer. D'affronter son regard ouvert, impossible à fermer, ces yeux qui nous suivaient où que nous allions. Nous nous sommes tenus en silence devant cet étrange tombeau, et Elias a pris ma main. Je pleurais encore.

— Je suis désolée, ai-je murmuré, je suis désolée…

Il a passé son bras autour de mes épaules.

— On n'y peut rien, Lou. Personne n'y peut rien.

— Mais si j'avais accepté que Vigan aille chercher du secours…

— C'était trop tard. Il n'aurait pas eu le temps.

— Quand même…

— C'était trop tard, tu m'entends ?

Nous avons fini nos thermos de thé froid, et nous nous sommes remis en route. Malgré la fatigue, aucun de nous n'avait envie de rester là. Même la montagne et le vent étaient moins hostiles que ce carré de neige taché de sang où nous avions déposé Arielle — et pourtant, la tempête avait repris, encore. Nous sommes repartis, et nous ne nous sommes pas retournés. Elias m'a serrée dans ses bras.

— Courage, il a dit. Courage.

Curieux comme nous ne savons plus que dire ces choses-là, convaincus pourtant qu'elles sont inutiles, mais notre instinct de vie nous déborde, avale nos paroles résignées et nous emmène encore, quelques mètres, quelques heures. Comment dire aussi ce que je ressens dans ce monde blême que la lumière a déserté, et cela fait trois jours, ou mille, que je n'ai pas vu le soleil et que mes yeux s'ouvrent et se ferment sur la grisaille et les flocons gelés qui me rongent la peau. On dirait une autre terre, qui aurait échappé aux couleurs, toute faite de neige et de vent ; un univers oublié de Dieu. Un immense caveau, dont je ne vois ni le haut ni le bas, et dont les limites sont en permanence noyées dans le brouillard. Parfois je me dis que nous pourrions tourner en rond depuis le début de la tempête sans nous en être aperçu. Voilà pourquoi nous n'avançons pas, pourquoi la lumière des villes ou des stations se dérobe, nous laissant dans ce semi-jour où seule la présence ou l'absence de quelques arbres nous montre que nous avons changé d'endroit.

Je lève la tête, pas longtemps, une ou deux secondes, incrédule et désespérée. Les flocons en rafales, le vent : la montagne se déchaîne depuis que nous sommes repartis. Je réprime un sanglot. Voilà. Pour avoir laissé mourir Arielle. Notre punition — ma punition, car je reste persuadée que, sans mon obstination à rester ensemble, Vigan l'aurait peut-être sauvée. La tempête me fait vaciller, ployée sous les tourbillons glacés. La neige recouvre mes pas à mesure que j'avance et je me suis retournée une fois, pour vérifier.

— Qu'est-ce que tu fais ? a demandé Elias derrière moi.

— Je regarde.

Pas une trace. Si les secours nous cherchaient, ils ne pourraient pas nous trouver, pas suivre cette piste invisible — et je ferme les yeux un instant : mais à quoi bon, puisque les secours ne viendront pas.

J'ai froid. Je suis fatiguée. Je n'ai même plus faim.

Marcher.

Une heure, deux heures peut-être. Le paysage est identique partout, nos gestes se répètent. Nous sommes Sisyphe et son rocher. Impossible que cette montagne soit aussi grande. Forcément nous nous perdons, bien que j'aie l'impression que notre chemin est droit. Vigan est-il un si bon guide que nous le croyions au départ ? Je finis par me poser cette question insidieuse.

— Pourquoi est-ce que c'est si long ? je lui demande.

— Depuis le refuge, il y avait loin. Et avec la neige, on n'avance pas.

— Tu sais où on est ? Tu nous situes, là ?

Il me regarde, les sourcils froncés.

— Évidemment.

— Je ne reconnais rien. Rien !

— C'est normal, on n'a pas pris le même chemin. On redescend par l'autre versant.

— Quand est-ce qu'on arrivera à une maison, quelque chose ?

— Demain. Fin de journée.

Mais sa voix a hésité, et je n'arrive plus à le croire. Demain, après-demain… le sait-il lui-même ? Il clôt la discussion en me tournant le dos, fouillant dans ses poches. S'immobilise soudain. Palpe son anorak. Cherche.

— Il y a un problème ? interroge Elias.

— Mon téléphone.

Sur le coup, j'ai envie de rire, incrédule. Son téléphone ?

— Merde.

— Dans ton sac ? hasarde Elias.

Je secoue la tête.

— Mais pour quoi faire ?

— Les secours.

— Oh… tu les as déjà appelés, non ?

— On bouge sans arrêt. La position que je leur ai donnée n'est plus valable, il faut que je réactualise régulièrement. Là, personne ne sait où nous chercher. On a besoin de ce téléphone. Pour le signal.

Je pâlis. Vigan vide le contenu de son sac en marmonnant, non, jamais il ne le met dans son sac — et il retourne son manteau une nouvelle fois. Je l'entends jurer à voix basse. Il nous regarde.

— Vous avez les vôtres ?

— Je n'ai plus de batterie, je dis.

Elias sort le sien, l'allume. *Neuf pour cent*, rage-t-il. *Dans une heure il sera fini.* Vigan se relève en silence. Nous n'osons rien dire. Au bout d'une minute, il soupire.

— Il a dû glisser là où on a laissé Arielle.

— Mais pourtant, tu le mets dans une poche fermée ?

— Oui. Mais je l'ai sorti pour regarder le réseau.

Une pensée fulgurante, mauvaise, que je tais — *pour trouver la route*. Elias ouvre les bras en signe d'impuissance.

— Tu en sûr ?

— Oui. Merde. Merde !

— Qu'est-ce qu'on fait alors ?

Une hésitation. Et puis Vigan murmure, le visage fermé :

— On y retourne.

*

Elias et moi avons protesté, pour la forme. Le non-sens de faire demi-tour sous les rafales de neige, de perdre autant de temps dans notre état, et vu ce qu'il nous reste de nourriture — autant dire rien, un paquet de pâtes et des raisins secs. Mais nous nous sommes laissé convaincre que Vigan avait raison, qu'il nous fallait ce téléphone. En fait, nous ne voulions pas nous battre au risque d'avoir tort encore une fois. Moi, je préférais m'en remettre aux autres. Ne plus trancher. Ne plus prendre les mauvaises décisions.

Alors nous repartons en arrière, et à ce moment-là je saisis toute l'incongruité de notre situation, fais le compte de toutes les erreurs que nous avons commises en quelques jours. Et celle-là s'y ajoute, je pense. Comment Vigan peut-il être certain de reconnaître notre chemin alors qu'aucune trace de notre passage ne subsiste et qu'il n'a aucun repère, je ne sais pas. Nous pourrions passer à quelques mètres d'Arielle sans la voir, par ce temps de fin du monde. Marcher éternellement, sans jamais la trouver. Tête basse entre Vigan et Elias, je suis le mouvement. Ni plus ni moins qu'un animal, sans réfléchir, mue par un instinct grégaire qui me fait rester dans le groupe, serrée entre un beau brun musculeux et Elias, mon ange gardien.

— Ça va ? Tu tiens le coup ?

Je souris à Elias. Marcher ici ou marcher là, finalement. Cela n'a plus de sens, et c'est une bonne chose que nos cerveaux soient gelés, qu'ils ne nous crient pas que nous sommes fous, et que oui, nous sommes à quatre heures près si nous voulons être sauvés, ou deux heures, ou même une. Ou encore moins. Je me dis que si les secours arrivent alors que nous sommes morts tous les trois depuis quelques minutes, quel intérêt ? Mais nous voilà à faire un détour de plusieurs heures pour retrouver un téléphone qui ne nous servira peut-être à rien. Il y aurait de quoi en rire. Là aussi, l'épuisement m'évite de devenir méchante. Mais par moments un sanglot me secoue, tant l'issue me paraît fatale. Quand je pense que je ne reverrai peut-être pas mon père, ma mère, et mes frères et sœurs, un désespoir atroce me coupe le souffle. Et puis la colère. Je veux les retrouver, chanter des chansons idiotes à nos anniversaires, et raconter ma vie quand elle ne va pas. Alors j'enfonce mon bâton dans la neige et j'avance en crachant de fureur, et je laisse sortir le grondement, celui qui dit à quel point je hais ces montagnes, et avec quelle force je vais les quitter. J'essaie de garder cette hargne au fond de moi, pour tenir. Pour arrêter de trembler de froid — si je devais tenir un gobelet de thé à cet instant-là, il s'en renverserait la moitié, c'est sûr, et il ne me réchaufferait même pas les mains, avec mes gants glacés.

— Là !

Je sursaute, me hisse aux côtés de Vigan pour voir. Une silhouette étendue dans la neige, devant nous. *C'est elle*, dit Vigan. Moi, mon cœur frissonne : le traîneau est renversé à côté d'elle. Le vent a-t-il suffi à le faire basculer ? Non, impensable. Il était trop lourd. Ou alors, elle n'était pas morte. Elle n'était pas morte ! Ma gorge se noue et je vois que Vigan s'interroge aussi en s'approchant. Soudain il nous arrête d'un geste. *Stop*, dit-il, *arrière, arrière*. Mais il ne peut pas nous empêcher de venir buter contre lui, de regarder encore par-dessus son épaule.

— Bon sang, souffle Elias. Il s'est passé quelque chose ici.

Arielle est allongée, les yeux toujours ouverts. Les jambes repliées sous elle — elle était ainsi quand nous sommes partis, roulée en boule ; c'est pour cela que la torsion du haut de son corps nous impressionne, une cassure au niveau de la taille, Arielle retournée vers nous comme si une force étrange avait voulu vérifier que c'était bien elle et l'avait étendue sur le dos, comme si le reste de son corps n'avait pas voulu suivre, restant collé à la neige en position fœtale, Arielle brisée encore une fois, je mets ma main devant ma bouche pour ne pas crier, est-ce qu'elle était encore vivante à ce moment-là — non, non, elle était morte, Vigan en était sûr.

Son blouson ouvert. Poches retournées. Le sac éventré à côté d'elle, il ne reste plus rien.

— C'est quoi, ça ? chuchote Elias en montrant la scène de la main. Quelqu'un est venu, c'est ça ?

Vigan s'est agenouillé près du corps, palpe le blouson comme s'il cherchait un indice, une réponse. Retourne Arielle sans précaution, fouille la neige. Un peu écœurée par sa brutalité — mais n'est-ce pas qu'un cadavre, au fond ? —, je le vois mettre la main sur son téléphone, le glisser dans son anorak. Une chance inouïe de l'avoir retrouvé. Qui n'atténue pas cette vision sinistre.

— C'est pas une bête, ça, insiste Elias.

Vigan se prend la tête entre les mains. *Non, pas une bête, c'est pas vrai, c'est pas vrai…* Nous l'observons en tremblant, hagards, écoutons autour de nous comme si un danger pouvait nous fondre dessus. L'air s'est chargé de tension, notre peur nous prend à la gorge, féroce, décuplée par l'ignorance. Que s'est-il passé ? Qui a découvert Arielle et a pu la dépouiller, l'abandonner de cette façon, sans compassion, sans respect, sans rien ? Sommes-nous arrivés aux confins de l'univers, où nous aurions dérangé une tribu inconnue ? Je ne sais plus ce que nous devons craindre, être seuls ou non, être suivis ou non, par quoi. Homme ou bête. D'un coup Vigan se relève :

— On dégage. Tout de suite.

Sa voix me glace et je saute sur mes pieds, attrape mon sac sans un mot, trop inquiète que quelque chose puisse nous entendre. Elias me prend le bras pour m'emmener et nous laissons le corps désarticulé d'Arielle sans un regard, rivés à Vigan, et nous courons, nous courons. Chemin inverse, à nouveau. Elias n'a sans doute pas compris plus que moi ce qui se passait, mais l'imminence d'un danger me paraît évidente, l'attitude de Vigan ne me rassure pas. Je ne l'ai encore jamais vu aussi fermé. Cours ! Je ne demande pas à m'arrêter, je ne veux plus boire ni manger : seule la survie m'importe. Fuir. Sans même savoir pourquoi, ni vers quoi. User mes forces à tourner le dos à cet effrayant théâtre, à oublier les yeux fixes d'Arielle.

Nous attendrons presque une heure avant d'oser demander des explications, comme si la portée de nos voix pouvait attirer l'attention, ou nous faire repérer ; et nous n'obtiendrons aucune réponse. Il faut la nuit pour avoir raison de nous. Nous nous écroulons près de Vigan au creux d'une roche. S'il n'y avait que moi, je ne monterais même pas les tentes, dormant dans mon duvet, ensevelie sous la neige dont je me moque éperdument. Mais Vigan ne me laisse pas le choix et je m'exécute de mauvaise grâce, je mange en surveillant qu'il n'ait pas meilleure portion qu'Elias et moi. Quelque chose se tarit encore, de mes forces ou de mon envie de vivre, de ma capacité à raisonner collectivement. L'épuisement me durcit et me met de mauvaise humeur. Et peut-être cela montait-il depuis des jours : je m'en prends à Vigan. Au début, Elias me pose une main sur le bras pour me calmer, mais il sait que j'ai raison. *Merde, Elias, on a le droit de lui demander des explications, quand même.* Sa mauvaise préparation, ses choix incohérents. Je me souviens de sa mine défaite le premier matin, quand il nous a rencontrés. Elias acquiesce enfin. Lui reproche de nous avoir pris pour des cons depuis ce moment-là. De nous avoir baladés sans attention, comme des touristes dont il se débarrasserait quelques jours plus tard — et c'est bien ce que nous étions. Pourquoi ne sommes-nous pas rentrés dès que le temps a changé ? Pourquoi Vigan a-t-il voulu continuer, pour nous prouver quoi, nous qui ne lui demandions rien ? Et où est la station, où est le dernier village, ou le prochain, quand nous avons commencé à redescendre depuis des jours et que nous ne voyons toujours rien ? Je hausse la voix, Elias pose des questions.

Vigan ne nous regarde même pas. Le menton dans les mains, il semble attendre, suivant des yeux la petite danse des flammes devant nous. Son immobilité m'émeut et me tracasse en même temps qu'elle m'exaspère, à la manière de ces grands silences qui couvent les orages et précèdent les tempêtes. Le visage illuminé d'une lueur orangée, le feu, ou autre chose ? Une force à l'intérieur, mais pas tout à fait normale, et pas tout à fait rassurante. Au fond, qui est ce type entre les mains de qui nous avons remis nos vies ? Lorsque contre toute attente Elias se jette sur lui, excédé par son indifférence, le hurlement me fait sursauter.

— Tu vas répondre, espèce d'enfoiré ? Tu vas parler ?

— Elias !

Mais c'est bien inutile, et Vigan a encaissé le coup, basculant sur le côté ; les deux silhouettes roulent dans la neige. Je n'y vois rien. Si je m'interposais, jamais je ne pourrais les démêler — et je crie encore : *Elias !*, parce que j'ai peur, parce que je ne veux pas que Vigan lui fasse mal. Quelques instants plus tard, une masse seule se redresse, compacte et indéfinissable, que je mets une fraction de seconde à identifier. Vigan a attrapé Elias au col et au pantalon, et le soulève au-dessus de lui, se relevant avec son fardeau, les bras tendus au ciel. Sa puissance me semble effrayante, car personne ne peut brandir ainsi un corps au-dessus de sa tête — surtout dans notre état de fatigue. Je croise le regard sonné d'Elias et je rugis : *Non !* J'observe bouche bée cet homme immense et noir, qui tourne sur lui-même, et d'un coup il me semble entendre à nouveau ce crachat montant des entrailles de la terre, ce feulement indescriptible, mais ce doit être une illusion, mon cerveau à bout de forces, j'écoute encore, plus rien, et Vigan projette Elias à plusieurs mètres. J'entends le bruit de sa chute, un bruit feutré, presque doux, et je me précipite. En m'agenouillant près de lui, je cherche désespérément un bâton, une pierre — une arme.

La voix de Vigan, comme un roulement de tonnerre.

— La paix, la paix ! D'accord, je ne sais pas comment nous pouvons nous en sortir. Je ne sais même pas si nous en sortirons. J'ai fait des erreurs ? Peut-être. Mais pas autant que vous.

Il s'interrompt une seconde pour reprendre son souffle, une seconde pendant laquelle Elias et moi le dévisageons sans un geste, pétrifiés que nous sommes par la menace planant à la fin de sa phrase. Elias ne s'est même pas relevé, et nous sommes suspendus aux lèvres rageuses de ce fou qui nous domine de toute sa taille, et qui ajoute en grondant :

— Je ne suis pas guide de montagne. Je ne suis pas votre guide. Depuis le début, vous vous êtes trompés. Vous m'entendez ? Vous comprenez ? Je ne suis pas Vigan !

Dans le chaos silencieux qui suit, la seule chose dont je me souvienne, c'est qu'il ne neige plus.

Mathias

J'ai dévoré tout ce que m'offrait le type. Écouté sa brève histoire aussi, curieux de savoir ce qui peut pousser quelqu'un à braver les consignes du vieux Carche avec autant d'indifférence.

— C'est pas intéressant, il a d'abord dit quand je lui ai demandé.

Il finit son assiette, me resservant au passage sous la loupiote qui doit faire quinze watts pour éclairer aussi peu. Si ce n'était que moi, j'allumerais la bougie posée au coin de la table.

Ce que j'ai pris pour une maison est une cabane. Enfin, disons que cette cabane est sa maison. Une pièce à tout faire, un peu comme chez moi, quand j'avais moi aussi un toit : cuisine, salle à manger, salon, atelier, bibliothèque — il y a des livres sur la montagne un peu partout. Et deux portes desservant une chambre et la salle de bains. Rustique. Des murs en bois brut, sans doute dorés au départ, noircis par les ans et la suie du poêle. Maculés de tableaux avec des vues incroyables sur les sommets enneigés. Des papiers punaisés ici et là comme des mémos, des programmes de compétitions de ski, de randonnées, quelques articles sur les précautions à prendre en montagne, la flore et la faune, un point touristique. Le tout donne une impression de fouillis sans nom, hétéroclite, désordonné, la piaule d'un célibataire forcément, où l'odeur du dîner couvre celle du vieil ours mais tout juste. Une maison qui me ressemble lors de mes mauvais jours, et pourtant je lui trouve un charme fou, à abriter mes gelures, mes cloques et mon épuisement au moment où je pensais que la partie était jouée.

— Tu prends un méchant risque, je lui dis après avoir saucé mon assiette avec un pain si dense qu'il a dû le faire lui-même.

Il hausse les épaules.

— Personne viendra jusqu'ici.

— Ils me cherchent quand même avec un peu d'acharnement.

Cette fois il se met à rire.

— Ouais. Mais je te dis qu'ici, ils réfléchiront à deux fois avant d'arriver. Et puis demain à sept heures faut que tu sois barré, d'accord. J'ai un boulot. Je pars randonner quelques jours avec un groupe de touristes.

— Pourquoi tu fais ça ? Même ceux que je pensais proches, ils ont refusé de m'aider.

Il soupire.

— C'est la loi de la montagne. Jamais laisser un gars qu'on croise crever dans la neige.

— Et en vrai ?

Il jette un œil sur moi. Petit sourire en coin.

— Jamais tu lâches, hein. Qu'est-ce que tu veux que je te dise. Carche a fait tuer mon frère par erreur, il y a dix ans. Il bossait pour lui, le vieux croyait qu'il lui volait des moutons et il a envoyé ses hommes. Seulement mon frère est mort, et les vols ont continué. Alors une nuit j'ai égorgé le gars qui avait fait ça, et j'ai traîné le cadavre chez le vieux. Je l'ai lourdé dans sa chambre. À la tête qu'il tirait, il était persuadé que j'allais le tuer lui aussi mais ça aurait été le début des ennuis pour moi. Tandis que, si je lui balançais le corps là sur le parquet, il allait forcément s'arranger pour le faire disparaître, et il savait à quoi s'en tenir avec moi. Je lui ai dit que si j'entendais parler de lui à mes basques, je reviendrais le découper en lanières, et que j'étais pas d'humeur à faire des blagues. Je ne me suis pas trompé : je ne l'ai jamais revu vers moi, et on n'a jamais entendu parler du voleur de moutons, qui doit être enterré quelque part chez lui.

— Avec d'autres, je précise.

Il hoche la tête. *C'est sûr.* Verse un fond d'eau-de-vie à arracher la gorge, mais cela fait du bien. Il lève son verre.

— À ta santé, le sacrificateur.

— À toi, dont je ne sais même pas le nom.

Il tend sa main par-dessus la table.

— Vigan. Guide de montagne.

*

Allongé le soir sur le canapé. Impossible de me rendormir. Je pense à ce gars qui ronfle à côté, et qui me ressemble. Brut, le cœur sur la main, fou de montagne. Prêt à héberger un pauvre type traqué par une famille semi-mafieuse sans lui demander plus de détails, pas de curiosité morbide, pas d'intérêt déplacé. Une seule remarque, une question qui n'en est pas une. *Ils sont tous tapés là-bas, hein ?*

J'ai pris un bain, badigeonné mes blessures, et je me suis couché le ventre plein sur le canapé. Par la vitre du poêle, je voyais la petite flamme dansante du feu. Une lueur orangée dans la pièce, qui faisait des reflets sur les tableaux comme des aurores boréales. En fermant à demi les yeux, on s'y serait cru. Carche et ses troupes maudites étaient loin : je ne me demandais même pas ce que je deviendrais le lendemain, quand Vigan aurait refermé la porte sur nous. Ma seule certitude, c'est que j'aurais tout l'équipement nécessaire pour repartir dans la montagne.

Sur les cartes que nous avions regardées, un trajet possible, une huitaine de jours — Vigan me déposerait le matin au pied des sommets, en allant travailler. Huit jours, si tout allait bien. Si la montagne me faisait le chemin. Un homme heureux se contentant de minuscules victoires ponctuelles, voilà ce que j'étais à ce moment-là, avec le sentiment d'être revenu des enfers.

Jusqu'à ce que l'idée me prenne.

*

Parce que, au milieu de la nuit, tenaillé par l'angoisse, la réalité prend un tout autre visage. Les hommes de Carche ne me lâcheront pas. Eux aussi savent où est la frontière, même si je peux la passer à dix endroits différents. Et s'ils me pensent reparti en arrière, ils feront deux groupes de plus, trois, cinq, peu leur importe. Ce n'est pas vers la liberté que je cours demain, c'est vers une nouvelle chasse. Mes chances d'en sortir vainqueur restent infimes, ridicules seul contre les autres. Peut-être que si j'avais une voiture… mais je sais bien qu'ils seront postés à tous les carrefours possibles. Les moyens mis en place pour la vengeance n'ont pas de limite ici.

Presque en colère contre Vigan, qui m'a sauvé pour mieux me sacrifier. Donné l'espoir pour mieux m'enfoncer, comme au moment où les tueurs m'étoufferont sous la neige si leurs armes et leurs chiens n'ont pas suffi. Je vais à l'abattoir, trop repérable dans ma solitude, obligé de passer par le bas des pistes où ils seront tous à l'affût. Partir droit devant moi demain est une immense erreur, car ils savent que je la ferai. Ils connaissent les proies par cœur, et leurs réflexes, et l'inhibition de leurs pensées. Autant marcher sur eux tout de suite, les bras tendus pour me rendre, le torse droit pour recevoir leurs balles. La gorge offerte à leurs couteaux.

Dans un coin de la pièce, le sac de Vigan attire mon regard une fois encore. Je renâcle, le visage entre les mains. Ne pas céder à la tentation. Ne pas laisser l'idée s'installer, avec tout ce qu'elle implique. Mais c'est trop tard, je suppose, et j'ai ouvert la brèche.

Prendre sa place. Me poster demain matin au cœur du village, le panneau affichant le nom de l'organisateur devant moi, pour que le groupe m'identifie. Ils n'ont jamais vu Vigan, et lui ne les connaît pas : ils doivent se retrouver en bas, devant l'hôtel, boire un café pour bavarder un peu avant de monter.

Ce n'est pas mon chemin. Mais nous arriverons à sept ou huit sur les pistes, cachés par nos bonnets et nos lunettes de soleil. Anonymes, perdus parmi les skieurs et les randonneurs qui affluent à cette période de l'année, et je défie n'importe lequel des hommes de Carche de me repérer à ce moment-là. Le deuxième jour je peux bifurquer et rattraper l'un des trajets qui mènent à la frontière.

J'écoute la respiration sonore de Vigan, de l'autre côté de la porte. Le sommeil du juste — et moi, dans sa situation, aurais-je imaginé un seul instant que le type que je viens de sauver pouvait me buter pour essayer de sauver sa peau ? Non, moi non plus, je n'aurais pas cru qu'un tel fils de pute existe. Moi aussi je dormirais tranquille. Un pan de ma conscience me hurle de faire marche arrière. D'épargner celui qui m'a recueilli hier, expliqué avec un plaisir presque enfantin le déroulement de cette nouvelle randonnée, comme si nous allions la faire ensemble.

Seulement, c'est moi seul qui vais y aller. Pour survivre, certains sont prêts à tout : je suis de ceux-là. Pâle de honte. Surtout ne pas trembler.

*

J'ai trouvé un marteau, je prie pour que Vigan ne se réveille pas. Que cela aille vite. Oreille collée à la porte. Toujours pas de bruit. Ma main sur la poignée. Je pourrais me contenter de le blesser, si j'étais sûr que quelqu'un le découvre. Je pourrais appeler moi-même les secours au bout de vingt-quatre heures, avec une avance suffisante pour que les hommes de Carche ne me rattrapent pas. Finalement, il suffirait que je le ligote dans sa chambre. Les hypothèses défilent dans ma tête à une vitesse folle, les solutions se heurtent entre elles, se court-circuitent. Indécis, je n'ai pas encore tourné la poignée quand elle se met soudain à bouger, et je fais un saut en arrière : une fraction de seconde, je pense que quelque chose de surnaturel est en train de l'ouvrir, forçant ma volonté. Et puis Vigan apparaît en face de moi, et je comprends qu'il m'a entendu, ou alors c'est la poisse, enfin c'est foutu. Il jette un très rapide coup d'œil sur le marteau, presque imperceptible — mais je sais qu'il l'a vu. Pourtant il éclate de rire, me fixe droit dans les yeux.

— Bien. Je crois que nous avons eu la même idée, non ?

Et comme je le dévisage sans rien dire, stupéfait, il ajoute :

— Tu as déjà accompagné une randonnée en montagne ? Ça te dirait d'essayer à ma place ?

Lou

Il était une fois deux imbéciles qui regardaient un type par une nuit de neige, après l'avoir écouté sidérés pendant plus d'une heure. Deux imbéciles pas finauds, et pas très fiers. Rendu compte de rien, sauf peut-être les dernières vingt-quatre heures. Tout nous a échappé. Nous nous sommes fait avoir du début à la fin. L'étendue de notre erreur nous apparaît enfin. Explique des impressions fugitives, des décisions hâtives. Vigan n'est pas Vigan.

Vigan — ou faut-il l'appeler Mathias.

— Putain, soupire Elias qui ne m'a pourtant pas habituée à ce genre de vocabulaire.

Il est assis bras croisés près de moi, de l'autre côté du feu, de l'autre côté de Vigan. De Mathias. Peut-être cherche-t-il comme moi des traces, sur le visage de cet homme que je n'arrive plus à nommer, de la dualité que nous découvrons. Peut-être y avait-il des signes dans ces yeux délavés, dans ce sourire en coin, que nous n'avons pas su voir. Je ne le pense pas. En fait, le récit que nous venons d'entendre est si stupéfiant que nous avons du mal à y croire. Mais qui irait imaginer une telle histoire? Elle a les excès de ce qui ne s'invente pas, le goût âcre de la vérité. Comme beaucoup de témoignages qui vont bouleverser le cours des choses, elle a commencé par ces quelques mots : « Je m'appelle Mathias… »

La métamorphose se fait lentement dans nos esprits secoués. Depuis quatre jours, nous marchons avec la mauvaise personne. Un tueur de chèvres.

Un tueur d'enfant.

Car il nous a raconté. Qu'a-t-il à perdre avec des gens tels que nous ?

Nous le regardons en silence.

Je ne sais même pas s'il attend notre jugement, s'il lui importe que nous lui trouvions des excuses, au moins un contexte, une responsabilité atténuée. Légitime défense, ou presque. Non, je ne crois pas que cela l'intéresse. Il a dit lui-même qu'il n'avait pas le choix : d'une certaine façon, c'était un signe du destin — et à présent, nous comprenons ce que cela peut signifier pour quelqu'un comme lui.

Bon sang, un tueur assis là avec nous. C'est curieux comme son image change dans nos têtes, et comme une nouvelle réalité nous oblige à composer différemment. Nous avons peur, je crois, pour la première fois, de l'intérieur. Car il a beau nous décrire cet étrange Artur Carche comme le diable en personne, c'était encore un môme. Seize ou dix-sept ans. Je le lui ai dit. *Non*, a-t-il protesté, *pas un môme. Une force de la nature, remplie de haine, avide de sang.* À sa façon d'en parler, je me demande s'il ne croit pas lui-même qu'il a agi pour le bien de la vallée. S'il n'est pas persuadé de l'avoir débarrassée d'un homme qui se serait révélé monstrueux. Et je sens qu'Elias et moi avons envie de le croire, ne serait-ce que pour cesser de trembler en face de lui, et d'être certains qu'il n'a pas tué un enfant par facilité, ou par folie. Pour nous assurer d'être encore à trois pour lutter contre la montagne, contre les bruits, les accidents. Le malheur.

La météo, pourquoi pas. Et puis quoi encore. Alors Elias pose la question brutalement.

— Mais au fond, tout ce qui s'est passé, c'est à cause de toi ? À cause des gens qui te cherchent ? C'étaient eux, tout cela ?

Mathias — Mathias ! quel effort pour se faire à ce nom — secoue la tête.

— Non, impossible. Il y a eu trop de choses. Un concours de circonstances, la tempête, la poisse. Cela arrive parfois. Mais ce qui est sûr, c'est qu'ils sont dans la montagne eux aussi. Ils ont trouvé Arielle. Notre seule chance, c'est qu'ils n'ont pas pu emmener les chiens, ils ne supportent pas le froid très longtemps.

Je baisse le nez. Et ceux qui le poursuivent, quelle différence font-ils entre lui et nous ? Savent-ils que nous sommes les otages inconscients d'un type prêt à tout pour ne pas mourir, pensent-ils que nous l'aidons ? Nous crucifieront-ils tous ensemble comme on se débarrasse d'une famille entière pour ne pas qu'elle resurgisse, pour que la vengeance s'arrête là ? Nous voudrions l'écrire dans la neige, pour les prévenir. *Nous ne sommes pas avec lui.* Si seulement cela suffisait.

Et s'il partait dans une direction, et nous dans une autre ? Si, dans la nuit, nous l'assommions pour nous enfuir, lui qui ne nous retient pas ? Si nous l'attachions à un arbre, le laissant exposé à ses chasseurs telle une offrande pour qu'ils nous oublient, un signe évident de soumission, peut-être abandonneraient-ils la traque, peut-être pourrions-nous regagner un village, un train, notre ville. Mes lâchetés défilent en boucle dans mon cerveau misérable. Je mange mes pâtes puis mes raisins secs sans un mot. Elias a un œil à demi fermé, trophée de la courte empoignade qui l'a vu valser dans les airs. Étant donné ce que Mathias nous a raconté de sa vie, je comprends mieux. Nous ne pesons pas plus, ou pas mieux, qu'une chèvre à sacrifier.

Depuis un long moment, j'attends que l'un de nous pose la question qui me taraude. Finalement je romps le silence, et c'est d'une toute petite voix que je demande :

— Et maintenant, qu'est-ce qu'on va faire ?

Regards braqués sur Mathias : j'ai ouvert la boîte de Pandore. Elias renchérit aussitôt, sans agressivité mais avec une grande lassitude.

— On est où ? Pourquoi on est toujours paumés dans cette montagne de merde ?

Mathias se retourne dans l'obscurité, comme si nous pouvions y voir quelque chose. Il tend le bras.

— Là-bas, murmure-t-il d'un air songeur. Là-bas c'est la frontière. Encore deux journées de marche pour la passer, je pense. C'est là que nous allons.

Elias se décompose.

— La frontière ? Mais… ce n'est pas du tout le trajet prévu ?

— Tu m'avais dit qu'on arriverait demain, je murmure effarée.

Mathias sourit malgré lui. Ce que nous sommes cons.

— Cela fait quatre jours que nous avons quitté le chemin prévu.

— Quoi, s'étrangle Elias, tu nous as baladés jusque-là ? Tu m'étonnes qu'on ne trouve pas un péquenaud, pas une cabane ! Et tu nous as sciemment emmenés nous faire flinguer avec toi ??

— Les choses n'ont pas tourné comme je le pensais. Je vous laisserai en haut de la dernière montagne avant la frontière. Je vous montrerai la route.

Il se tait, et je pense à Vigan, quand je croyais qu'il l'était, ses silences de berger et de sage. Maintenant ce sont ceux d'un drôle de magicien, un rebouteux, un sorcier d'un autre temps. Oui, je pense à Vigan, le vrai, que je ne connaîtrai jamais. Peut-être aurais-je aimé le rencontrer, peut-être aurait-il ressemblé à un guide autant que Mathias. Malgré moi, je frissonne en regardant l'autre, le sacrificateur. Allons. S'il avait voulu se débarrasser de nous, ce serait fait depuis longtemps.

— Et lui… le vrai Vigan, je veux dire. Il est où ? je demande.

— Mais… chez lui. Quand il m'a proposé de prendre sa place, cette nuit-là, il avait trois stères de bûches à recouper, des réparations à faire sur sa maison. De quoi s'occuper tant qu'il voulait.

— Il n'avait pas peur que les gens sachent qu'il n'était pas parti ?

— Au fond des bois ? Non, non. Impossible. Ce type, c'est un ours. Je pense que personne ne vient le voir.

— Et ça ne l'a pas gêné de te proposer ça ? Que tu nous emmènes. Parce que tu n'es pas guide. Il pouvait nous arriver n'importe quoi.

— Je connais la montagne, murmure Mathias. Pas de ce côté, mais je sais y vivre. Personne ne pouvait prévoir une tempête comme celle que nous affrontons, et Vigan n'aurait pas fait mieux que moi.

Il lève les yeux sur moi.

— Il y aurait eu autant de morts avec lui. D'accord ?

Je ne dis rien. Pas sûre d'y croire complètement. Et je reste stupéfaite par la légèreté avec laquelle le vrai Vigan nous a donnés à un autre.

— En tout cas tu as bien fait illusion.

Mathias sourit.

— Et je parle italien. Il y avait une famille installée près de chez mon grand-père. Dès que je pouvais, j'allais jouer avec les autres gamins. Je ne pensais pas que ça me servirait un jour. Et puis Lou, il faut que tu saches. Vigan m'a fait promettre de vous accompagner jusqu'au bout du trekking. Je lui ai juré que je ne vous lâcherais pas au milieu de la montagne.

— Super, je soupire. Une bonne conscience professionnelle.

Mathias secoue la tête.

— Je pense qu'il n'a pas pris sa décision à la légère. Il a dû y réfléchir une partie de la nuit. Et aussi aux risques.

— Aux risques ?

— Si les hommes de Carche finissaient par venir le voir.

— Tu crois que c'est ce qui s'est passé ? Tu crois que c'est pour ça qu'ils nous ont retrouvés ?

— Je sais pas. J'espère pas. Pour Vigan.

Le silence. Je comprends l'inquiétude de Mathias ; mais je n'en suis plus là. Il n'y a que notre peau qui compte, désormais.

— Est-ce qu'on a de quoi tenir jusqu'à la frontière ? reprend Elias doucement.

Mathias soupire.

— En se serrant la ceinture, régime pâtes et raisins, oui.

— Est-ce que tu crois vraiment qu'on va pouvoir filer entre les mains de ces gens-là… ces tueurs, encore deux jours ?

— Il le faut. On n'a pas le choix.

— Et si nous ne voulons pas te suivre ?

— Libre à vous. La montagne est à vous. Vous pouvez aller où bon vous semble.

— C'est dégueulasse, ce raisonnement. Tu sais parfaitement que, sans toi, nous sommes morts.

— Avec toi aussi, d'ailleurs, j'interviens.

Mathias laisse échapper un rire, et je ne peux m'empêcher d'admirer ce type qui a le cran de nous narguer, son regard fatigué et profond, la force qu'il doit y avoir au fond de ce corps et de cette âme pour oser se moquer du destin. Il sait pourtant que rien ne l'infléchit, trop bien placé, avec ses dizaines ou ses centaines de bestioles écrabouillées, il n'a pas dit que cela ne servait à rien mais le flottement dans ses yeux — est-ce qu'à son tour il se sent délaissé par le sort, lui qui l'a servi sans faillir pendant des années ? Il me fait l'impression d'un géant échappé d'un piège qu'il n'attendait pas, frappant de puissance et touché au cœur en même temps.

— Qu'est-ce qu'on fait, alors ?

Je relève les yeux : c'est à moi qu'Elias s'adresse. Je secoue la tête en signe d'incompréhension et il ajoute :

— On a quand même un tout petit choix à faire. Soit on va avec lui et on a une chance sur deux, non, deux chances sur trois de se faire dézinguer avec lui, parce que je ne sais pas ce que tu en penses, mais je ne vois pas comment on pourra s'en tirer alors qu'ils ont déjà trouvé Arielle… ça veut dire qu'ils sont tout près, peut-être juste derrière nous, non ? Soit on tente notre chance de notre côté.

— Elias, ne le prends pas mal, mais on a combien de chances de s'en sortir, tous les deux ?

— Pas moins qu'avec la première solution.

— Je n'en suis pas sûre.

— Si Mathias nous explique le chemin.

— Le seul chemin qui reste aujourd'hui, je remarque, c'est celui qu'il va prendre. Je ne vois pas où d'autre nous pourrions aller. Faire demi-tour, c'est impossible, nous sommes trop éloignés de notre point de départ.

Mathias se frotte le menton, assis à côté de nous.

— Ce que je propose, dit-il, c'est qu'on dorme. Demain, vous aurez la tête plus claire. Vous pourrez choisir calmement.

Je bâille en m'appuyant sur Elias.

— Je suis d'accord.

Un quart d'heure plus tard, j'ai sombré dans les bras d'Elias au fond de mon duvet gelé, pour un sommeil que je crains agité mais qui sera sans rêves, trop épuisé pour ruminer les nouvelles pourtant ahurissantes de cette journée singulière, et ni les ronflements d'Elias ni le sifflement du vent ne parviendront à me sortir de cette torpeur presque bienheureuse. Non, il faudra bien plus : la voix rauque de Mathias arrachant la porte de notre tente au milieu de la nuit et nous ordonnant dans un rugissement de sortir sans prendre le temps d'emporter quoi que ce soit de nos affaires.

*

Nous courons au-dehors sans comprendre. Mathias a enseveli le feu sous la neige et nous y voyons à peine, je me cogne contre Elias qui demande l'heure, je me souviens que cela me semble si incongru, si ridicule dans la panique qui nous étreint une fois encore. Mathias nous attrape au vol, nous traînant littéralement dans la neige. J'entends son murmure :

— Ils sont là. Dépêchez-vous.

L'adrénaline afflue dans mes veines tel un courant chaud, me coupant le souffle. Ainsi Elias avait raison : avec Mathias, nous n'avons aucune chance, nous serons pris dans la traque. Nous aurions dû partir hier soir lorsqu'il était encore temps, ou que nous le croyions. Au lieu de cela, j'ai voulu dormir, comme si nous étions à l'abri, comme si nous ne craignions rien. Mais nous étions si fatigués. Jamais je n'aurais pu marcher plus loin.

Elias me pousse en avant et je me mets à courir. Mathias pose un doigt devant sa bouche, nous intimant un silence absolu, glissant dans la fin de la nuit pour nous montrer le chemin. Lui a pris son sac, et je me concentre sur le petit logo blanc à l'arrière, qui se reflète un peu, que je ne veux pas perdre. Très vite, nous ralentissons. Impossible de garder le rythme s'il faut tenir des heures. Impossible tout court. J'en ai les larmes aux yeux : cela ne finira donc jamais, ou mal, et chaque fois que je pense avoir un peu de répit, quelque chose nous tombe dessus, maudits que nous sommes, et l'espoir s'effrite, et s'étiole. Marche,

marche. Sans réfléchir. Notre cerveau est notre ennemi, et je regarde à nouveau le sac de Mathias, ne pas s'éloigner, il ne nous attendra pas.

Derrière nous, autour de nous, pas un bruit autre que celui que nous faisons en fuyant. La peur me tenaille toujours, bridant mes pensées, mais l'idée s'insinue en moi, et s'il n'y avait rien ? Si Mathias s'était trompé — ou s'il avait voulu avancer plus vite, s'il nous avait leurrés. Par réflexe, sans même m'en rendre compte, je ralentis. Essaie d'écouter. La main d'Elias dans mon dos. Je résiste. *Allez*, murmure-t-il.

— Elias.

— Va, Lou-Lou. Je t'en prie.

— Et si…

Mais je n'ai pas le temps de finir ma phrase, et un claquement nous fait bondir, juste à côté de nous, j'entends Mathias hurler :

— Ils tirent ! Courez !

Il passe près de nous, dévalant la pente abrupte : pas le temps de prendre le chemin, de mesurer le risque de nos glissades. *Courez ! Devant, droit devant !* Engoncés dans nos combinaisons, nous nous élançons autant que nous pouvons, électrisés et paniqués, les yeux écarquillés pour tenter de voir dans la pénombre, et le refus dans notre fuite tremblante. Nouveau claquement sifflant à nos oreilles. Nous ne nous arrêtons pas, nous n'hésitons pas. Ils nous tirent, bon Dieu, ils nous tirent comme des lapins ! Un peu plus loin, Elias mugit : *C'est pas nous ! On n'y est pour rien !!* — en vain, et derrière encore, plus vagues, des cris s'élèvent, ils sont combien, Mathias a dit, quatre ou cinq, furieux et affamés.

Courir. Je ne sens plus mon corps, je pourrais voler à cet instant, ou être morte. Des images, des terreurs se superposent dans ma tête, l'avalanche, la neige, les tueurs à nos trousses, tout ça pour un homme, pour un accident, nous sommes si loin du monde que je connais avec ses repères et ses lois rassurantes, courir ou marcher, je ne fais plus la différence, plus de jambes, plus de souffle, je ne vois plus le sac de Mathias devant moi, une silhouette noire un peu plus loin, c'est lui, l'effort que je fais pour le rattraper m'arrache une plainte.

Emmener six personnes dans cette chasse inhumaine. Comment a-t-il pu faire cela ? Prendre le risque que cela tourne aussi mal, parce qu'il en était déjà certain, qu'il y aurait des dégâts, et que peut-être, tous, nous y resterions. Mais il voulait tenter sa chance. Nous sommes les victimes collatérales de ce fou qui refuse de mourir. Je regrette que les hommes du vieux Carche ne l'aient pas attrapé tout de suite, coupant court à ce qui nous arrive à présent, car cette frontière nous ne l'atteindrons jamais, pas dans ces conditions, il faudrait que nous puissions courir une journée entière, des marathoniens, voilà ce que nous devrions être. Des marathoniens qui vont prendre une balle dans le dos.

J'entends mon souffle, et quelqu'un ahaner près de moi, je me retourne sans ralentir — le visage d'Elias dans la nuit. Nous n'échangeons même pas un regard mais je sens ce drôle de réconfort me chauffer le ventre, savoir qu'il est là, toujours, je voudrais rire, mes yeux me brûlent. Je lui prends la main, pour être sûre de ne pas le perdre. Mathias je l'ai lâché, incapable d'être à son rythme dans la nuit, même si des bruits m'alertent ici et là, que j'essaie de suivre sans savoir à qui ils appartiennent, gardant le faible espoir que l'on nous épargne si nous nous jetons dans la gueule du loup. Courir, marcher, courir. L'obscurité toujours. Nous entrons dans un bois de sapins et les ténèbres se font plus denses, je heurte un tronc, Elias m'écrase par-derrière. Me prend la main pour m'entraîner à nouveau, la tête me tourne, je me laisse guider, à moitié sonnée, trébuchant par moments. Une balle vient heurter le tronc d'un sapin sur notre gauche et nous bifurquons en criant et en glissant, trop essoufflés d'augmenter la cadence, un cauchemar, cela doit être un cauchemar. Courir. Mathias…

J'avance les bras tendus en avant pour éviter les arbres, trottinant à peine, encore et encore. Un bois dense, obscur, qui me repousse de tronc en tronc comme s'il se refermait pour m'empêcher de passer. Derrière moi, le murmure d'Elias : *Vite! Vite!* Ma gorge serrée. Les épines de sapin me giflent le visage et je cours les yeux à demi fermés malgré les lunettes, terrifiée par l'idée de m'empaler sur une branche. Être aveugle. Je me cogne encore, rebondis sur un arbre que je n'ai pas deviné, cherche une solution. Je ne vois plus Mathias devant moi. Ou alors, ici? Mais non, c'est un arbre. Là. Un autre. L'angoisse m'étreint, un sentiment de fuite inutile, la peur de me retrouver seule, et je me retourne pour vérifier qu'Elias est toujours avec moi.

— Qu'est-ce que tu fais? gronde-t-il.

— Elias…

— Avance! Mais avance!

Combien de temps, je n'ai plus de repères, que la grisaille qui pointe dans le ciel et au bout de la forêt, que l'espoir insensé que nos poursuivants se soient arrêtés pour se regrouper, qu'importe, une heure de plus à vivre me convient, juste une heure.

Je chancelle plus souvent, et mes mains se rattrapent à celles d'Elias, la fatigue m'aveugle. Je ne tiendrai plus longtemps. Mais derrière nous, plus rien, depuis un bon moment à présent. Je continue en silence, aussi loin que mes jambes me portent; Elias est tout près dans mon dos, j'entends son souffle. Je n'ai pas encore réellement pris conscience que nous sommes perdus tous les deux, sans nourriture et sans eau, sans tente. Seul le sentiment très éphémère d'être sauvée me porte. Déjà je me remémore cette fin de nuit, notre fuite éperdue une fois encore, le sentiment de revivre le même épisode en boucle. Je cherche le moment où je me suis séparée de Mathias — mais je serais bien en peine de retrouver le chemin, et de toute façon nous n'oserions jamais appeler. Et pourtant. Penser que nous sommes seuls, Elias et moi, dans ce bois et dans la neige, avec nos anoraks pour tout bagage, et sans aucune idée sur la direction à prendre, me glace.

Soudain Elias se jette sur moi, m'entraîne dans sa chute. Pas le temps de crier : je roule le long d'une pente, sa main plaquée contre ma bouche. Je voudrais demander ce qui se passe, mais il m'empêche et m'étouffe, jusqu'à ce que je puisse le repousser, hors d'haleine. Ses yeux dans les miens, cet ordre impératif : silence. Dans la fraction de seconde qui suit, des pas rapides se font entendre sur nos traces, quelqu'un nous suit sans un bruit. Je me recroqueville dans les bras d'Elias. Son regard sur moi, terrifié. *Rentre dans la terre*, je supplie mon corps, *creuse, creuse*. Qu'on ne voie plus rien. Qu'on n'entende rien. Même ma respiration me semble faire un vacarme assourdissant, cette respiration saccadée que je n'arrive pas à calmer et qui rend un bruit de gorge, et j'essaie d'aspirer un peu d'air, au bord de m'évanouir. Bouche ouverte — ce souffle rauque ! Elias referme ses bras autour de moi, m'enroule dans la neige. Son geste m'épouvante. Forcément visible, et pourtant la sensation d'être protégée me soulage aussi, et je me renfonce contre lui en tremblant. Pas un mot entre nous, pas un son autour de nous, à présent. Mais je ne veux pas tenter le moindre coup d'œil. Attendre. Des heures s'il le faut, pour être sûre, pour ne pas se faire surprendre. Elias doit penser la même chose car il ne bouge pas non plus. Bien nous en prend. D'un coup, les pas reviennent, feutrés, fouineurs. Tournent en rond sur un cercle terrible dont nous serions le centre, se rapprochant à chaque tour. Ma main serre celle d'Elias. Je voudrais lui dire que je l'aime, parce que je suis sûre que nous allons nous faire prendre ; que l'un de nous va mourir, ou même tous les deux. Lui dire avant. De la folie — et je me tais obstinément, refermant mes doigts sur son poignet pour lui faire comprendre, tandis qu'il appuie un peu plus encore son visage dans mon cou.

Pas remuer, pas un cheveu, pas un cil. Mon cœur bat à tout rompre. Quelque part près de nous, les pas s'arrêtent. Le souffle d'Elias contre ma joue, aussi suspendu que le mien.

J'égrène les secondes.

Sentir planer cette chose au-dessus de moi, et ne pas pouvoir me retourner. Et si je le faisais quand même, pour en finir ? Quitte à y laisser la vie. Au moins, que nous puissions nous défendre. Trop tard.

D'un coup, une main sur moi, énorme, puissante. J'ouvre la bouche sur un hurlement — et au dernier moment je m'étrangle, muette soudain, parce que je le vois.

Mathias.

*

Mécaniquement, j'ai dessiné dans la neige trois petits traits, et j'observe sans vraiment le voir Elias qui referme notre unique sac. Je repense au premier jour de la tempête, quand Étienne a été enseveli sous l'avalanche : ce matin-là je m'étais dit que la montagne avait eu sa part, qu'elle nous laisserait tranquilles. Comme j'étais loin du compte ! Aujourd'hui, quatre sur sept, un naufrage. Et plus encore : pourquoi cela s'arrêterait-il, puisqu'il en reste trois ?

Nous avons creusé un trou dans la neige pour passer la nuit, et nous regardons le jour se lever. Temps clair, enfin. Du gris et de la lumière. Nous nous sommes contentés de manger quelques raisins, trop heureux que Mathias ait eu le réflexe de prendre son paquetage avec nos derniers vivres.

— Pourquoi est-ce que tu nous as retrouvés, murmure Elias. Seul, tu avais plus de chances. Tu aurais pu continuer plus vite.

— C'est vrai. J'ai hésité, en fait. Mais quoi que vous en pensiez, je regrette de vous avoir entraînés dans cette histoire. Moi aussi je compte les morts, et je ne suis pas sûr que cela valait la peine. Je vous fais payer mon erreur au prix fort, plus personne ne peut sortir de ce qui est enclenché. Revenir vous chercher, c'était la moindre des choses.

Nous opinons en silence, rancuniers malgré nous, et nous ne démentons pas, n'apaisons pas les remords tardifs de Mathias. *Merci quand même*, chuchote Elias.

Attendre. Je meurs de froid et le vent arrive à s'engouffrer ici et là par l'entrée de notre abri, tourbillonnant comme s'il en humait l'ouverture. Notre terrier. Je pourrais m'y sentir presque bien, si je bouchais ce trou — mais Mathias a précisé que nous ne resterions pas longtemps, et j'ai trop peur que nous nous enfermions sous la neige, ressassant des souvenirs partiels de l'avalanche et de l'étouffement qui a failli me faire mourir. Les heures, les jours qui ont suivi, et les secours qui n'arriveront jamais, trop désorganisés dans ce pays sauvage et arriéré. *Et nous?* demande quelque chose qui s'insurge au fond de moi. *Est-ce que nous n'avons pas besoin d'eux, nous aussi?* Mais nous sommes quantité négligeable ici, pour eux, pour Mathias, pour Vigan. Je les déteste tous. Jamais je n'ai ressenti un tel abandon, une telle solitude. Une telle haine pour un lieu que je ne connais pas. Je parviens à articuler :

— Est-ce que tu as rappelé les secours pour leur dire où nous étions?

— Pas encore.

Elias intervient.

— Est-ce que tu peux le faire? Qu'au moins ils retrouvent nos corps.

La vision me fait frémir, donne une réalité morbide à notre situation. Jusqu'ici, j'ai toujours pensé à la mort comme quelque chose d'abstrait, même devant la faille béante à nos pieds, même en courant sous les balles de fusil. Qu'Elias en parle comme un fait inéluctable me gêne profondément. J'ai envie de lui dire que je ne suis pas d'accord : tant que nous sommes vivants, nous avons une chance. Mais si infime que je me tais. Si risible que je resserre mes épaules, anéantie, écrasée par cette affreuse perspective. Et à côté de moi, Mathias acquiesce, prend son portable avec précaution. Canal d'urgence. Après quelques dizaines de secondes, nous l'entendons à nouveau décliner son nom — Vigan —, celui de l'organisateur de la randonnée, donner des indications que nous ne comprenons pas sur notre position probable, d'autres sur notre état de santé et nos réserves de nourriture pour trois — oui, nous étions sept au départ, les autres sont morts, oui, nous en sommes certains. Un silence. Et puis il articule : *Je sais que c'est impossible en ce moment. Nous allons continuer vers le nord-est. Vers la frontière et le grand lac, là où ça se dégage. D'accord ?*

Je le dévisage, et puis Elias.

— On va y arriver, je dis.

Mathias ne réagit pas, le regard flottant. Repose le téléphone sur ses genoux. Elias me sourit sans joie, au prix d'un effort que je devine colossal. J'insiste.

— Mais si. On est trop près du but pour lâcher. Mathias, c'est quoi ce lac ?

— Oh. Immense. À deux pas de la frontière. Si on l'atteint, on est sortis d'affaire. Et l'hélicoptère des secours pourrait se poser au bord, c'est dégagé là-bas. Ça leur éviterait un sauvetage périlleux en montagne, ils n'y arriveront pas, avec ce temps.

— Ils vont venir nous chercher ?

— Ils attendent pour la météo. Apparemment une accalmie est prévue demain. En tout cas, ils savent où nous chercher.

Le visage d'Elias s'éclaircit, se fige aussitôt :

— Vraiment ? Ou c'est encore un de tes tours de passe-passe ?

— Promis, dit Mathias d'une voix lasse.

Il lui tend le téléphone.

— Vérifie par toi-même.

Mais Elias repousse sa main. *Je suis con, hein. Mais je vais te faire confiance.*

Mathias sourit faiblement.

— Oui, avec tout ce que je vous ai fait, il faut vraiment être con.

Je souris aussi. Les secours. Enfin.

La frontière. Comme si cela pouvait les arrêter.

Lou

Nous avons repris la marche et Mathias va d'un bon pas, profitant du ciel clair pour se repérer, nous montrant du doigt les dangers que nous ne devinons pas. En dehors du froid, je souffre moins qu'au début de notre périple : question d'habitude, ou de fatigue, et je n'ai plus la force de protester. Notre rythme se mécanise, j'ai parfois l'impression d'être dans une minuscule et lente armée de terre, une, deux, une, deux. Même mon cœur bat moins vite malgré l'effort, et je ne sais pas si je dois m'en féliciter ou m'en alarmer. Sans sac, nous avançons mieux Elias et moi. Seuls les vertiges me rappellent que tout ne va pas bien, sans quoi je pourrais croire que nous terminons simplement une balade un peu rude. Mais non : nous allons à la mort. Mathias nous a certifié qu'il prendrait de biais pour éviter le chemin sur lequel les hommes du vieux Carche nous poursuivent sans doute, et nous oscillons entre la mort brutale, par confrontation avec eux, et la mort amère, de faim et de froid. Finalement c'est celle-là que je préfère, s'il faut choisir. Mais les événements décideront pour nous une fois de plus.

Vers midi, nous faisons une pause. Le brouillard s'est levé et obstrue le paysage mais nous avons confiance. Mathias a pu s'orienter ce matin, confirmer notre direction avec la boussole, et s'il est certain d'une seule chose c'est celle-là : nous avançons dans le bon sens. Le problème, c'est que nous n'y allons pas seuls, et nous sommes réduits au silence le plus total, nous tapant sur l'épaule les uns des autres si nous voulons dire quelques mots à voix basse. Fort heureusement, nous économisons aussi nos paroles. Notre petit groupe est d'une tristesse infinie.

Trois, comme la Sainte Trinité ou les Parques, et je me demande si notre destinée est elle aussi gravée dans le fer et l'airain. Unis et distincts à la fois, courant vers un même but, circonstances obligent, mais prêts à s'entre-dévorer s'il le fallait pour survivre. Encore une journée, et pour ma part je n'en aurai même plus la force.

Mathias prend le réchaud dans son sac, exigeant de faire un thé chaud pour accompagner nos raisins. Je regarde notre maigre pitance, le ventre gargouillant déjà. Comment meurt-on de faim ? Au fond, je n'en ai pas idée. Je viens d'un pays où cela n'existe pas. Mais puisque je ne suis plus à cela près, je pose la question. Elias me dévisage avec des yeux ronds.

— Pourquoi tu dis ça ? C'est idiot.

— Ce n'est pas idiot, c'est ce qui risque de nous arriver. Je voulais savoir comment ça ferait.

— Peut-être qu'on se mangera les uns les autres, hasarde Mathias avec un pâle sourire.

Je renchéris : *Et qu'on commencera par le plus désagréable.* Il lève une main. *Moi, je suis hors concours.* Elias nous regarde avec réprobation, mon Elias si raisonnable, si posé, que mes écarts effrayent parfois. Que je puisse plaisanter à l'heure où des types armés nous encerclent ou presque, cela le dépasse. Mais ma conscience s'évapore lentement, se fond dans l'air froid et humide, et la réalité ne m'importe plus guère. Je flotte dans le brouillard, aspirant des perles d'eau qui me bouchent la gorge peu à peu. Une petite toux. Je reviens à moi.

— Désolée, je dis.

Mathias s'éloigne de nous. *J'irai après*, murmure Elias. Moi je retiens un frisson : dire qu'il faut que je me retrouve les fesses à l'air par ce vent glacial ! Rien que défaire ma ceinture demande des efforts insupportables à mes doigts gelés. Je reprends une gorgée de thé en maugréant sur le sort des femmes. Elias sourit, je le vois du coin de l'œil, et je lui donne un coup de coude.

Soudain le cri de Mathias nous irradie. Premier réflexe, Elias crache une insulte : *Le con !*, à cause du bruit. Nous nous précipitons dans la direction qu'il a prise, juste derrière une grosse bosse de neige. En haut, Elias m'arrête brutalement. Devant nous, personne. Le vide. Je suis sûre que nous avons tous les deux la même pensée : Mathias nous a plantés. La seconde d'après, je rectifie. Non, il a laissé le sac. Impossible. Et puis il y a eu le cri. Je regarde peureusement autour de nous, redoutant de découvrir les silhouettes, humaines ou monstrueuses, qui l'auraient fait disparaître. Avance avec précaution, la main tendue vers Elias, et nous balayons le paysage chacun de notre côté. Nous ne voulons pas appeler. Au fond, je me dis que c'est peut-être notre dernière chance : admettre que Mathias a été pris, et qu'on nous offre la possibilité de filer. Le silence en échange. Quelque chose me dérange.

Plus loin sur le sol, une ombre, curieusement longue. Je saisis la manche d'Elias, je lui montre du menton. L'un derrière l'autre, nous nous approchons avec la lenteur de ceux qui pensent que le diable va surgir de dessous la neige. Mais non. En revanche, ce que nous voyons nous stoppe net.

Une crevasse.

Je retiens Elias qui se précipite. *Attends. Et si ça s'effondrait ?* Il finit par ramper jusqu'au bord ; je lui tiens les pieds, consciente que, si tout glisse, je ne pourrai pas le retenir. Un terrible malaise me vrille le ventre.

— Viens voir, appelle Elias.

Je le rejoins de mauvaise grâce, arc-boutée sur mes bras, prête à me rejeter en arrière. Un coup d'œil effrayé dans la faille. Mathias est coincé une quinzaine de mètres plus bas. Quand Elias siffle pour l'appeler — le plus bas possible —, il lève lentement la tête. Pas un mot. Choqué.

— Vivant, me dit Elias.

Et bloqué par la vitesse de sa chute entre les parois rocheuses, serré par la montagne dans une étreinte que j'imagine effrayante. Peut-être les côtes cassées, la cage thoracique écrasée, ou les jambes, nous ne pouvons que faire des hypothèses car il ne dit rien, le front appuyé contre la glace. Elias est comme moi, figé, indécis. Jamais je ne l'ai vu si démuni. Il murmure :

— Et maintenant ?

— Maintenant ?

Il ferme les yeux. N'ose pas me regarder vraiment pour dire ce qu'il a en tête, d'une voix à peine audible.

— Et si on le laissait.

Je chuchote effarée, car je n'ai que trop bien compris : *Quoi ?* Il s'effondre à genoux.

— Lou, j'en peux plus. Toi non plus, je sais bien. Mais je suis au bout. J'arrive pas à réfléchir. Je ne sais pas ce qu'il faut faire.

Pour la première fois, je vois Elias pleurer. Quelque chose s'écroule à l'intérieur de moi et je me précipite, l'enveloppe de mes bras. Mon visage dans son cou, et je le berce en essayant de le consoler, lui murmurant les mots que je voudrais entendre, moi, si j'étais à sa place à ce moment-là. Qu'on est dans la dernière ligne droite et qu'il ne faut pas lâcher. À deux doigts de s'en sortir. Tu te souviens, Elias, notre vie, comme elle est bien ? Ce n'est pas si loin quand même. La retrouver. Oublier ce que nous aurons vécu ici, et redevenir joyeux. On ne repartira jamais faire ce genre de conneries. Promets-le-moi. J'entends son tout petit sourire. *Je promets.* Voilà, ça, je te le ressortirai chaque fois qu'avec ta mauvaise mémoire tu voudras qu'on fasse un nouveau voyage. Embrasse-moi, Elias. Prends-moi dans tes bras.

Nous restons un long moment enlacés. Je voudrais lui transmettre un peu de mon énergie à survivre — pour une fois que c'est lui qui flanche. Mais seuls nos visages glacés se sourient, et je finis par me reculer tant le contact de sa barbe naissante me brûle la joue. Et puis la pensée, toujours là. Mathias.

— Qu'est-ce qu'on fait ? dit à nouveau Elias.

— On va essayer de le sortir de là.

— Lou, tu as conscience que, pendant ce temps, on n'avance pas. On est des cibles idéales, tous les deux.

— Je sais. Mais je n'ai pas mieux à proposer. Tu as une autre idée ?

Elias pousse un long soupir épuisé. *Non. Non, je n'ai pas mieux. Je ne sais plus. Je ne sais même pas comment on peut faire.*

— On va déjà voir s'il nous répond.

Nous revenons à la crevasse.

— Mathias, je chuchote d'en haut.

Son regard sur moi — du moins je le suppose, car il a bougé la tête, mais je ne distingue aucun de ses traits. Je reprends : *Comment ça va ?*

— Ça a déjà été mieux.

Sa voix est essoufflée, feutrée.

— Est-ce que tu peux te dégager ?

— Non. Je suis coincé. Et ça commence à faire mal.

— Tu penses que tu t'es cassé quelque chose ?

— Impossible de savoir. J'ai pas l'impression mais je peux pas bouger. Tout juste respirer.

— Qu'est-ce qu'on peut faire ?

— Aucune idée…

Le désespoir dans sa voix, il laisse aller, rend les armes. Alerte.

Je regarde Elias, quémandant de l'aide, une inspiration subite. Personne. Elias n'est plus là.

Non !

Je me retourne d'un coup, la bouche ouverte sur un cri qui ne veut pas sortir. Elias. Un œil sur la faille, mais elle file droit et c'est impossible qu'il ait glissé là à son tour. La forêt. Là-bas, un mouvement. Je me redresse. C'est lui, forcément c'est lui. Qui s'enfuit ? Je fais quelques pas rapides, dépassée par les événements. Elias.

Il traîne quelque chose derrière lui. Une énorme branche. Il vient vers moi. Le soulagement me submerge et je me laisse tomber dans la neige, en larmes jusqu'à ce qu'il me rejoigne sans lâcher sa branche, je pense, comme un écureuil avec une noix. Quelle idiote je fais, à penser qu'il m'abandonnerait, quelle abrutie ! S'il savait — ce manque de confiance, mais ce n'est pas ça, c'est simplement la faiblesse, l'émotion, le corps et la tête qui n'en peuvent plus.

— Lou, dit-il en me serrant dans ses bras.

— J'ai cru que tu étais parti.

— Comment tu as pu imaginer ça ? Tu sais bien que je ne te laisserai jamais. Allez. Faut pas craquer maintenant.

Je ris entre deux sanglots.

— Chacun son tour, hein.

— Regarde. On va mettre cette branche en travers sur la crevasse et je vais descendre chercher ton faux guide de merde. D'accord ?

Un petit sourire. Je ne dis rien, je le suis. Il attache une sangle, un cliquet là où le bois semble le plus solide, passe la corde dedans, qu'il a prise dans le sac. Un peu en retrait, il enfonce dans le sol un piquet en fer autour duquel il enroule la corde, par sécurité. Je ne vois pas comment je pourrai gérer son poids et l'angoisse me fait trembler. Nous faisons basculer la branche cependant, presque un tronc, comme un pont traversant la faille. Et nous observons. Au premier coup d'œil j'ai compris qu'Elias ne pourrait pas descendre. Trop étroit. Il n'aura aucune liberté dans ses gestes, il a beau être mince, il y a sa taille, son amplitude. Je le regarde. Il secoue la tête.

— Je sais, Lou. Je ne te le demande pas.

Le nez par terre. J'ai honte. Ma claustrophobie, Elias la connaît si bien. Je rumine l'image de la crevasse. Le trou sans fond, noyé dans les ténèbres. Un frisson.

— Je vais y aller, je murmure.

— Non. Écoute, Lou, même un ascenseur, tu n'y arrives pas. Tu ne peux pas descendre là-dedans.

— On n'a pas le choix. Je vais me débrouiller.

Il m'attrape par les épaules.

— C'est dangereux. Si tu perds tes moyens, vous êtes morts tous les deux. Je ne veux pas que ça finisse comme ça.

Je lui souris, bravache. Complètement flippée à l'intérieur.

— Qui est-ce qui grimpe aux arbres toute la journée, hein ? Toi ou moi ?

Elias regarde la crevasse, me regarde. Ses traits sont tirés.

— Lou, je sais que tu crèves de peur. Je le sens. Ce n'est pas une bonne idée.

— Aide-moi.

Il me retient par le bras, m'attire à lui brutalement.

— Je ne veux pas que tu sois la cinquième. Tu m'entends ?

— Ça va aller. Je te le promets.

Mais une fois que j'ai passé le cliquet dans la boucle de mon harnais, je n'en suis plus si sûre. Elias tient la corde, ne lâche aucun lest, et pourtant je suis encore en haut avec lui. Il s'en faut de peu que je lui dise : *D'accord. Je laisse tomber. Tu as raison, je n'y arriverai pas.* La phrase tourne dans ma tête, insidieuse, tentante. Mon cœur bat trop vite. Alors je me secoue.

— J'y vais.

Elias sursaute, ouvre la bouche pour dire quelque chose et se ravise. Il hoche la tête, et je devine l'angoisse dans son regard — peut-être le mien est-il pareil car je donne assez mal le change en général. Je me force à sourire une nouvelle fois.

— Taïaut, je dis.

Vingt secondes plus tard, il m'a fait glisser au bord de la crevasse, évitant mon regard pour ne pas lire la peur qui m'envahit ; juste sa main sur ma tête pour m'encourager, et son murmure, *Je sais que tu vas réussir. Tu es une fille exceptionnelle.* Je me retrouve les jambes balançant dans le vide, engloutie dans une opacité effrayante, cherchant désespérément des points d'appui sur la roche et la glace. D'un coup, l'enserrement et l'obscurité me font chanceler. Il me faut à peu près une minute pour calmer ma respiration. Je ne veux plus descendre, paniquée par les ténèbres en dessous de moi, et je reste agrippée à la corde sans bouger, tournant lentement sur moi-même, ivre de peur. *Ça va aller*, chuchote Elias — mais rien ne me rassure, et la colère monte au fond de moi, s'évapore à nouveau, chassée par la terreur. Rentrer dans la gueule de la montagne, la sentir frôler mes épaules et mes bras, me humer, me lécher les jambes. Il me faut un effort surhumain pour oser enfin faire un geste. Me souvenir des mouvements que je fais chaque jour au travail lorsque, une tronçonneuse à la main, je monte élaguer les arbres. Je tente de me convaincre que ce n'est pas différent, j'efface de mon regard les parois de la crevasse, le noir, la glace ; j'implante des branches et des feuilles. Ton pied à gauche. Je bloque mon talon contre une aspérité. Deux points d'appui au minimum, sinon tu ne lâches rien. Ma main cherche un caillou, un trou, une prise. Voilà. Les tempes mouillées de sueur, j'expire lentement, donne une secousse à la corde. Alors Elias me fait glisser très lentement, pour ne pas me brusquer, et pour que le bord de la faille ne s'effrite pas. Lorsque j'arrive à la hauteur de Mathias, celui-ci me sourit avec difficulté. *T'es dingue.* Je regarde autour de moi en réprimant un hoquet. Les parois de glace au-dessus de nous ont les reflets bleutés des abysses ; en dessous, c'est le noir, l'inconnu. Je tends les bras pour assurer ma position en essayant d'échapper à cette sensation oppressante, mais je sens la terreur qui me gagne. Mes oreilles bourdonnent, sifflent, se plaignent. La crevasse court sur des dizaines de mètres. Trop étroite cependant pour que je descende davantage — et puis je ne le pourrais pas, j'ai trop peur qu'elle se referme sur moi, comme la gueule d'un requin, comme si elle le pouvait. Ma respiration devient saccadée, gênée par le froid, par l'absence d'odeur. Par le vide. J'entends une voix — la mienne, que je ne reconnais pas, déformée par l'écho immédiat sur les parois — demander en tremblant :

— Comment on fait maintenant ?

— Je sais pas. Je suis serré là-dedans à en crever, je ne peux rien faire pour t'aider, c'est mal barré, hein petite.

Je réfléchis rapidement.

— Je peux creuser la paroi au piolet pour me faire des appuis, ou tout va craquer ?

— Tu peux. Va par petits coups, pour être sûre.

Je m'exécute. La sueur me coule dans le dos et dans le cou et, chaque fois que quelques morceaux de glace dégringolent, j'ai l'impression que la faille se recroqueville sur nous. Au bout de quelques minutes, j'ai dégagé plusieurs petits espaces. Je me cale à côté de Mathias et je défais la corde de mon harnais.

— Qu'est-ce que tu fabriques ? demande-t-il.

Pour toute réponse, je passe la longe sous ses bras, la verrouille sur son torse avec un cliquet. Pas le choix : plus bas, Mathias est coincé. Impossible de trouver la boucle de son harnais.

— Lou.

Je le regarde, je ne le laisse pas parler. *Je sais pas si ça va marcher, et si Elias aura la force de te décoincer de là. Mais je vois pas d'autre solution. T'inquiète pas pour moi, je suis calée dans les parois. Je vais pas bouger jusqu'à ce que tu me renvoies la corde. J'ai trop peur. Tu sais, je suis pas une aventurière. Je suis pas fière, là.*

Je tire un coup sur le cordeau, qui se tend d'en haut. Au début, rien ne se passe, et nous entendons la voix d'Elias qui pense que nous sommes accrochés tous les deux, qui nous dit : *C'est trop lourd.* Mais, peu à peu, Mathias se dégage au prix de contorsions sans doute terriblement douloureuses — je vois les larmes perler à ses yeux, ses tentatives pour étouffer ses gémissements. Elias ne lâche pas, nous encourage. *On a gagné cinq centimètres. Dix. Ça vient !* Dès qu'il le peut, ayant gagné de la largeur, Mathias s'aide des jambes, des bras, s'immobilise en se bloquant les pieds dans les aspérités, demandant à Elias de patienter quelques secondes. Reprendre son souffle. Calmer la souffrance qui ne veut pas s'arrêter — je suis presque sûre qu'il a des fractures, la violence de la glissade, la chute que seul l'étau de la roche a stoppée. Vingt, trente secondes. Là-haut, Elias s'inquiète. Mathias me fait un signe de tête, comme pour dire que tout va bien. Il ne me quitte pas des yeux.

— Dès que je suis sorti de là, je te relance la corde. Je sais que tu as peur ; il ne faut pas. Compte jusqu'à cent, lentement. Je te jure qu'avant que tu ne termines, tu seras accrochée à ton tour. Cent, ce n'est pas long. Fais-moi confiance. Compte. Vas-y.

Je commence avec docilité, un, deux, trois… À quatre, Mathias commence à monter, et je sais que je vais être seule au fond de la crevasse. Je me concentre sur les chiffres, sur le rythme de mon élocution, il a dit pas trop vite, pas trop vite, bon sang, tu triches sinon, j'ai la tête renversée en arrière et le regard rivé à Mathias, et Mathias s'éloigne toujours, et je reste là dans la crevasse, toute seule, paniquée. Les jambes tétanisées, collées aux parois. Les mains griffant la glace en vain à travers les gants, comme si je pouvais m'y ancrer. J'ai l'impression que la montagne s'ouvre et que bientôt je serai obligée de lâcher, écartelée, et que je tomberai, bien plus loin et bien plus profond que Mathias, dans les entrailles de la terre, où personne ne pourra venir me chercher, où aucune corde ne sera assez longue. Le cœur du monde, et je verrai les roches en fusion, j'étoufferai sous les effluves de soufre, mes mains se détachant l'une après l'autre de mon dernier refuge, un promontoire enrobé d'une huile visqueuse, dont je glisserai inéluctablement.

Vertige. L'adrénaline me secoue brutalement et je me raidis encore, persuadée d'avoir bougé, de perdre mes appuis — mais non. Je fixe mon regard sur la paroi devant moi, sourcils froncés pour échapper à l'étourdissement, le cœur emballé comme si j'étais déjà prise dans les glaces et qu'il ne me reste qu'à attendre que mon souffle ralentisse, puis s'arrête, spectatrice impuissante du jeu d'une nature trop forte. Un instant je crois que je vais crier, mais seul un sanglot s'arrache à ma gorge, et j'arrive à soixante et onze, soixante-douze, et rien ne se passe, peut-être ai-je compté trop vite à cause de la peur, soixante-quinze, et si Mathias avait blessé Elias et s'était enfui ?

Est-ce que l'air est rare quinze mètres au fond d'une crevasse ? Je ne peux plus respirer. Ou alors, c'est que mon cœur est en train de s'arrêter. Stop. De l'angoisse, rien que de l'angoisse, mais je suis incapable de me raisonner, et pourtant je sais que c'est en cédant à la panique que l'on fait ces erreurs irrattrapables, en dessous de moi la faille se prolonge de plusieurs dizaines de mètres, une lumière bleutée, puis très vite, noire, les ténèbres, il me semble que je descends dans le cratère, mes bras s'engourdissent, lâchent peu à peu, pas moi, non, pas moi.

Quatre-vingt-neuf. La corde me gifle le visage en tombant près de moi.

Lou

Elias m'a sortie de la crevasse et nous sommes partis aussitôt, ignorant mes tremblements impossibles à arrêter, et la souffrance de Mathias qui a serré autour de sa poitrine une bande piochée dans la pharmacie, pour soutenir son torse douloureux.

— Rien de grave, il a dit après s'être palpé quelques minutes. Mais, ouh… au moins une côte cassée, je parie.

Il a pris deux cachets et nous sommes partis, lui et moi en titubant. Je ne sais pas comment il fait pour supporter la marche dans son état. Moi aussi, je me suis cassé une côte il y a deux ans, en tombant du camion qui livrait des arbustes. Après, pendant quinze jours, même respirer était insupportable. Mais s'essouffler à parcourir la montagne ! Impensable. À se rouler par terre de douleur. Ce type est une brute — au fond, je ne peux m'empêcher de l'admirer. Bien sûr, nous avons réduit la cadence. Peu à peu, le paysage devient moins hostile. Des arbres parsèment notre chemin, signe que nous descendons toujours, et même si nous nous débattons encore dans la poudreuse, la progression m'est moins pénible. Question de moral, sans doute : je me dis que nous nous rapprochons du lac. Il est dans mon esprit comme un refuge, le symbole de notre sauvetage, de la fin de cette terrible randonnée. Cela me donne un but. Le lac et rien d'autre. Et puis le temps s'améliore et cela fait plusieurs heures qu'il n'a pas neigé. J'y vois à plus de trois mètres devant moi. Sans le froid — le vent ne tombe jamais vraiment, ici —, j'aurais presque le sourire.

Alors nous marchons une heure, une heure et demie, nous éloignant sans autre idée que de mettre de la distance entre les hommes de Carche et nous. Et puis, au creux d'un rocher, Mathias s'arrête, courbé en deux, boitant bas.

— Il faut que je me repose, il a dit. Ça nous fera pas de mal, à tous les trois.

Nous nous asseyons et Elias prépare des pâtes sur les dernières flammes du réchaud — Mathias nous l'a fait économiser jusque-là mais nous n'en pouvons plus. Il jette des raisins dedans pour donner du goût, du sucre, des forces, il dit qu'on s'en fout si ce n'est pas bon, c'est juste utilitaire, juste pour avoir le cran de repartir ensuite. Mathias hoche la tête.

— Ce sont les dernières, dit Elias — et je mets quelques secondes à comprendre qu'il parle des pâtes.

Mathias est assis immobile, les traits tirés.

— Si on marche correctement, demain midi au plus tard, on sera au lac. Il faut qu'on garde bien ça à l'esprit : demain midi. On est à ça — il montre un tout petit intervalle entre son pouce et son index. Mais ce soir, on risque de se faire un buffet raisins secs.

J'en peux plus des raisins. Déjà en temps normal, quand ils parsèment une salade, je les pousse sur le bord de mon assiette. Elias me les chipe ensuite. Là, j'en mange depuis cinq jours, et j'ai beau me répéter que cela me permet de survivre, j'ai beau finir par avoir faim de temps en temps, rien que de voir les sachets plastique me donne la nausée. Manger des raisins secs : dans notre situation, c'est peu de chose. Mais c'est aussi le moment où j'ai la sensation de ne plus rien supporter, la moindre contrariété, la moindre fatigue supplémentaire. Je soupire sans rien dire. Bouffe ces raisins et tais-toi.

Mathias s'est allongé dans la neige et j'ai fait pareil, la tête posée sur les genoux d'Elias qui a enlevé doucement mon bonnet et a caressé mes cheveux sales, collés par la sueur, et cela ne le gêne pas, et je crois que je m'endors en ronronnant comme un petit chat, lovée contre lui, anéantie.

Quand j'étais môme, je faisais souvent semblant de dormir en attendant les adultes, parents et amis, à la fin d'un dîner, ou même d'un déjeuner trop copieux, ou après une longue promenade le long des plages de Vendée où nous passions les vacances. Je faisais semblant et j'écoutais de quoi ils parlaient, j'apprenais des milliers de choses. Les histoires de famille, les problèmes au boulot, la vie politique. La dernière recette trop géniale du tiramisu. C'est de cette façon que j'ai su que tante Mou — que nous appelions ainsi sans savoir pourquoi, rapport à un diminutif de sa propre enfance — divorçait, que l'oncle Alain avait le cancer. Qu'au ministère, ce n'était plus comme avant, et que l'on débauchait à l'usine de textiles. Que le père Noël n'existait pas, puisque les grands commentaient les cadeaux qu'ils mettraient quelques mois plus tard sous le sapin. Les conversations mêlées me berçaient, je finissais par m'endormir pour de bon.

La voix de Mathias me tire à grand-peine du sommeil, et pourtant ce n'est pas à moi qu'il adresse ce long murmure, mais à Elias. Depuis les limbes dans lesquelles je me démène, je perçois quelques mots, indifférente tout d'abord, puis surprise, puis troublée : je relève un peu la tête. Mathias me voit, ouvre les bras en signe d'excuse, comme si j'avais entendu ce qu'il vient de chuchoter si bas.

— Ne t'inquiète pas, me souffle Elias.

— Mais de quoi vous parlez ?

Ils se regardent. C'est Elias qui reprend avec lenteur.

— Demain, en arrivant au lac, on se séparera. Mathias nous expliquera où aller. Lui, il fait un détour, tu comprends. On sera à deux heures de marche d'un village. Voilà. Le bout du voyage.

Dans le tout petit tremblement de sa gorge à la fin de la phrase, je sens qu'il a peur lui aussi, et qu'il y croit à peine, comme moi qui viens de me redresser, le cœur battant.

— Nous laisser ? Non mais... on n'y arrivera jamais ! On ne connaît rien ! Regarde, y a que du blanc ici, un désert blanc, comment veux-tu qu'on se débrouille ?

Mathias grimace en me posant une main sur le bras.

— Je vous montrerai le chemin. On va arriver dans des endroits dégagés, vous ne pourrez pas vous tromper. Vous aurez un repère.

— Mais on pourrait le faire ensemble !

— Lou, tu imagines bien qu'ils vont m'attendre dans tous les endroits logiques.

— Pas forcément, s'ils sont derrière nous.

— Derrière, devant, autour, ils sont partout. Je ne les ai jamais vus abandonner. Vous aurez plus de chances de vous en sortir si je ne suis plus avec vous ; et puis des touristes, ici, on ne veut pas d'ennuis avec, il y en a si peu. Vous allez vous en sortir.

— Même... je ne veux pas qu'on fasse ça.

— Écoute...

— Non !

Mathias se recule légèrement. Je reconnais le petit rictus contrarié au coin de sa bouche, celui qu'il a déjà eu quand j'ai refusé qu'il s'en aille en nous laissant avec Arielle.

— D'accord, alors je te propose autre chose : vous venez avec moi. Deux jours de plus. Rien à manger, qu'un reste de raisins, sauf si la cabane que nous pourrions atteindre ce soir a quelques réserves. Une bonne cadence, sinon deux jours ne suffiront pas. Et...

Il s'interrompt, regardant le ciel.

— Bon Dieu, lâche Elias avec un grondement.

Il neige à nouveau.

Mais ce n'est pas cela qui retient mon attention et je fronce les sourcils, demande : *Une cabane ?? Tu ne nous en as pas parlé…*

— On ne se fait pas de fausses joies, hein. Il y a longtemps, il y en avait une pas loin du lac. Avec un peu de chance elle y est toujours.

Elias tique.

— Avec un peu de chance.

Mathias a un sourire tordu.

— Je préfère ne pas m'avancer, oui ; on verra bien. Si on la trouve et qu'il y a de quoi manger, on se fait un festin avant de se quitter.

Je me renfrogne à nouveau — je m'en fous, de son festin — et il passe son gant sur ma joue, doucement pour ne pas m'égratigner :

— Tu sais bien que c'est le mieux. Déjà, vous m'avez tiré de la crevasse. Rien ne vous y obligeait. Si je suis ici, c'est grâce à vous, et à toi qui es descendue malgré ta peur. Je ne vous ai même pas remerciés, je n'ai pas la façon de faire ; mais voilà, je vous le dis. Vous m'avez sauvé la vie. Je pense que personne n'a jamais fait quelque chose d'aussi important pour moi.

Je proteste, pour la forme.

— Tu nous as sauvés plusieurs fois pendant cette horrible randonnée. Même si c'est toi aussi qui nous as mis dedans.

Il me regarde avec son air en coin, saisit bien l'amertume de ma remarque.

— De toute façon, nos chemins se séparent. C'est obligé. Je ne vais pas vous dire que je vous donnerai des nouvelles, ce n'est pas mon genre… et puis avant tout, il faut qu'on s'en tire. Ce n'est toujours pas gagné. Pas le moment de se déconcentrer ou de devenir sentimental.

Il me sourit.

— Hein, petite ?

Je lui rends son sourire. *Misère*, je murmure avec un soupir.

— Misère, oui, répète-t-il. Tu peux le dire.

Nous nous levons pour repartir. Le réchaud auquel nous tentions de réchauffer nos mains s'est éteint, nous le laissons là. Peut-être que, dans deux mille ans, des archéologues se demanderont ce qui s'est passé dans cette montagne, et qui pouvait y vivre dans des conditions aussi grossières. S'ils savaient. Je secoue mon bonnet plein de neige et éternue. Temps de chien. Glacé, humide. J'ai l'impression d'être rongée par l'arthrose tant j'ai mal partout, et je ne suis bien ni debout, ni assise, ni allongée. Recroquevillée jusqu'au bout des doigts, jusqu'au cœur. Et à nouveau il faut marcher. Deux heures de jour devant nous.

— Il faut qu'on avance, dit Mathias.

Il roule sur le côté gauche — le bon côté — et prend le bras que lui tend Elias pour se relever en grimaçant. J'entends son souffle. *Merci.* Il ajoute :

— Est-ce que vous êtes capables de tenir un bon rythme ? Faut pas qu'on traîne.

Elias me jette un coup d'œil.

— Oui, nous, oui, je pense. Mais toi…

— Ça ira.

Mais sa réponse ne me convainc pas. Il n'a pas voulu répondre à nos questions sur sa fatigue et son état, marmonnant quelques mots inaudibles. Le durcissement de son visage quand il a fallu se mettre debout, faire violence à nos corps de verre, à la souffrance qui se répand dans nos veines. Un dur. Un damné — et le mot, qui m'est venu spontanément, me fait frémir. Les premiers pas, il les arrache à sa chair, boiteux, recourbé sur son torse douloureux. Et puis il prend le dessus. La cadence augmente, se mécanise, et je dois faire un effort pour le suivre. Quand il se retourne pour vérifier que nous sommes bien là derrière lui, je devine la sueur sur ses tempes.

La neige me gifle et me recouvre, tourbillonnant à mes oreilles comme si elle ne s'était jamais arrêtée. Mais je ne proteste pas : elle efface nos traces, recouvre nos passages. Qui sait où sont les autres, les affreux, les salauds ? J'avance avec la crainte de tomber sur eux au détour d'un bois de sapins ou au creux d'un sentier.

Deux heures. Je guette la lueur du ciel, mais les averses ininterrompues de neige et de glace m'empêchent de deviner le temps écoulé. Si ce n'était que moi, je décréterais déjà que la nuit tombe ; bien sûr que je mens. Nous nous sommes surévalués Elias et moi, deux heures, la belle affaire, deux heures pour couper de biais avec en ligne de mire la nuit dans une cabane inespérée, nous y croyions, nous le voulions. Mais nos corps fourbus rechignent. Mathias prend de l'avance malgré ses blessures, acharné, régulier, tordu dans une posture qui doit le soulager quelque peu. Je me relaie avec Elias et nous alternons pour marcher l'un devant l'autre, tels des cyclistes s'emmenant à tour de rôle en tête du peloton, limitant notre horizon au dos de l'autre, et nos pensées à la nécessité de ne pas perdre de vue cet étrange guide. Pour ma part, la terreur de rester seule en arrière me fait encore courir ; mais je m'épuise, et la tentation de me laisser glisser dans la neige me taraude. Cela pourrait être si facile : mourir de fatigue. Le cœur qui s'arrête. Tomber par terre sans se faire mal, déjà au-delà de tout, s'endormir tout simplement.

Parfois j'ai l'impression que le ciel derrière la neige prend une teinte jaune, orange, rose. Hallucination. J'ai posé la question à Elias. Gris, gris et gris, répond-il. Pas de lumière. Dans ce monde morose, mon cerveau recrée les couleurs. J'essaie d'imaginer une mer turquoise, le soleil. Trop difficile. L'odeur aussi : comment un paysage aussi beau pourrait-il puer autant ? J'ouvre la fermeture de mon anorak, quelques centimètres, pour donner de l'air à mon corps qui ne s'est pas déshabillé depuis cinq jours, marinant dans la sueur et les aigreurs de l'angoisse. Les effluves me font éternuer malgré le froid qui les saisit. Ignoble. Le sentiment de poisser tant et plus, et que mon tee-shirt est devenu une seconde peau, collé à elle, entré en elle. Quelques souvenirs de l'odeur dérangeante des clochards en bas de chez nous, quand nous rentrions tard l'été dernier. Les pétitions des habitants de l'immeuble avaient fini par faire bouger les flics ; les vieux duvets, les cartons, tout cela avait déménagé deux rues derrière. Bon sang, il ne m'a fallu que cinq jours pour leur ressembler. Ôtant mon bonnet, le nez retroussé de dégoût, je passe une main dans mes cheveux qui résistent par plaques. Remonte la fermeture éclair jusqu'à mon menton, déjà transie. L'odeur s'estompe. Il reste un parfum âcre au bout de mes doigts, et je remets mes gants très vite. Absorbée par ces drôles de pensées, je me cogne contre Elias qui s'est immobilisé. Je ne m'en suis pas rendu compte.

— Oups, je m'excuse.

Mathias est juste devant nous.

Et à deux cents mètres, trouant par miracle les nuages de neige, une cabane. Debout, entière. Celle que nous espérions.

*

Pour parcourir ces deux cents mètres, nous mettons presque une heure. Non que le chemin soit difficile : mais Mathias nous interdit de bouger. Assis sur un monticule glacé, il regarde.

Et si les hommes de Carche planquaient derrière.

Tels de petits bonshommes de neige plantés là, nous attendons. Nos silhouettes ressemblent à des arbres chétifs. Nous pourrions prendre racine ; l'épaisseur de la glace nous en empêche. J'ai froid. J'insiste dans un murmure. *Mathias* — et son bras levé pour me faire taire.

Enfin nous avançons. À pas de loup, le cœur battant et les jambes traînantes. La nuit est presque tombée maintenant. Mathias pose le premier une main sur la porte de la cabane, nous le regardons comme s'il allait faire un miracle.

Verrouillée.

Une minuscule cabane de vingt mètres carrés, un abri à bois grand comme un carton, et c'est fermé ! Mathias passe son gant sur la petite fenêtre sans volet, cherche à voir à l'intérieur. Demande à Elias d'essayer de forcer la porte — lui en est incapable, avec ses blessures. Trois, quatre essais, et Elias met toutes ses forces dans les coups de pied qu'il envoie sur la poignée : impossible. Je remarque le regard navré de Mathias qui lui dit d'abandonner. Il se penche à grand-peine, dit : *Tant pis.* Une bûche. Il suffit d'un coup pour que la vitre vole en éclats.

J'observe le spectacle, stupéfaite.

— Mais comment on va faire ? Il va geler dedans !

Mathias hausse les épaules en ouvrant la poignée depuis l'extérieur.

— De toute façon on ne reste pas là.

— Quoi ?

— C'est beaucoup trop facile de se faire coincer ici. On regarde s'il y a des choses qui peuvent nous dépanner et on file s'enterrer un peu plus loin.

— Oh non non, s'il te plaît, je voudrais me réchauffer, on ne peut pas rester une heure ou deux, faire un feu ?

Il sourit, moqueur. *Un feu dans la cheminée ? Avec une jolie fumée qui monte dans le ciel ? Tu plaisantes, j'espère.* Il fait signe à

Elias de se hisser par la fenêtre. Au bout de quelques minutes, celui-ci revient à nous.

— Il y a des couvertures, quelques vêtements. Des boîtes de conserve. On peut se faire un vrai dîner, même si ce n'est pas au chaud.

Mathias hésite. Croise mes yeux suppliants. J'imagine qu'il tente de mesurer l'étendue de notre erreur si nous nous arrêtons là, et comment nous nous ferons piéger dans cette cabane dont la porte n'est même pas ouverte. Sauter l'un après l'autre par la fenêtre pour nous enfuir, n'y pensons pas, non, nous serons canardés dans ces vingt mètres carrés, ou grillés par un incendie improbable. Mais Mathias lui-même est au bout de ses forces; la douleur, l'épuisement lui déforment les traits.

Il acquiesce, rageur, se rend à Elias.

— D'accord. Ouvre-nous la porte.

Lou

Je me réveille avec une sensation presque tiède, un drôle de réconfort dans les veines et dans la tête. Je pourrais être dans un grand hôtel par vingt-cinq degrés, étendue sur un matelas moelleux et vautrée sur un double oreiller. Ouvrir les yeux, lentement. En moins d'une seconde, la réalité me revient et la chape de plomb à nouveau sur mes épaules. Où nous sommes, et dans quelle situation. Autour de moi, la neige. Un petit matin au sortir d'un terrier de glace, comme hier. Comme avant-hier.

Hier, une fois dans la cabane, nous nous sommes régalés de raviolis et de pot-au-feu en boîte, de pêches au sirop, éventrant sans remords les conserves que nous avons trouvées. Mathias a refait le sac, et j'en ai volé un autre qu'il a rempli de diverses choses qui pourront lui servir : de la nourriture, un petit réchaud neuf, des allumettes. Une hache dans un coin. J'ai eu des scrupules en empilant ces nouvelles réserves, car d'autres pourraient en avoir besoin à leur tour. J'ai reposé plusieurs boîtes de conserve sur les étagères : demain, ce terrible voyage sera terminé. Mathias n'a rien dit. Pourtant, les jours précédents m'ont appris que les prévisions sont faites pour être balayées, et que nous pouvons très bien nous retrouver dans une heure à courir la montagne une fois de plus, perdus dans un tourbillon de glace ou surpris par des mercenaires qui nous feront rebrousser chemin. Alors j'ai repris deux boîtes, au cas où.

Nous avons même échangé quelques-uns de nos vêtements puants pour ce qui se balançait dans l'unique armoire. Côté salle de bains en revanche, rien. J'ai réussi à faire sortir les garçons le temps d'un vague décrassage à la neige fondue dans l'évier, séchée au torchon, réemmitouflée aussi sec dans mes fringues fétides. Au fond, peut-être valait-il mieux que nous ne fassions pas de feu, car la chaleur aurait exacerbé notre répugnante odeur et nous nous serions tenus loin les uns des autres, embarrassés et écœurés.

À vingt et une heures, Mathias a dit :

— Dehors.

Je l'ai dévisagé d'une drôle de façon je pense, car il s'est expliqué tout de suite.

— On ne peut pas dormir là, vraiment pas. On est offerts sur un plateau. On fait deux cents mètres et on creuse un trou.

— Bof, a soupiré Elias, ça nous évitera de nous disputer pour savoir qui dormira sur le lit.

J'ai chuchoté : *Et merde.* Je suis sûre que Mathias nous aurait laissé le lit. Mais je n'ai pas réellement protesté, il avait raison. Nous étions si près du but que je me savais prête à toutes les erreurs, un peu comme un joueur sur le point de gagner un match, et que l'enjeu de la victoire pétrifie et effondre. Alors j'ai rassemblé nos affaires, j'ai refermé la porte et la nuit m'a avalée derrière les autres en quelques secondes.

Faire un trou à la lueur d'une torche s'est avéré plus long que je ne le pensais, d'autant que nous allions tous les trois investir le même abri — hors de question de creuser deux fois à cette heure-là, et par ailleurs le dîner nous avait rassérénés, mais pas reposés. À l'économie, donc, vingt minutes d'efforts pour nous serrer là-dedans telle une portée de jeunes lapins, ou de bébés renards — je préfère cette seconde image. Mathias a tassé quelques pains de glace pour boucher notre entrée, ne laissant passer qu'un filet d'air. Il est revenu s'allonger contre Elias sur les couvertures de survie, s'enveloppant à son tour dans les duvets que j'avais chipés à la cabane. Elias et moi étions un peu gênés de cette intimité forcée, de ce que nous savions sur Mathias. Le sentir là juste à côté de nous, déjà à moitié endormi, nous a mis mal à l'aise, comme s'il allait nous arracher la gorge ou nous sacrifier pendant la nuit, quelque chose de surréaliste, de ridicule, et pourtant la sensation était présente, tenace, une sorte de crispation réflexe, et j'ai mis plus d'une heure à sombrer dans le sommeil. À ce moment-là, Elias ne dormait toujours pas.

Ce matin c'est donc moi qui ouvre les yeux la première au fond de notre terrier. Mais je le fais à demi, par cillements, essayant de voir si quelque chose a changé dans la nuit, en bien ou en mal, s'il vaut mieux refermer les yeux tout de suite et faire comme si je ne m'étais jamais réveillée, ou bâiller, et demander dans combien de temps le café sera chaud. Tout est calme. Une drôle de lumière entre par les fentes de l'entrée. Mes gants sur la neige damée, nos corps lourds, épuisés et repus. En me redressant, je me cogne la tête au plafond de l'abri — j'avais oublié, et je me souviens soudain de mon angoisse hier en entrant dans cette cavité blanchâtre qui ne doit pas faire plus d'un mètre de hauteur, et dans laquelle je tiens juste assise. D'un coup d'œil, je vérifie que les murs grossiers ne sont pas en train de s'affaisser ou de fondre. L'idée d'être à nouveau ensevelie sous la neige me terrifie et j'ai hâte de sortir de cette prison-dortoir.

Et puis j'ai faim, déjà. Nous avons emporté des biscuits et du thé pour le petit déjeuner. Je ferai avec. À ma gauche, Elias et, derrière lui, Mathias dorment encore, ronflant sur les parois lisses de notre refuge. Je bouge exprès, pour les réveiller. J'ai horreur de me sentir seule. C'est comme s'ils étaient morts à côté de moi, et que je ne le sache pas encore. Sourcils froncés, je pousse Elias de l'épaule. Un grognement me répond, un geste excédé — je soupire, c'est idiot bien sûr, mais le soulagement, parce que cela aurait pu finir ainsi, il n'y a pas de raison, mais j'ai cessé de croire qu'il fallait des raisons pour que les choses adviennent. Mathias se réveille lui aussi en se frottant la tête, étouffe un cri, se recroqueville aussitôt sur lui-même.

— Ça va ? demande Elias.

— Ça boume. Chierie.

Il se déplie tel un oiseau aux ailes brisées, à tous petits coups, prenant un temps et des précautions infinis. Elias enlève les pains de glace qui bouchent l'entrée de l'abri, glisse le réchaud dehors et fait chauffer le thé. La lumière et le froid s'engouffrent par l'ouverture, et je resserre mon col.

— Ça caille toujours autant, je me désole.

— La bonne nouvelle, dit Elias, c'est qu'il y a du soleil.

— Du soleil ?

Je me précipite à quatre pattes mais Mathias coupe mon élan en quelques mots.

— Ça va pas durer.

— Hein ? Pourquoi ?

— Les nuages au fond. Ça va se voiler très vite.

Et devant mon air désespéré, il ajoute : *Mais peut-être qu'il ne neigera pas.*

Elias lui tend un gobelet en l'interrogeant du regard sur son état — je remarque le petit geste du menton qu'il fait vers lui. Mathias a un claquement de langue contrarié.

— C'est pire qu'hier, oui. Mais dès que ça sera chaud, ça ira mieux. Tu peux me passer la pharmacie ?

Nous mangeons avec lenteur et Mathias avale ses cachets. J'ai le sentiment factice d'être à l'abri de tout dans notre terrier de glace, et maintenant que je me suis habituée à cet espace confiné, je ne suis pas pressée de sortir pour retrouver la neige, le froid et la peur. Et pourtant.

Mathias commence à nous expliquer la route, le programme de la matinée. La dernière, il dit. Je ne sais pas s'il pense à la fin de notre périple, ou à la fin de notre vie tout court. Cela me met mal à l'aise. Assis comme il peut dans l'abri, il dessine sur la glace.

— Essayez de visualiser le paysage dehors — il trace un grand ovale sur sa gauche. Là, ce sont les cinq jours que nous venons de passer, la montagne, les sommets. Et voilà où nous sommes ce matin.

Il fait une petite croix, puis un cercle plus à droite.

— Et ça, c'est le lac. On sera quasiment sur du plat. Et quand on sera de l'autre côté, ça sera gagné.

Elias demande :

— Dans combien de temps on y sera, à ce lac ?

— Une heure. Il est tout près. Avec un peu de chance, les secours vous cueilleront là-bas, si le temps se maintient. Sinon vous avancerez encore jusqu'au village.

L'adrénaline irradie mon corps.

— Mais alors…

Chut, me fait Elias. Lui aussi devient superstitieux, et Mathias approuve de la tête, mais je ne sais pas auquel de nous. Peut-être les deux. Une heure, rien qu'une heure. Il me semble entendre le bruit d'un hélicoptère, même si je sais que c'est une illusion. Enfin un horizon à échelle humaine, des repères. Mon Dieu, nous sommes sauvés.

— Regardez, ordonne Mathias. Le lac, c'est là qu'on va se séparer. Quand on l'aura passé, si les secours ne sont pas encore là, vous irez tout droit, et moi, je tirerai au nord.

Je m'exclame presque :

— Tout droit ? Ça veut dire quoi ici, tout droit ?

— Il y aura quatre montagnes en face de nous. Des montagnes comme ça… — il dessine des vagues, et un pic au milieu. Vous, vous ne quittez pas la troisième des yeux ; celle-là, qui dépasse. C'est simple. Moi j'irai à gauche, beaucoup plus au nord. La troisième, n'oubliez pas, ne la lâchez pas des yeux, c'est là que vous trouverez un village.

Je ne sais pas quoi dire. Imaginer la fin de cette expédition désastreuse me paraît incroyable. Et en fait, je comprends ce qui me gêne : malgré mon espoir ravivé, malgré la projection que je fais sur la troisième montagne, je suis persuadée que cela ne marchera pas. Comment Mathias peut-il croire que les hommes de Carche, qui ont réussi à le suivre dans la tempête, vont le lâcher au dernier moment ? Sa fuite, ils n'en veulent pas : c'est sa peau qu'il leur faut. Et la nôtre avec. Et s'ils nous attendaient dehors ? Si nous nous faisions abattre l'un après l'autre au moment où nous allons nous exhumer de notre terrier ? Je me promets de laisser passer Mathias devant, mais cela ne me console pas. Je ne veux pas finir collée aux parois de cet abri glacé par une Brenneke, comme si j'étais un ours à abattre. Et sortir tout à l'heure en terrain découvert me semble terrifiant. J'en serais presque à suggérer à Mathias d'attendre la toute fin de journée pour partir, afin que nous soyons invisibles. Mais je connais d'avance sa réponse : pas de temps à perdre. Et le choix est dramatique, car rester, c'est prendre le risque d'être surpris sur place, et partir, c'est s'exposer.

Mon attention est attirée par Mathias qui nous tourne le dos à présent, cherchant à se cacher de nous, j'en suis sûre. Une fraction de seconde, en le voyant bouger de derrière, les idées les plus folles me viennent en pagaille : il soigne une blessure gangrenée, affûte un couteau, vole un peu de nourriture ; ou alors, il prépare quelque chose ; ou il s'est détourné pour que nous ne voyions pas son visage déformé par la souffrance. Elias s'aperçoit de mon trouble. S'approche aussitôt.

— Oh, murmure-t-il à l'épaule de Mathias. Ça.

Je bondis. *Quoi ?*

Mathias soupire, ouvre la paume vers moi. Quatre formes presque blanches, indéfinissables au creux de sa main. Quatre petits os.

— J'ai besoin de lancer, s'excuse-t-il. Il faut que je sois tranquille.

Elias opine.

— Vas-y, on ne dit rien. On regarde seulement.

L'air soupçonneux de Mathias, et Elias insiste. *On dira pas un mot.* Captivés par les osselets, nous suivons des yeux les mains qui les chauffent, les font tourner, les jettent enfin sur le sol neigeux de notre abri. Le regard qui les regarde. Se lève sur nous. Mathias ramasse tout, serre le poing autour. Pour lui, il murmure : *Deux* — et nous savons que cela ne nous est pas destiné, mais qu'il entame un étrange bras de fer avec le sort, parlant ce langage que nous ignorons, nous oubliant peu à peu. Les osselets s'éparpillent à nouveau par terre. Mathias ne bouge pas. Nous non plus, immobilisés dans un silence religieux, comme si notre vie dépendait de ces quatre dés difformes dont nous ne saisissons rien.

Il en reprend un, laissant les trois autres sans les toucher. Lance. Quelques secondes. *Non*, dit-il. *Non.* Sa concentration est si intense que la sueur perle à ses tempes, et son regard, l'aura qui se dégage de lui me fascinent, une tension qui me fait frissonner tout le corps, et s'il me demandait quoi que ce soit à cet instant, je le ferais, sans aucun doute. Elias aussi est happé par cet étrange charisme, je le vois captivé par le visage illuminé de Mathias, oscillant entre l'envoûtement et l'incompréhension. Car tout nous échappe, de ce qui se passe, de ce qui se trame sous nos yeux peut-être. Je me dis : *Non, ça ne peut pas être que ça. Le sort. Le destin. Comment cela pourrait-il tenir là-dedans?* Mais Mathias y croit, lui.

Sa main balaye le sol, attrapant les quatre osselets pour les faire rouler à nouveau. Juste avant, il scande : *Trois.* Je me demande jusqu'à combien il peut aller — combien de chances, puisque c'est forcément de cela qu'il s'agit, il a le droit de solliciter quand les lancers sont mauvais — dans la fixité de ses yeux, dans ses traits défaits, je crois que j'ai la réponse.

*

Nous sortons de l'abri en humant l'air, telles des marmottes s'éveillant à la fin de l'hiver. La neige est toujours arrêtée et une lueur jaune, que j'avais presque oubliée, se profile au bout du ciel. Je ne peux pas m'empêcher d'y voir un bon signe — et puis je me refrène, me rappelant que Mathias n'a pas dit un mot depuis son dernier lancer, refusant toute explication. Elias a tenté de le faire parler.

— Mais ça signifie qu'on court à la catastrophe, ton truc? Ou tu ne sais pas? Peut-être que d'être avec nous dans le trou, ça a faussé les choses? Et si on sortait, et que tu recommences? Tu ne veux pas nous dire ce que tu as vu dans les osselets?

Nous voilà marchant vers le lac et sans réponse, bien sûr. Du coup l'anxiété me ronge, car je suis trop usée pour ne pas être influençable. J'écoute, à l'affût du moindre bruit, du moindre glissement autour de nous. Je regarde les nuages. Rien ne me rassure. Plus nous approchons du point final, plus cela m'angoisse, car j'ai le sentiment que nous allons à notre perte. Pourvu que ce ne soit pas prophétique. Je surveille autour de nous, encore et encore.

— Arrête, me chuchote Elias. Tu me fais flipper.

Peu à peu, la montagne se fait plus douce, vallonnée, comme parsemée de dos de moutons touffus de laine. Nous avançons plus vite, aidés par le terrain facile, et seule l'épaisse couche de neige nous empêche de courir. Les yeux rivés sur l'horizon, je cherche le lac. Comment peut-on être à moins d'une heure de marche et ne pas le voir ? Je voudrais abattre les bois, araser les collines. Bien sûr, l'inquiétude d'être passée à côté me taraude ; mais nous ne pouvons pas commettre une erreur aussi énorme, et Mathias semble mieux connaître ce versant de la montagne. Et puis, un lac ! Immense de surcroît. Impossible de le manquer. Alors j'ouvre les yeux, et le temps clair ne m'aide pas, car le vent s'est fait plus sec et plus incisif. Par moments, je suis obligée de me protéger avec la main, de rabattre mon bonnet sur mon front. Pour m'encourager, je fredonne sans mélodie : *Pays de merde, pays de merde…* Devant, Mathias marche sans hésiter. Lui aussi, la proximité de la frontière le galvanise — et peut-être n'a-t-il pas de côtes cassées en fait, juste le choc de la chute hier, car il avance avec ardeur, le bras replié sur la taille mais l'allure vive.

— Ça fait combien de temps ? chuchote Elias derrière moi.

Je regarde ma montre.

— Bientôt trois quarts d'heure.

— Tu vois quelque chose ?

— Rien.

— Ça m'inquiète, qu'on n'ait pas encore trouvé ce lac.

— Puisque tu le dis… moi aussi.

Nous nous taisons, décryptant à grand-peine les terre-pleins, les monticules, les tumulus de neige éparpillés devant nous, les arbres piqués dedans. Elias me regarde.

— Tu lui demandes ?

— Vas-y, toi.

— Non, non.

— Hé, j'en ai marre de faire la gourde de service, moi.

Elias sourit. Appelle. *Mathias.* Le guide se retourne.

— Il est où, ce lac ?

Un signe de tête perplexe.

— Je comprends pas. Disparu.

— Hein ??

— Introuvable.

Elias et moi l'entourons aussitôt.

— Non, mais tu déconnes ? s'exclame Elias.

Mathias se défend. *Tu le vois quelque part, toi ?*

— Non, mais... enfin, on ne connaît pas le coin, nous !

Je bredouille, suppliante : *Mathias !*

Et il éclate de rire. Nous le regardons, stupéfaits. Je me dis : *Ça y est. Il a craqué.* Qu'est-ce qu'on va faire ? Instinctivement je me retourne, comme si tous les malheurs du monde allaient nous tomber dessus en même temps. Reviens à Mathias dont Elias a attrapé les épaules en murmurant, abasourdi :

— Mathias, Mathias... ça va, vieux ?

— Arrête, tu me fais mal.

Il nous jette un nouveau regard rieur. *Hé, c'est une blague. Pour le lac.* Je crie cette fois :

— Quoi ?

— Le lac. C'est pas vrai qu'il a disparu. Non, mais vous êtes où, là ?

— Mais..., bégaie Elias.

— Hé oh. C'était une plaisanterie. Le lac est là derrière. Vous voyez le talus à gauche ? Cinq cents mètres plus loin. On y est. Putain, on y est !

Nous n'arrivons pas à y croire. Elias s'étrangle.

— Mais alors, on l'a paumé, ou il est vraiment là ? Tu nous as fait marcher ? Mais ça va pas, dans ta tête ? J'ai failli me mettre à pleurer !

— Là ! je dis en tendant le doigt.

Nous courons vers la butte, l'escaladons en glissant et en ahanant. Mathias nous suit d'un pas mesuré, encore ravi de son effet. Arrivés en haut, je m'arrête. Ça y est. Le voilà, en contrebas. Nous ne pouvions pas le manquer, je dois dire : il doit faire six ou sept hectares, vu d'ici. Un lac de neige, que je devine aux arbustes et aux herbes qui le bordent, émergeant de la poudreuse. Une mer étincelante sous le pâle soleil, qui nous barre la route ou presque. À Mathias qui nous rejoint, je demande :

— On va le traverser ?

— Non, il est tard en saison, la glace est trop fragile. On va le contourner par l'est. Regardez : vous voyez les quatre montagnes dont je vous parlais ?

Je crie :

— Et la troisième, là ! Le pic !

Je saute en l'air, en transe. *On y est ! On y va !* Nous contemplons tous les trois le paysage glacial et magnifique qui s'étend sous nos pieds. Je devine que Mathias épie les rives à la recherche d'un mouvement, d'une ombre anormale. Mais il n'y a rien, et il finit par nous faire signe de nous mettre en marche. Nos traces dans la neige immaculée. Devant, un blanc lisse, parfait, et les bords du lac se rapprochent. Le glissement de nos pas est le seul bruit dans la montagne, presque oppressant. Pourtant le silence et le vide sont nos meilleurs alliés, car toute autre chose se remarque, un oiseau dans le ciel par exemple, du sang sur la neige.

Ou des silhouettes debout, loin derrière nous.

Mathias s'est retourné d'un coup, comme s'il les avait sentis. Ce sont eux.

*

Ils sont quatre. Mon sang se glace dans mes veines, mais je crois que nous sommes tous figés. Nous sommes au point où nous allions nous séparer. Nous ne le pouvons plus. Les yeux de Mathias virevoltent derrière ses paupières, cherchant une solution, ou peut-être une prière.

— Tu l'avais vu, murmure Elias, tu l'avais vu dans les dés, n'est-ce pas ?

Mathias ignore la question. Un grondement entre ses dents.

— On n'a pas le choix, on va traverser le lac. C'est risqué, la couche de glace est déjà fine, et avec la neige on ne voit rien. Vous marcherez exactement derrière moi, vous entendez ? Et on glisse. Pas de piétinement. Pas d'à-coups. À mon signal, on recule vers le lac. Très lentement, pour qu'ils ne s'en aperçoivent pas. On gagnera toujours quelques mètres.

Je m'exécute, bouche ouverte, souffle coupé. En face de moi, à une distance que je n'évalue pas — trois cents mètres ? quatre cents mètres ? —, les hommes immobiles, qui se demandent peut-être si nous sommes armés, et comment nous avoir. Le bruit de leurs fusils me revient en mémoire. Je crois que je vais tomber. Elias ne me rattrapera pas, car nos mouvements doivent rester invisibles. Ou alors je vais mourir, et m'écrouler ici. Je commence à tendre un bras pour amortir ma chute, mon corps bascule il me semble. Au même moment, Mathias siffle à voix basse : *Allez !*

Elias m'agrippe dans la fraction de seconde, me pousse en avant, serrée entre eux deux. J'ai envie de hurler : *À quoi bon ?* — et puis la sensation de la glace sous mes pieds me saisit, me fait glisser, accapare mon attention affolée, j'attrape le sac de Mathias pour me stabiliser. *Comme des patins !* gueule-t-il. — *Merde, j'ai jamais fait du patin, moi, si tu crois que j'ai eu l'occasion !*

À quoi ressemblons-nous, élancés si lentement, tels des mimes dans un vieux spectacle, trois marsouins collés l'un à l'autre et trop lourds pour le lac, je voudrais être un écureuil, combien pèse un écureuil ? Un chiffre assaille mon cerveau, deux cents grammes, trois cents grammes et je m'en fous, mais si nous pesions cela nous aurions tout gagné, au lieu de quoi j'entends ces crissements si particuliers qui viennent du dessous de nous, j'ai l'impression que des plaques tectoniques se détachent et se heurtent, passant les unes sous les autres et s'engloutissant mutuellement, et nous là-dedans, tristes âmes étriquées, ballottées par des puissances qui nous échappent. Mais Mathias avance toujours et je reprends une gorgée d'air, émergeant du cauchemar et de mon apnée, retombant aussitôt dans l'écrasement d'une terreur indicible.

Soudain, le coup de fusil me fait sursauter, la balle fuse à côté de nous, suinte sur la glace et disparaît sous l'eau. Elias ne peut retenir une exclamation à son tour.

— Putain ! Putain !!

Paniquée, je m'écarte du sillage de Mathias. Elias me rattrape d'une poigne brutale, me ramène derrière lui.

— Reste là, Lou !

— Mais c'est lui qu'ils visent ! Tout ce qu'on va gagner, c'est de faire écran !

— Reste derrière moi, tonne Mathias, tu vas faire craquer la glace !

La menace me pétrifie et je me range vivement, courbée en deux dans l'espoir d'éviter les balles, les bras autour de la tête pour me protéger en vain. Il y a forcément un moment où je vais en prendre une, dans le dos, dans la jambe, un genou à terre, la fin. Une deuxième balle, une troisième claquent derrière nous, dont nous ignorons la trajectoire. Devant, Mathias glisse comme un skateur et j'ai attrapé la lanière de son sac pour le suivre. Elias s'est agrippé lui aussi à mon anorak et nous allons tous les trois comme un train maudit, wagons soudés l'un à l'autre, filant droit vers l'enfer blanc. Aucun de nous ne se retourne — pour quoi faire ? Les voir réarmer leurs fusils et épauler ? Et Mathias qui traîne, hésite parfois, et que nous suivons toujours sans ciller. Elias crie : *Plus vite !*

— Je peux pas ! La glace est mauvaise ! Si on ne fait pas attention, on plonge !

Muette de terreur, je regarde la rive devant nous. Encore près de cent mètres. Si nous tombons à l'eau, nous sommes morts c'est certain. Impossible de regagner les bords dans un lac gelé, et puis je nage si mal. Cette fois je jette un œil en arrière, au-delà d'Elias, je n'ai pas pu me retenir. Les hommes de Carche se sont engagés eux aussi sur le lac, empruntant nos traces. Trop facile ! Je les vois, toujours lointains mais qui semblent se rapprocher, trop vite, et leurs fusils en bandoulière sur la poitrine, pour l'instant ils s'acharnent à nous rejoindre, à grignoter mètre après mètre pour nous avoir dans la ligne de mire, bien sûr. Les larmes me montent aux yeux, la trouille m'asphyxie. Je crachote :

— Elias…

Sa main dans mon dos me soutient, me soulève, me pousse en avant. *Va !* — *Va !* je répercute à Mathias que je devine tressaillir.

— À droite ! je crie soudain en voyant le lac se rétrécir sur une sorte de bras. On peut sortir plus vite !

— Non ! hurle Mathias. C'est de la folie par là !

Il continue devant lui, de ce rythme lent qui nous garantit pourtant une sécurité sur la glace inégale, et je suis contre lui les yeux écarquillés, obnubilée par la nécessité de rejoindre l'autre bord, de sortir de ce piège blanc, coûte que coûte. Je ne réfléchis plus, je ne sais même plus s'il ne vaudrait pas mieux être engloutie plutôt que tomber entre les mains des fous qui nous poursuivent, ou être blessée à mort par l'une de leurs balles, enfin je cours, la bouche sèche et ouverte sur un cri muet, la nuque prête à plier sous l'impact du plomb. Mon cerveau compte instinctivement les secondes, celles qui nous séparent d'une nouvelle salve de coups, et je blêmis d'avance en me disant que cette fois, elle sera tirée de plus près, et nous serons des cibles faciles — Elias d'abord, qui ferme la course, et dont le dos nous protège Mathias et moi, et je voudrais que Mathias soit à l'arrière, mais lui seul peut nous tracer le chemin sur la glace qui suinte et craque, mon Dieu, Elias.

Au même moment, j'entends la première détonation et le rugissement de Mathias : *Allez !* La rive, la rive ! Quarante mètres. Trente-cinq. Les fusils crachent ensemble, trois fois, le bruit résonne dans la montagne et sur ses milliers de parois verticales, un flottement aussi, presque irréel, le murmure des coquillages à nos oreilles quand nous étions mômes, quelque chose nous happe, je trébuche, je tombe. Elias qui était agrippé à moi s'étale lui aussi, me passe par-dessus le corps en roulant. Je me relève aussitôt, persuadée que le lac est en train de s'ouvrir, que la glace rompt. Mais non. Une plainte, à la fois rageuse et désespérée près de moi. C'est Mathias. Je crie :

— Elias !

Mathias est recroquevillé dans la neige, la main serrée sur la jambe. À son tour, Elias laisse échapper un cri rauque, rampe vers lui. *Non, Elias !* j'implore, épouvantée, alors que les larmes coulent sur mes joues, trop d'émotion, trop de peur. *Elias, non !* fait l'écho — et le bras de Mathias tendu vers nous pour nous faire barrage, le sang sur sa jambe, sur la neige déjà rouge, j'ai envie de vomir. Le sort. Cette balle que nous aurions dû prendre, Elias ou moi. Et puis je suis tombée. Elias regarde Mathias, les mains ouvertes pour l'aider.

— Courez, nous repousse-t-il sans ménagement. Tirez-vous,

tout droit ! Sortez de ce putain de lac, vous avez dix secondes ! Dix secondes pas une de plus !

Nous restons paralysés près de lui.

— On te laisse pas ! crie Elias.

— Je ne peux plus courir ! On est tous morts si vous restez là, tu entends ? Tous morts ! Ça sert à quoi ? Barrez-vous !!

Sonnés, nous n'arrivons pas à bouger. Je vois, sur le côté, les silhouettes noires se rapprocher, et quelque chose se réveille en moi. Je prends la main d'Elias. Quand une balle nous effleure une seconde plus tard, il ne réagit toujours pas, tétanisé. Alors je lui arrache le bras et je l'emmène en pleurant, les yeux sur Mathias dans un pardon muet, et Mathias nous regarde, il fait un signe, un sourire j'en suis sûre, et puis il se relève, grimaçant sur sa jambe valide, jette son anorak, défait la hache de son sac. Son hurlement — ce sera le dernier que j'entendrai :

— Dix secondes !

Elias secoue la tête, tend le bras vers la rive. *Lou ! Lou !* Nous courons sans précaution à présent, et le lac nous menace, fait entendre des craquements sinistres. J'ai l'impression de me déplacer sur un sol qui se dérobe à chaque pas, et plus nous avançons, plus l'épaisseur de la glace s'amenuise, et malgré la neige çà et là je vois une herbe à travers, et en dessous encore, une eau noire, terrifiante. Je mugis :

— C'est trop court !

— Neuf, dix ! beugle Elias tandis que la rive se rapproche sans s'offrir — mais Mathias attend encore, un coup d'œil sur nous, et les hommes de Carche sont à moins de cent mètres.

La rive ! Sous le poids d'Elias la glace cède soudain, et je le vois plonger devant moi, le grand trou noir s'ouvrir autour de nous — la berge, ô Dieu, et Elias rejaillit comme un fou, m'attrape alors que je tombais contre lui et me propulse sur le bord du lac, disparaissant à nouveau dans l'eau gelée, et je me penche avec un gémissement à l'endroit où il s'est évaporé, m'étranglant à moitié et recrachant l'eau glaciale, la main tendue vers le vide, Elias, Elias, pitié, Elias.

Et puis d'un coup, l'horrible stridulation de la glace qui s'effondre. Par réflexe, je ne peux m'empêcher de regarder, quittant des yeux une fraction de seconde la surface de l'eau.

Là-bas, Mathias a abattu la hache sur le lac.

Une fois, terrible. Et une autre fois. Et encore, avec une énergie sidérante, de haine et de colère. De là où je suis, pleurant et suppliant, je vois les étoiles se dessiner sur l'étendue opaque, j'entends le bruit inhumain du craquement des plaques, le bourdonnement atroce. Comme si des millions, des milliards d'abeilles vrombissaient en même temps au-dessus de ma tête, comme si des nuées de sauterelles crissaient du frottement de leurs ailes, un bruit de fin du monde, à faire exploser mes tympans, et je hurle en regardant.

La secousse, sur moi. Elias a émergé du lac en vomissant l'eau glacée, a attrapé ma main, un cri figé sur ses lèvres. Dans un hurlement monumental, je le ramène à moi, son visage bleui, ses gestes vides. *Monte ! Monte !!* Enfin il trouve un appui dans l'eau meurtrière, rampe le long de mon bras — je me suis allongée pour ne pas déraper vers lui, ne pas retourner vers la gueule noire béante, et je vois là-haut en même temps, oui, je vois ce qui fait ce bruit aussi, et soudain je ris, je crie et je ris, et Elias s'effondre près de moi, je me relève, la tête vissée à l'hélicoptère, mes bras agités pour lui faire signe, les secours, enfin, les secours !!

Alors je ramasse mes dernières forces et j'appelle Mathias, et j'ai l'impression que ma voix fait trembler la vallée, il se retourne et je lui montre du doigt, au milieu du chaos glacé, l'hélicoptère qui descend, et Mathias rit à son tour, il rit, se redresse et me fait un geste de victoire, et je crie : *Reviens, Mathias, reviens !*

*

L'aurait-il fait ? Aurait-il essayé, si les glaces entières du lac ne s'étaient pas ouvertes à ce moment-là, telles des trappes sous-marines pressées de dévorer ceux qui s'aventurent sur leur territoire, bravant des interdits séculaires et crachant sur nos vieilles croyances ? Aurait-il pu nous rejoindre avec sa jambe blessée, ou la force lui aurait-elle manqué ? Je ne saurai jamais. Comme un champ d'épines, le lac s'est soulevé dans un crissement terrifiant, hérissé de glace brisée sur laquelle les hommes de Carche sont venus s'empaler. J'ai entendu, au-delà des entrechoquements, les pleurs de ceux qui allaient mourir ; j'ai entendu les remous de l'eau ramassée pour bondir, le glissement des plaques se déchirant entre elles dans une même lutte, le fracas des corps engloutis. J'ai serré mes mains sur mes oreilles pour échapper au hurlement aigu de la glace crevant en des millions de formes tranchantes, je me suis baissée pour ne pas sentir le vent de l'hélicoptère atterrissant près de nous.

J'ai cru que les secousses ne finiraient pas, et que le tumulte gagnerait la terre entière. L'apocalypse était en nous.

Et puis je l'ai vu lui, Mathias, renversé en arrière et les bras ouverts vers le ciel, comme une ultime prière, comme une dernière provocation. Elias dira que c'est impossible mais j'ai entendu son rire éclater, rauque et fascinant, et ce rire-là, c'est ce que j'emporterai de lui, sa puissance et sa démesure, et il résonne dans mon ventre devant le lac en colère, et ses entrailles de glace qui se soulèvent — et puis, soudain, je ne vois plus rien. Mathias a disparu.

*

Quelques ronds dans l'eau, encerclés par la glace, une ombre plus noire. Puis une mince pellicule opaque. Puis plus rien, pas même une ondulation, pas même le souffle du vent sur la surface déjà lisse. C'est fini.

Les secouristes courent vers nous.

Mathias

Au moment où la glace a crevé devant moi, j'ai versé en arrière et l'eau m'a emmené au fond, me léchant la peau comme une bête avide. Tétanisées par le froid, ma jambe, ma poitrine ne me font plus mal. Je sens que mes mouvements ralentissent peu à peu, mes muscles s'ankylosent. Je lutte pour ne pas m'arrêter. Les yeux grands ouverts, je regarde au-dessus de moi les plaques craquelées qui se heurtent et se brisent comme sous l'effet d'un ouragan. L'une d'elles a déchiré ma tempe, et je suis descendu un peu plus profond. J'ai l'impression que mes yeux se figent, que je ne pourrai jamais battre des paupières à nouveau. Est-ce que cela a tant d'importance ?

Trente mètres à faire sous la glace, et j'atteindrai la rive.

Autour de moi, l'eau est plus claire que je ne m'y attendais, d'une pureté irréelle. J'ai bien fait de plonger. Jamais je n'aurais su à quoi ressemble l'eau d'un lac au printemps. Jamais je n'aurais vu la glace briller par en dessous, tels des milliers de diamants façonnés.

Je sais que la surface est morcelée et que je pourrai ressortir quand j'arriverai sur les bords du lac. Je regarde en haut, et je vois cette mosaïque étrange, et le blanc de la neige par-dessus. Il ne faut pas que je m'endorme. Je vais fabriquer une attelle et courir encore deux jours, sans chasseurs derrière moi, courir parce qu'il le faut, et que j'ai toujours vaincu. Des bulles d'air sortent de ma bouche. Je vais puiser au fond de mes réserves, je sens mes poumons se resserrer.

Passer la frontière. Personne n'entendra plus jamais parler du sacrificateur. Mais depuis les autres montagnes, j'enverrai le sort sur ceux qui m'ont banni, et leurs enfants, et les enfants de leurs enfants. Ils se souviendront qu'ils s'en sont pris à moi, et il sera trop tard. Leurs générations seront meurtries jusqu'à la dixième.

Je vois le ciel par-dessus ma tête. Mon front explose contre l'eau glaciale. Je vais y arriver. Ouvre les bras. Referme. Je nage encore un peu, inlassablement, et l'eau s'ouvre sur mon passage, fuyant ma colère.

Je suis un dauphin, un poisson, un habitant impossible de ces lieux maudits. L'eau et la terre sont mon héritage et mon territoire.

Je suis la force. Je suis l'immortel.

COLLECTION « SUEURS FROIDES »

Paola Barbato, *À mains nues*
Max Bentow, *L'Oiseleur*
Sandrine Collette, *Des nœuds d'acier*
Sandrine Collette, *Un vent de cendres*
Victor Gischler, *Coyote Crossing*
Laurent Guillaume, *Black Cocaïne*
Kent Harrington, *Tabloïd Circus*
Matthew F. Jones, *Une semaine en enfer*
Joe R. Lansdale, *Diable rouge*
Joe R. Lansdale, *Les Mécanos de Vénus*
Bill Pronzini, *Mademoiselle Solitude*
Jason Starr, *Petit Joueur*